虐げられた令嬢は、実は最強の聖女

もう愛してくれなくて構いません、私は隣国の民を癒します

登場人物紹介
ヴィサ
聖レミアス教の大主教であり、
特殊な変身能力が使える大魔導士。
リリーシュアとジークヴァルトの
師匠でもある。
ジークヴァルト
シェファールド帝国騎士団に
所属する青年で、
非常に強い五属性の魔力を持つ。
リリーシュアとは
魔力の相性がいい。
リリーシュア
幼い頃に母を亡くし、
家族に虐げられている侯爵令嬢。
北の塔に閉じ込められ、孤独な日々を過ごす。
大事なものは、母の形見のハンカチ。
ある日、突然『魔力持ち』だと発覚して——？

マリーベル
リリーシュアの義妹。
母の実家であるフライホルツ商会の
財力で好き放題する。
リリーシュアのものをすべて奪いたい。
テア
魔力研究院の院長。
水と風の二属性が使える
優秀な『魔力持ち』だが、
少々変わり者。
フラウ
ちょっと腹黒い一面もある少年で、
リリーシュアの護衛。
ロイドとは双子だが、
自分が兄だと譲らない。
ロイド
元気いっぱいな少女で、
リリーシュアの護衛。
フラウとは双子だが、
自分が姉だと思っている。

第一章

「リリーシュア、第二王子マンフレート様は、お前との婚約破棄をお望みだ」

悲しいほどに、思いやりや慈《いつく》しみとは無縁な声がした。

十七歳のリリーシュア・アッヘンヴァルは、万感の想いで目の前の男――クリストハルト・アッヘンヴァルを見つめる。

この男の背中に向かって、父親として自分を愛してほしいと何度も願った。

でも、伝わらなかった。

(久しぶりに名前を呼ばれた……)

リリーシュアは思わず唇を噛《か》み締めた。まだ母が生きていたころ、愛情を込めて「リリーシュア」と呼んでくれた記憶がふいによみがえる。

よく似た響きだ、と思った。しかしまったく違っていた。

たった一回だった。

目線の先で口元を歪《ゆが》ませている生物学上の父親から母の死後に名前を呼ばれたのは、今を除《のぞ》いてたったの一回だけ。

あれは、十一年前の母の葬儀《そうぎ》の日だった。

あの日に男が発した「リリーシュア」という響きを思い返すと、きりきりとこめかみが痛くなる。

今もよく覚えている。

昔は父から名を呼ばれると心が鎮《しず》まったはずなのに、あの時もたらされたのは不安だけだった。

もしかしたら、リリーシュアの未来に待ち受ける、あまりにひどい仕打ちを暗示していたのかもしれない。

そんなことを考えているリリーシュアなど意にも介さずに、目の前の男は言い放つ。

「マンフレート様は、マリーベルと結ばれることをお望みだ。一度は王族と婚約したお前を、他家の子息へ嫁《とつ》がせることはできん。だが、相手が再婚ならば問題なかろう。北方の辺境伯、アルトゥール・メルダースのもとへ嫁《とつ》ぐがよい」

リリーシュアは誇《ほこ》り高《たか》く顎《あご》を上げ、自分よりも遥《はる》かに背の高い男を見据《みす》えた。

男はさっと顔を背《そむ》けると、大きく息を吐いて言葉を続ける。

「大丈夫だ、何も心配することはない。メルダース伯は御年《おんとし》六十歳を超えているが、お優しい人柄《ひとがら》だと聞く。後妻として、それなりの暮らしは与えてもらえるだろう」

この男は大丈夫だという言葉を、いつだって大丈夫ではない時に用《もち》いる。

母が病《やまい》の床《とこ》についた時も。

母が死んだ時も。

後妻がやってきた時も。

義妹のマリーベルが、リリーシュアの何もかもを欲しがった時も。

北の塔《とう》へと追いやられた時も。

この男はリリーシュアに向かって「大丈夫だ」と言った。大丈夫なわけがないのに。

(どうせ、北の塔《とう》で一生幽閉《ゆうへい》されるはずだった身……。辺境の地で年老いた貴族の妻になったほうが、ましかもしれない)

いい機会だ、と思った。こんなことでもなければ、リリーシュアは遠くへ行けまい。

「わかりました。北の塔《とう》からは、いつ出していただけますか?」

リリーシュアは毅然《きぜん》と言った。

汚い男が「うむ」とくぐもった声を漏らす。逡巡《しゅんじゅん》しているのが見てとれた。

彼はリリーシュアから目を逸《そ》らしたまま、口元に手を当てる。

「実は、マリーベルは妊娠している。もちろん、マンフレート様のお子だ。一刻も早く婚礼の儀式を行《おこな》わないとならない」

リリーシュアは大きく息を吸った。胃に不快感が込み上げてきて、吐き気すら覚える。

(妊娠……なんてマリーベルらしい。そしてマンフレート様も、一国の王子でありながら、そのようなことをするなんて……)

視界の隅《すみ》に、口の端を持ち上げて笑っている義妹の姿が映る。

リリーシュアを見ながら身をよじり、嘲笑《ちょうしょう》がこらえきれないといった様子だ。

リリーシュアは天井《てんじょう》を仰《あお》ぐ。

草がほとんど生《は》えていない荒れ地に立っているような気分だった。

父に愛されたかった。

義妹と仲良くなりたかった。

しかし、彼らには良心の呵責《かしゃく》も罪の意識もなく、リリーシュアの無垢《むく》な願いを無惨《むざん》に打《う》ち砕《くだ》いた。

(こんな人と、あの子が、私の家族……)

彼らがリリーシュアに必要でないことはたしかだ。

リリーシュアはひっそりと笑った。

かすかに、マリーベルの舌打ちの音が聞こえてくる。目の前の汚い男は、不安げにそちらに視線をやった。

(マリーベルは、私が微笑むことが気に食わないのね……。私がぼろぼろになって、泣《な》き喚《わめ》く姿が見たかったに違いないわ)

男は苦虫を噛《か》み潰《つぶ》したように言う。

「マリーベルは大切な時期なのでな、お前がこの屋敷にいると落ち着かないだろう。だからお前には、すぐにメルダース伯のところへ行ってもらわねばならん。馬車を用意してあるから、最低限の持ち物だけ準備しなさい。その顔は、何か大きな布で隠していくといい。この先の山には、たまに野盗が出るらしいのでな。身元が知られたら、狙《ねら》われるかもしれない」

野盗! こうして慌《あわ》ただしく送り出されるなら、警備の数など期待できまい。

ふふ、とリリーシュアはまた笑った。父に愛されていないことが痛いほど伝わってくる。

父はもう、リリーシュアを完全に切り捨てているのだろう。

実の娘が齢《よわい》六十を超えた辺境伯のもとへ無事に辿《たど》り着《つ》こうが、途中で死のうが、もう、どうでもいいのだ。

リリーシュアの心を、泣《な》き喚《わめ》いたところでどうにもならないという気持ちが支配する。

それは、もはや諦《あきら》めと同義だった。

リリーシュアは、目の前の汚い男に最後の願い事をする。

「パンをひとつ、いただいてもよろしいでしょうか」

父から視線を逸《そ》らすと、マリーベルと目が合った。その目はぎらぎらと光っている。

悪知恵に長《た》けたずる賢《がしこ》い獣《けもの》のように、彼女の目はよく光る。リリーシュアから奪った後だから、よけいにそう見えるのだろうか。

「あ、ああ。そんなものならば、いくらでも持っていくといい」

父がかすかに笑みを浮かべる。

それがどんな感情から生まれたものなのか、判別がつきかねた。

「ありがとうございます。では、わたくしはこれで」

短く息をついてから、リリーシュアは淑女の礼をとった。

生前の母から、厳しくあたたかく、淑女としてのマナーは仕込んでもらった。だからリリーシュアの所作《しょさ》は見苦しくはないはずだ。

マリーベルの横を通り過ぎる時、彼女の口角がゆっくり上がるのが見えた。

リリーシュアがその美貌《びぼう》をマンフレートに称賛された時には、への字に曲がっていた口だ。

「ふふ、お義姉様《ねえさま》。北の大地は、きっと悪くないと思いますわ。どうか、お幸せにね」

マリーベルが水色の目を細めて笑う。

きつい印象の面立《おもだ》ちには毒々しい化粧が施《ほどこ》され、ほんのりとピンク色を帯びた金の巻き毛を、大粒《おおつぶ》の宝石があしらわれたバレッタで飾《かざ》っている。

何層もの布地を重ねたドレスは鮮《あざ》やかすぎる色彩で、見る者の目を突き刺すようだ。

「ありがとう。貴女《あなた》もどうかお幸せに。お腹の赤ちゃんが、無事に生まれてくることを祈《いの》ります」

「ふふふ、赤ちゃんの洗礼式にはお呼びするわ。お義姉様《ねえさま》の命があれば、だけれども」

リリーシュアはそれには答えず、静かな足取りで大広間を出た。

そして厨房に立ち寄り、硬くなったバゲットを一本分けてもらう。

北の塔《とう》の長い階段を上り、部屋に戻ると、リリーシュアはベッドに倒れ込んだ。

目の前が暗くなって、反射的に目を閉じる。

表情のない父の顔、嫌悪感《けんおかん》をむき出しにする義母ドミニクの顔、嘲《あざけ》るような笑みを浮かべるマリーベルの顔。

それらがこの塔《とう》での惨《みじ》めな日々の思い出と一緒に、頭の中でくるくる回り始めた。

そこにマンフレートの顔も交《ま》ざって、どうしようもない不快感が込み上げてくる。

暗い気持ちで、これまでのことを思い返さざるを得なかった。

リリーシュアは、アッヘンヴァル侯爵家の第一子として生まれた。

アッヘンヴァル侯爵である父には壊滅的に領地経営の才能がなく、リリーシュアの生母アンネリーエとの結婚前から、台所事情はかなり厳しかったと聞く。

子爵令嬢だった母の持参金を食いつぶし、母が病《やまい》に倒れた時は、医療費にさえ困窮《こんきゅう》するありさま。誰よりも美しかった母はあっという間に痩《や》せ枯《が》れて、儚《はかな》くなった。それが、六歳の時。

それからすぐに義母のドミニクがやってきた。

ひどい状態の侯爵家の後妻に入ってくれたドミニクは、父にとっては救世主だったに違いない。

彼女は裕福な商人の娘で、莫大《ばくだい》な持参金と一緒にマリーベルを連れてきた。

父が彼女たちを屋敷に迎え入れた日にはもう、リリーシュアは虐《しいた》げられていた。

リリーシュアは母譲《ゆず》りの美貌《びぼう》ゆえにドミニクに疎《うと》まれ続け、義妹となったマリーベルに煮《に》え立った怒《いか》りをぶつけられた。

マリーベルはいつも下唇を突き出してリリーシュアを睨《にら》みつけ、鼻歌を歌うように持ち物を奪っていった。

とはいえ贅沢《ぜいたく》に育てられたマリーベルにとって、リリーシュアの持ち物などちりのようなもの。投げ捨てるために、踏みにじるために、燃やすために奪っている、というふうだった。

「お前はこの屋敷にふさわしくない」と言われ、寒い寒い北の塔《とう》に幽閉《ゆうへい》されたのが、八歳の終わりごろ。

それからは、まさに囚人《しゅうじん》のような暮らしを強《し》いられた。

これまで彼らがリリーシュアを生かしてきたのは、いずれ政略の手駒《てごま》にしようという思惑《おもわく》もあったのかもしれないが、単に外聞を憚《はばか》っただけだろう。

平民から貴族の妻となったドミニクには、前妻の娘を丁重に扱っているという外面《そとづら》が必要だったから。

しかし内実は、食事すらも満足に与えてもらえなかった。

古くからいる使用人が父と義母の目を盗んで、できるだけ栄養のあるものを差し入れてくれたけれど。

希望の光が一筋も差し込まないそんな暮らしは、リリーシュアを心身ともに疲弊《ひへい》させた。

それでも、もうすぐ幸せになれるはずだった。

広い大地を駆《か》け回りたかった。

夜空の星を掴むように、高く手を伸ばして大きな声で笑いたかった。

飽《あ》きるほど勉強がしたかった。

風呂の湯を無駄遣《むだづか》いして、いい匂いのする化粧品をふんだんに使いたかった。

美味《おい》しいものをお腹いっぱい食べて、あたたかい部屋のふかふかのベッドで眠りたかった。

(マンフレート様と結婚すれば、手に入るはずだったものたち……馬鹿ね、リリーシュア。愚《おろ》かな夢を見て、期待して……義母《はは》と義妹《いもうと》に邪魔されるのは、目に見えていたじゃない)

そもそもリリーシュアとの婚約を強く望み、周囲の反対を押し切ったのは、マンフレートのほうだった。

リリーシュアは、かつて国一番の美貌《びぼう》と謳《うた》われた母アンネリーエに生き写しだ。

長い間塔《とう》に閉じ込められて、一度も社交の場に出たこともなかったのに、マンフレートはその噂《うわさ》をどこかで耳にしたらしい。

そして挨拶《あいさつ》もそこそこに「結婚しよう」と切り出してきたのだ。

長い前髪をさらりと掻《か》き上《あ》げ「絶対に幸せにするよ」と、とっておきの表情をしてみせた彼が、脳裏《のうり》を過《よぎ》る。

彼はリリーシュアを愛していると言ったのと同じ顔、同じ口調で、マリーベルへの愛も囁《ささや》いたに違いない。

彼がリリーシュアを妃《きさき》に迎えたがったのは、考えなしの単細胞だったからなのだろうか。

(ならば、マリーベルとマンフレート様の天秤《てんびん》は、釣り合っているのかもしれませんね……)

リリーシュアの頭には、次から次へと嫌な記憶がよみがえる。

マンフレートがアッヘンヴァル家にやってくる日だけは、リリーシュアは塔《とう》から出ることができた。

その時ばかりは、さも大切な家族だというように扱われた。

とってつけたように娘を気遣《きづか》う父。慈愛《じあい》を込めて見つめてくる義母。懐《なつ》いて甘えてまとわりついてくる義妹。

それでも、決して名前は呼ばれなかった。

我が娘、自慢の娘、お義姉様《ねえさま》――顔いっぱいに笑みを浮かべながらも、王子様に選ばれたリリーシュアをどうやって蹴落《けお》とそうか、彼らはずっと考えていたのだろう。

（いつか、マンフレート様もマリーベルに捨てられるのかしら……。いえ、それは考えすぎね。あの子は王子の妃《きさき》という地位を、決して手放しはしないでしょう）

アッヘンヴァル侯爵家から王子の妃《きさき》が出るのは、この上ない名誉《めいよ》。ドミニクはそれを望むだろうし、マリーベルも贅沢《ぜいたく》な生活を謳歌《おうか》したいはずだ。

（……もしマリーベルが妊娠しなければ、私、きっと毒殺されていたわね。王家との繋《つな》がりを作る機会を逃すはずがないし、義母《はは》はどんな手を使ってでも、マリーベルとマンフレート様を結婚させるはず）

リリーシュアは、大きく息を吐く。

義母や義妹はともかく、せめて父には優しさを向けてほしかった。

……いや、義母ドミニクの実家の財力だけが頼みの綱《つな》の父に、肉親としての愛を望むだなんて。愚《おろ》かだったのはリリーシュアだ。

アッヘンヴァル侯爵は、もはやドミニクと、その実家であるフライホルツ商会の操《あやつ》り人形。

そして彼女は、愛する娘マリーベルの望みはなんでも叶える。

義妹の望みは義母の望み、そして、父の望みであるのだ。

たとえそれが、実の娘の命を危《あや》うくすることであっても。

「なんて可哀想、不憫《ふびん》な子」と白々《しらじら》しく言葉を並べて、リリーシュアの亡骸《なきがら》の前で泣《な》き喚《わめ》くドミニクとマリーベルの姿が思い浮かぶ。

気が遠くなりかけた時「きゅきゅ」「きゅう」と耳元で小さな鳴き声がした。

ぱっと目を開けると、銀色のネズミと青のネズミがリリーシュアの顔を覗《のぞ》き込《こ》んでいる。

「……ごめんなさい、急にここを出ることになったの。だから、貴方《あなた》たちにパンをあげられるのも、今日でおしまい」

この二匹は北の塔《とう》で寝起きするようになって、すぐに現れた唯一のお友達。

彼らに向かって、リリーシュアは淡《あわ》く微笑んだ。

この子たちは、リリーシュアの心の支えだった。

銀のネズミにロイド、青いネズミにフラウと名づけ、ずっと可愛がってきた。

ロイドとフラウは普通のネズミよりも毛がもこもこしていて、とても愛らしい。

彼らを見ていると、全身にまとわりついた不快感が消え、代わりにほっこりした気持ちが湧《わ》いてくる。

リリーシュアはゆっくりと起き上がり、彼らのためにバゲットをちぎった。

ロイドとフラウはパンの欠片《かけら》とリリーシュアの顔、それから窓のほうへと、目玉を振り子みたいに動かしている。

「貴方《あなた》たちは本当に不思議な子で、いつも私の側《そば》にいてくれたけれど。この先の山には、野盗が出るかもしれないんですって。見知らぬ場所に放り出されても困るだろうし、連れてはいけないわ」

きゅう、と首を横に振るロイド。きゅふ、と首をかしげるフラウ。

そんなはずはないのに、この子たちは言葉を理解しているように思えてならない。

「私ね、こんな狭いところに閉じ込められていたでしょう？　体力づくりのためと思って階段の上り下りはしていたけど、やっぱり駄目だったみたいなの。あっちのお屋敷から、この北の塔《とう》に戻ってくるだけで、もう息も絶え絶《だ》え。屋敷の外へ出るのは何年ぶりかしら……」

まだ一歳くらいのころは、覚えたてのヨチヨチ歩きで、屋敷の庭をあっちこっちへ動く元気な子どもだった——と亡き母は言っていた。

だが今のリリーシュアの足では、ちょっと走っただけで転んでしまうに違いない。

つまり、たとえ逃げるチャンスがあっても、実際には不可能だということ。

「……私、もう何も期待しないわ。馬車に乗って、野盗に襲われるまで、ただ外の景色を楽しむの」

一度大きくうなずいて、リリーシュアは立ち上がった。

持っていくものは、母の形見のハンカチだけでいい。

不思議な文様《もんよう》が刺繍《ししゅう》された美しい布は、マリーベルがリリーシュアの部屋をどんなに漁《あさ》っても、一度も見つけられずに手元に残ってくれた。

粗末《そまつ》な机の引き出しからハンカチを取り出し、リリーシュアは振り向いた。

これで最後と思いながら、ベッドの上でパンをかじっている小さなネズミたちの頭を撫《な》でる。

「さようならロイド、さようならフラウ。たくましく元気に暮らしてね」

本当は悲しいけれど笑顔で別れを告げる。

そしてリリーシュアはハンカチを握り締め、塔《とう》の階段をゆっくり下りた。

屋敷の裏庭には、かつて母が丹精《たんせい》込めて花を育てていた花壇《かだん》が、そのまま残っていた。

白やピンク、黄色や赤といった花々が咲き乱れている。

一体、誰が手入れをしてくれていたのだろう。いくら多年草とはいっても、もうとっくに枯《か》れ果《は》てていると思ったのに。

リリーシュアは花壇《かだん》の前のベンチに腰を下ろした。ベンチはお日様の熱であたためられていて、ぽかぽかする。

それから、母の愛した花々をしばし眺めた。

すると向こうから青い髪に金色の目をした少年が走ってきて、快活《かいかつ》な声をあげる。

「リリーシュア様、馬車の用意が整いましたよ。古い上にあちこちガタがきてる馬車だから、少しでも快適に過ごせるように、色々と工夫しておきました」

年のころは十くらいだろうか。男の子らしい爽《さわ》やかな短髪で、少しそばかすの浮いた顔は非常に整っている。

リリーシュアには、見たことのない顔だった。

「ありがとう。貴方《あなた》、お名前は？」

リリーシュアが尋ねると、少年が口元に微笑を浮かべる。

「フラウと申します。女の子みたいな名前ですが、れっきとした男ですよ」

まあ、とリリーシュアは目を丸くした。

さっき北の塔《とう》で、最後のパンをあげてお別れをした、青いネズミと同じ名前ではないか。

（だから、不思議と懐《なつ》かしさを感じるのかしら……）

リリーシュアは、ついくすくすと笑ってしまった。

気が付けば、死出《しで》の旅路だという恐怖が、胸の内から跡形もなく消えている。

「侯爵様に、旅のお供を命じられました。俺はリリーシュア様の御者《ぎょしゃ》兼護衛です！」

フラウが意気込んだように胸を叩く。

「そ、そうなの……？」

リリーシュアは目を瞬《しばたた》いて、それから小さく頭を下げた。

「ごめんなさい、まだ小さい貴方《あなた》に危険なお仕事をさせてしまって。この先の山には野盗が出るんでしょう？　危なくなったら私を置いて、すぐに逃げてちょうだいね」

「そんな、リリーシュア様――」

「何を言ってるんですか！　いくらリリーシュア様でも、そんなこと言ったら怒りますよ！」

唾《つば》を飛ばすほどの勢いでまくしたてながら、フラウの後ろから女の子が駆《か》け寄《よ》ってくる。

腰まで届く銀の髪に、星のように輝く金の瞳。やはり十歳くらいに見える、すこぶる綺麗な顔立ちの少女だ。

「アタシはリリーシュア様の侍女兼護衛です！　アタシがいれば百人力、どんな悪党もちょちょいのちょいです。だから安心してください！」

胸を張る少女を見て、思わず微笑みが零《こぼ》れる。

「まあ、頼もしいのね。お名前を教えてくださる？」

「ロイドと申します。男の子みたいな名前ですが、れっきとした女ですよ」

「ええ、本当に？」

リリーシュアの口から、ちょっと調子の外《はず》れた声が出た。

この少女の名前は、可愛がっていた銀色のネズミと同じ。

こんな偶然があるだろうか。

リリーシュアが驚いた顔をしていると、愛らしい子どもたちは揃《そろ》っていたずらっぽい顔つきになった。

（きっと、神様が情《なさ》けをかけてくださったんだわ。私が怖くないようにって）

こんなに親しみの持てる、思いやり深い子たちとの出会いがあるなんて、とリリーシュアは嬉しくなる。

きっともうすぐ終わる人生だけれど、やっぱり捨てたものではない。

いくらマリーベルが嫁《とつ》ぐ準備で屋敷中が大忙しだからって、何もこんな小さな子どもたちをお供に選ばなくても——という憤《いきどお》りは、やはり感じずにはいられないけれど。

リリーシュアは鼓動《こどう》がいつもより弾《はず》むのを感じながら、小さな使用人のロイドとフラウに微笑んでみせた。


「わあっ！」

見慣れぬ景色に興奮が止まらなくて、リリーシュアは思わず幌《ほろ》馬車《ばしゃ》から顔を出した。

一応は侯爵令嬢の嫁入りであるというのに、父がリリーシュアのために用意した馬車は申し訳程度に幌《ほろ》があるきりで、小さい上にみすぼらしい。

それでも、リリーシュアの胸は高鳴り続けている。

青空がまぶしい。北の塔《とう》の小さな窓からは、こんなに大きく見えなかった。

木々の緑の、なんて美しいこと。空気が新鮮で、思いきり吸い込まずにはいられない。

たくさんの家のひしめき合っている場所まで来ると、人々の生活の匂いすら感じる気がする。

心地よい風が額《ひたい》に触《ふ》れて、そのあたたかさが心も身体もほぐしていくようだ。

しばらくすると田園風景が広がり、川を渡る。遥《はる》か彼方《かなた》に、稜線《りょうせん》が見えた。

メルダース辺境伯の治める地は、山を越えた先のはずだ。リリーシュアは不思議に思って尋ねる。

「ねえ、どんどん山から離れている気がするけれど」

「ご心配なく。俺たちにお任せください」

「そうそう、リリーシュア様は大船に乗った気持ちでいてくだされば、それでいいんです！」

御者台《ぎょしゃ》のフラウの言葉に、後ろに張りついているロイドもうなずいた。

この二人とのやり取りは、時折笑い声が交《ま》ざって、まるで以前からの知り合いのような、打ち解けたものになる。

リリーシュアは、久しぶりに穏《おだ》やかな気持ちだった。

(ほんとうに、空が、広い)

真っ白な入道雲《にゅうどうぐも》がいくつもいくつも、もくもくと湧《わ》いているのを、飽《あ》きもせずに眺める。

やがて馬車はまた市街地に入った。

広い通りの両脇には看板が溢《あふ》れ、衣裳店《いしょうてん》、茶の店、帽子屋、食肉店と、驚くほど色が氾濫《はんらん》している。

馬車が速度を落としたので、リリーシュアは雑多な店先を、そこから伝わってくる人々の暮らしを、ゆっくりと見ることができた。

「リリーシュア様、ここはまだアッヘンヴァル侯爵領です。今日中に領地を抜けて、もっともっと華やかな場所へ行きますからね！　そうしたら、そのドブネズミみたいなドレスを買い替えましょう！」

「私のドレスを？」

この上なく素晴らしい提案だ、という顔つきのロイドに、リリーシュアは小首をかしげてみせた。

「無事に山を越えられなければ死ねばいい」くらいにしか思っていなかっただろう義母と、彼女に完全に尻に敷《し》かれている父が、そんなお金を使用人に持たせたとは考えにくい。

マリーベルに至っては、リリーシュアが馬車で出発した後、野盗を装《よそお》った追手《おって》の一つでも差し向けそうだと思っていたくらいだ。

ゆっくり買い物をするような真似《まね》が、本当にできるのだろうか。

「ご心配なく。追手《おって》はもう撒《ま》きました。ここから先は、ひたすら楽しい旅路ですよ。俺たちが責任を持って、リリーシュア様が本当に幸せになれる場所までお連れします」

リリーシュアの思考を読んだかのように、御者台《ぎょしゃ》のフラウが大きな声で言った。そして振り向き、にやりと笑う。

そんなフラウを見て、後ろの立ち台でロイドが喚《わめ》いた。

「危ないから前向いて！　追手《おって》を追い払ったのは、このアタシなんだからねっ！」

リリーシュアはますますわけがわからなくなり、また首をかしげる。

ロイドとは、ずっとお喋《しゃべ》りを楽しんでいたはずなのに、いつの間に追手《おって》を追い払ったのだろう。

そんなことを考えているうちに馬車の揺れでうとうとして、リリーシュアはいつの間にか眠ってしまった。

「リリーシュア様、アッヘンヴァル侯爵領を出ましたよ」

フラウの言葉でハッと目を覚ます。辺《あた》りは日が暮れていた。

リリーシュアを乗せた馬車はロイドの言葉通り、日付が変わる前にアッヘンヴァル領を抜けたようだ。

さっきとはまったく違う景色を眺めながら、リリーシュアはひそかに首をひねる。

うっかり寝入ってしまった間に、一体全体フラウはどれほど馬車を飛ばしたのだろう。

（少し、おかしいんじゃないかなあ、と思う……。半日も経たずに、もう違う領土に入っているだなんて……）

リリーシュアは十年近くも塔《とう》に閉じ込められていたため、学問の知識が乏《とぼ》しい。

塔《とう》に入る直前まで学んでいた初級の算術書や歴史書は持っていたから、擦《す》り切《き》れるほど読み返したけれど。

結局できるのは簡単な読み書き計算だけで、速度や距離のことはうっすらとしかわからない。

それでも、明らかにおかしいと思うほどの移動速度だった。

そんなリリーシュアには構わず、ロイドが明るい声をあげる。

「よかったー、この時間ならまだ衣裳店《いしょうてん》は開いてますね！　なんたって、今日はリリーシュア様のお誕生日ですもの。うんと着飾《きかざ》らなくちゃっ！」

「え？」

リリーシュアが間の抜けた返事をすると、ロイドは頬《ほお》を膨《ふく》らませる。

「んもう、やっぱり忘れていらした！　今日はリリーシュア様の、十八歳のお誕生日ですよ！　アタシたち、だから出てくることができたんだからっ！」

「ちょ、ちょっと何を言っているのか、よくわからないけれど……たしかに、忘れていたわ」

リリーシュアはため息をついた。

胸元で両手を組み合わせて目をキラキラさせる彼女を見て、フラウが咳払《せきばら》いをひとつする。

「無理もありませんよ。せっかくのお誕生日に、あのゲス野郎からあんなことを言われたんじゃあ……気付いていなかったほうが、まだ救いがあるってものです」

リリーシュアは目を丸くした。一応は雇《やと》い主《ぬし》である父に対して、口が悪いにもほどがある。

（この子たちも、父と義母《はは》から虐《しいた》げられていたのかもしれない……）

孤児院から引き取られた子どもが、死ぬまでこき使われるということは多々ある。

ロイドとフラウの侯爵夫妻嫌いは歴然としているようだ。だからこそリリーシュアのお供に選ばれたに違いない。

この不憫《ふびん》で可愛い子どもたちと束《つか》の間《ま》の旅を楽しみたい、という気持ちがいっそう湧《わ》いてきた。

「ねえ、メルダース辺境伯領へは、どれくらいかかるのかしら。追手《おって》を撒《ま》くために、ずいぶん違う道を選んだようだけれど……もう山が見えないわ」

「何言ってるんですか？」

リリーシュアの問いに、フラウが唖然《あぜん》とした声を出す。

「メルダースへなんか、行きませんよ？」

ロイドは困っちゃう、というようなため息をつき、首を左右に振った。

フラウは街道を走っていた馬車をゆっくり路肩《ろかた》に停車させると、きっぱりと言い切る。

「俺たちが今いるのは、アッヘンヴァル領の南隣、レッバタール公爵の領地です。メルダースとは反対ですよ。六十をとっくに過ぎた爺《じい》さんのところで、リリーシュア様が幸せになれるはずがありませんから」

その言葉にリリーシュアは目をぱちくりさせた。

「メルダース辺境伯は、四度、離縁したことがあるそうですよ。つまり四度、失敗したってことです。娘の嫁《とつ》ぎ先《さき》には、最悪すぎる人選です」

フラウはそう続け、思いっきり顔をしかめる。

ロイドが「まったく！」と声を荒らげた。

「リリーシュア様は、心が綺麗すぎます。もうアッヘンヴァル家から逃げきったのだから、あんなクズな父親に言われるがまま嫁《とつ》ぐ必要なんて、まったくないんです。リリーシュア様は、自由の身になったんですよっ！」

ロイドはそうまくしたてながら、後ろの立ち台から幌《ほろ》の中に入ってきた。

そしてリリーシュアの隣に座って、怒ったように上下に身体を揺らす。

彼女の綺麗な銀髪が一緒に動くのを見ながら、リリーシュアは震える声を出した。

「私が、自由に……？」

リリーシュアの人生は、八歳で塔《とう》に閉じ込められたところで暗転している。

十七歳で第二王子のマンフレートに見初《みそ》められ、もしかしたら自由が得られるかもしれないと期待したけれど。

今朝《けさ》がた父から婚約破棄と同時にマリーベルの妊娠を知らされて、希望はこの手をすり抜けたと思っていたのに。

「自由……に、生きられるかしら。私の身体では、お金を稼《かせ》ぐことは難しいだろうし……。きっとフラウとロイドに、迷惑ばかりかけてしまう……」

運動と栄養が不足して、すっかり弱っているリリーシュアに、生きていくための金銭を稼《かせ》ぐことができるだろうか。

こんな身体で人並みに生きるには、フラウとロイドに助けてもらうしかない。

それはずいぶん、虫のいい話に思える。

（お母様にそっくりと言われるこの顔があれば、糊口《ここう》をしのぐことくらいできるのかしら……。いえ、春をひさぐようなことをしたら、やっぱり亡くなったお母様に顔向けできない……）

リリーシュアがぐるぐると思考を巡《めぐ》らせていると「あー、もう！」とロイドが叫《さけ》んだ。

「リリーシュア様は、まったく、なんにも、心配しなくていいんですよ！　アタシとフラウには色々と特技があるんです。バーンと大らかに構えて、ゆーったりしていてくださいませ！」

「まったくロイドは煩《うるさ》い。そんなにキンキン声で叫《さけ》んじゃ、リリーシュア様はゆったりできない」

フラウの言葉にロイドが怒り、三人しかいない馬車にわんわんと声が響く。道の端で犬が吠えた。

もう日が落ちかけて肌寒くなっているのに、馬車にだけは熱気が溢《あふ》れ、まるで陽だまりのようにあたたかく感じられた。

「この先に街があったはずだ」「とりあえずどこそこの店に行こう」とフラウとロイドが今後の予定を立てている。

リリーシュアは微笑を頬《ほお》にのせ、そんな二人を眺めていた。

しばらくすると、話がまとまったらしい。二人はリリーシュアのほうを向く。

「申し訳ないですが、リリーシュア様。宿を探す前にまずはドレスです！　アッヘンヴァルの馬鹿どもを思い出すようなものは、全部捨てましょう！」

明るいロイドの声は言葉とは裏腹に、そんなに申し訳なさそうではなかった。

「すいません、リリーシュア様。お疲れだとは思うのですが、ロイドは言い出したら聞かないので。少しだけ付き合ってやってください」

フラウの眉《まゆ》がやや曇《くも》る。リリーシュアは慌《あわ》てて首を左右に振った。

「ううん、ちっとも疲れていないわ。本当に不思議、ものすごく長い距離を馬車で揺られていたはずなのに……」

リリーシュアの胸に、不思議と可笑《おか》しさが湧《わ》き上《あ》がってきた。

父や義母、義妹は、リリーシュアの体調を斟酌《しんしゃく》する気もないようだったし、体力のないこの身体では、野盗に襲われずとも行き倒れるに違いないと思っていたはずなのに。

まさか死を覚悟した旅の途中で、こんな楽しさを初めて知るなんて。

だから、粗末《そまつ》な馬車でも疲れを感じなかったのだろうか。

「でも、私と貴方《あなた》たちだけで、衣裳店《いしょうてん》へなど入れるものかしら……」

リリーシュアは頬《ほお》に指先を当てて、小首をかしげた。

立派なドレスを扱う衣裳店《いしょうてん》では、それ相応の振る舞いが求められる。

まだ母が生きていたころ、買い物に行ったことはあったけれど、母がどうしていたかなんてもうすっかり忘れている。

「あ、アタシたちが子どもだからって、心配なさってるんですか？」

ロイドが腕組みし、むうっと唸《うな》った。

「無理もありませんけどね」

とフラウも笑って、腕を組む。するとロイドが得意げに続けた。

「言ったでしょう？　アタシたちには不思議な力があるんですって。そもそも『魔力持ち』は少ないし、アタシたちの『幻術《げんじゅつ》』を見破れる輩《やから》なんてそうそういませんから！　どーんと構えていてください」

「『魔力持ち』？　幻術《げんじゅつ》？」

「ロイド、そこまで。一気に話を進めると、リリーシュア様が混乱する」

フラウが低い声で言うと、ロイドはしぶしぶといった顔で黙った。フラウはリリーシュアを安心させるように微笑む。

「リリーシュア様、あんまり難しく考えないでください。とりあえず、俺とロイドは『不思議なおまじない』が使えるんです。子どもの俺たちが店に入っても、不審に思われたりしません」

「まだ力を得たばかりだから、あんまりすごいことはできないんですけど！　ぐんぐん、ぐんぐん、伸びてる最中ですから！」

そう言うロイドを、フラウがまたそっとたしなめる。

リリーシュアはくすくす笑った。

この子たちは、素直な気持ちを包み隠さないでいてくれている。

そのことが、堪《たま》らなく嬉しい。

(それにしても『魔力持ち』なんて、おとぎ話の中にしかいないのに……ふふ、やっぱりまだ子どもなのね)

『魔力持ち』というのは、神様から不思議な力を賜《たまわ》った人のことだ。

遥《はる》か昔――それこそ神話の時代には、世界には『魔力持ち』が数多く存在したと信じられている。

指先一本で嵐を呼んだり、乾《かわ》いた大地に雨を降らせたりする、いわゆる物語の中の魔女や魔法使い。

彼らは子どもなら誰もが思い描く、空想上の英雄《えいゆう》だろう。

（『魔力持ち』のことはともかく、ロイドのお望み通り、衣裳店《いしょうてん》の前まで行ってみよう。半病人と子どもでは、きっと入店を断られてしまうだろうけれど）

この可愛い子たちとならば、そんな経験も悪くない、とリリーシュアは思った。

第二章

レッパタール公爵領はアッヘンヴァルよりもよほど栄《さか》えていて、街には衣裳店《いしょうてん》がいくつもある。

リリーシュアはロイドとフラウに連れられて、そのうちのひとつに入ることにした。

すぐに追い出されるだろうと思っていたけれど、店員は意外にもすんなりとリリーシュアたちを店内に通した。

店員にはなぜかロイドの姿ががっしりとした体格の大女に、フラウは背が高くて浅黒い肌の騎士に見えているらしいのだ。

彼らは勢いのままあれやこれやと衣服を選んでいたが、リリーシュアは内心で冷や汗をかく。

母の形見のハンカチに数枚の紙幣《しへい》と硬貨を包んで隠し持ってはいるけれど、ロイドとフラウはそれでは足りないくらい高価な衣裳《いしょう》ばかり手に取るのだ。

貴族の娘とわかる豪華な衣裳《いしょう》は必要ないと何度言っても、彼らは聞き入れなかった。

しかも驚いたことに、この子たちは路銀としては十分すぎるほどのお金を持っていた。

「ドブネズミみたいな汚いドレスは脱いで、身分にふさわしいものに着替えましょう」

ロイドが強硬に主張し、フラウもそれに同意する。

あれもこれもと買いたがる二人の勢いに負けて一緒に選んだ既製品のドレスは、小柄で細身のリリーシュアにはサイズが合わなかった。

そこでフラウは、お針子に夜なべで仕事をしてもらうために追加料金を払ってしまった。

どうしても、明日の朝には欲しいからと。

ひとまずドレスの代わりにと、フラウは平民の娘が着るような白いシャツと赤い巻きスカートを持ってきて、リリーシュアに着せる。

淑女のおしゃれには必須だからと、桃色の可愛らしいスカーフもセットだ。

ロイドも肌触《はだざわ》りのいい羊毛のひざ掛けを選んでくれたので、あわせて購入する。

そして二人は薄汚れたドレスは処分するよう店主に頼むと、リリーシュアを連れて衣裳店《いしょうてん》を飛び出した。

あれよあれよという間に、リリーシュアは夜の盛《さか》り場《ば》に連れていかれる。

ひしめき合うように立ち並ぶ建物の中に、料理店の看板を見つけると、ロイドとフラウはためらうことなくドアを開けた。

テーブルにずらりと並んだのは、魚介の煮込み、骨付き肉を焼いたもの、彩《いろど》り豊かな野菜と果実の酢漬《すづ》け、スパイスたっぷりのスープ、湯気《ゆげ》が立ち上る焼きたてのパン。

こんなにたくさんのご馳走《ちそう》を前にして、おまけにあまりにも懐《なつ》かしい団欒《だんらん》というものをしている。

熱いスープを一口飲んで、リリーシュアはほうっと息を吐いた。

「美味《おい》しい……」

涙が込み上げそうになって、リリーシュアはうつむく。

ゆっくり視線だけ上げると、とても美しい子どもたちが、キラキラした目でこちらを見ていた。

彼らの表情や身動きは、北の塔《とう》にいたネズミたちを思い起こさせる。

ロイドは食卓に腕をのせ、指と指を絡《から》ませた。そして前のめりにリリーシュアの顔を覗《のぞ》き込《こ》んでくる。

「塔《とう》での食事は、運ばれてくる間に冷めちゃってましたもんね！　今日のお昼も、馬車の中でパンを食べたっきりだし。リリーシュア様、お腹いーっぱい食べてくださいね！」

「こら、ロイド。リリーシュア様は胃が小さくなってるんだぞ。無理しないで、食べたいものだけ食べたらいいんですからね？」

「ね？」と、フラウが首をかしげた。ありがとう、とリリーシュアは笑った。

店内には賑《にぎ》やかな笑い声が響いている。

客たちは酔《よ》っているのか上機嫌《じょうきげん》で、仲間内で冗談を言い合っているようだ。

テーブルの向かいの男性客と目が合った。彼はなぜかあんぐりと口を開ける。

すいすいと泳ぐように歩く給仕人も、リリーシュアを横目で見て息を呑んだ。

こちらを見つめてくる人々の視線には、内心恐怖を覚える。

でも、少しやんちゃで明るく活発なロイドと、善良《ぜんりょう》でまじめそうだが腹に一物《いちもつ》ありそうなフラウが、本当に『不思議なおまじない』が使えることは、もうわかっている。

この店にいる人々にも、二人のことが立派な大人に見えているようだからだ。

リリーシュアは焼き立てのパンを呑み込んだ後、ゆっくりと瞬《まばた》きをした。

ロイドとフラウは、やっぱり十歳くらいの子どもに見える。

(まさか本当に魔法が使えるなんて……)

そう思いながら、リリーシュアは小さくうなずいた。そして躊躇《ためら》いつつも切り出す。

「あの、ぶしつけなことを聞くけれど……貴方《あなた》たちのお金、賃金で貯《た》めたにしてはちょっと多すぎない?」

「あ、これはネズミ……いやいやいや、屋敷中をくまなく回って手に入れた、合法的なお金です!」

ロイドがそう答えると、フラウもそれに同意する。

「リリーシュア様の正当な取り分ですよ。お気になさらず」

「そ、そうなの……。今さら返しには行けないけれど、残った分は、修道院に寄付しましょうか……」

リリーシュアは笑顔をひきつらせた。

どうやらこの子たち、ちょっと手癖《てくせ》が悪いらしい。

(でも、あの人たちは立場の弱い使用人には、かなりきつく当たっていたようだし。この子たちの心がむしばまれ、すさんでしまっても仕方ないわ。明日になったら、この子たちを修道院に連れていこう。きっとあたたかく保護してくださるわ)

ロイドとフラウは、なぜかリリーシュアを守り尊《たっと》ぶという誓いを立て、熱い忠誠心を胸に抱《いだ》いているようだけれど、このまま逃げ続けるのは難しい。

レッバタール公爵領を越えた先は、隣国のシェファールド帝国だ。

いくら金があっても、周囲を惑《まど》わせる『不思議なおまじない』が使えても、国境は抜けられないだろう。

塔《とう》に食事を運んでくれた侍女がたまに外のことを教えてくれたのだが、リリーシュアの生まれたレティング王国とシェファールド帝国は、ここのところ仲が良くないらしい。

そもそもレティング王国は、大陸北部のオルスダーグ帝国に従属して平和を得ている。

一方のシェファールド帝国は、大陸の南部にある多くの国を統《す》べる大国だ。

つまり、北部のオルスダーグと南部のシェファールドは、世界の覇権《はけん》を争う二大大国なのだ。

このようにもとより立場を分かつレティング王国とシェファールド帝国だが、近年はより緊張状態にあるようだ。

そのため、双方の国の間の人や物の往来について、非常に慎重な姿勢を示している。

国境には検問所があって、きちんとした手形を持っていないと通してもらえないそうだ。

まさか警備の目をかいくぐって、シェファールド帝国側に行くことはできまい。

(レティング王国内にいる限りは、いつあの人たちに見つかるかわからない……。この子たちの身の安全を、第一に考えなくては)

リリーシュアの皿に次々に料理を取り分け、自分たちもどんどん料理をたいらげている可愛い子たちを、しみじみとした気持ちで眺める。

あははと大きく口を開けて笑うロイドとフラウの顔を見ていると、リリーシュアは星の瞬《またた》く夜空に浮かんだような気持ちになった。

とても楽しい、誕生日の夜だった。

「リリーシュア様。宿屋に一晩泊まって、明日の朝サイズを直したドレスを受け取ったら、国境を抜けますからね！」

ロイドが笑いながら、首と両手を上下に振る。

「え、でも、国境を抜けるのは、大変なことだと聞いているし……」

どうしましょう、とリリーシュアは胸の内でつぶやいた。

椅子の上でぴょんぴょん跳ねている可愛い子を、頭から否定して傷つけたくはない。

リリーシュアがそう考えていると、フラウは微笑みながらも少々鋭《するど》い口調で言った。

「ご心配なく、方法はちゃんと考えています。レティング王国は、リリーシュア様の置かれている現状を見抜けなかった馬鹿王子のいる国ですよ？　おまけに、あっという間にあの女に乗り換えて。こんな国じゃ、リリーシュア様はお幸せになれませんから。リリーシュア様はお優しいから、あの馬鹿王子に嫁《とつ》いでも、アッヘンヴァル家の連中のことを告げ口なんかしなかっただろうけど。マリーベルのやつ、馬鹿王子にひたすら色仕掛けしてましたからね。それも、家族ぐるみで策略を立てて。それがうまくいかなきゃ、リリーシュア様は毒でも盛られたに違いありません」

ふふふ、とフラウが静かに笑う。人でも殺しそうな気配があった。

「もう、フラウったら。アッヘンヴァルの汚い連中のことなんか思い出させないで！　おかげで、不器量で愚《おろ》かな連中の顔を思い出しちゃったじゃない！」

ロイドは胸に手を当て、はーはーと息を吐き出す真似《まね》をした後、表情をコロリと変える。

「気分転換に、楽しいことを思い出そうっと。そうそう、衣裳店《いしょうてん》の人たち！　リリーシュア様のお美しさに、度肝を抜かれてましたねえ！」

ロイドが大きく鼻息を漏らすと、フラウは腕を組み、真面目くさった顔つきで言った。

「そりゃあそうだ。リリーシュア様ほどお美しい方は、世界中を探したって見つかりっこない」

リリーシュアはばつの悪い思いをしながら、小さく肩をすくめる。

衣裳店《いしょうてん》の大鏡には、たしかに母に似た目鼻立ちのはっきりした娘が映っていたけれど。

痩《や》せっぽちで、背が低くて。お母様とは似ても似つかないなあと、ぼんやりと思ったものだ。

母が生きていたころは、リリーシュアの艶《つや》やかな蜂蜜色《はちみついろ》の髪はいつも綺麗に整えられ、さらさらと背中を流れていた。

だけど鏡の中のリリーシュアは、髪の毛はごわごわと硬そうで、翡翠色《ひすいいろ》の大きな瞳ばかりが目立つ、垢抜《あかぬ》けない娘にしか見えなかった。

(北の塔《とう》では、小さな手鏡しか持っていなかったものね。マンフレート様とお会いした大広間も、なぜか鏡が外《はず》してあったし……)

元気だったころの母の魅惑的な肢体と華やかな顔立ちをよく覚えているだけに、自分のみすぼらしさにちょっとがっかりした。

(だからマンフレート様がマリーベルに魅了《みりょう》されてしまったのも、仕方のないことなんだわ……)

マンフレートが王都からやってきた回数は、そう多くはない。

その時ばかりは痩《や》せた手足を隠せるドレスを着せられ、侍女が無理やり編み込んだ髪の上から、総レースのヴェールまでかぶせられた。

リリーシュアは雨に降られたような薄ら寒い気分だったが、マンフレートは心も身体も揺さぶられたようで。

きっと私がお母様にそっくりだから――なんて思っていたけれど、あの人は単に珍《めずら》しいもの好きの、惚《ほ》れっぽい人だっただけに違いない。

そんなことを頭のどこかで考えていた時、なんとも騒々《そうぞう》しい、大きな声が店内に響いた。

「すみませんね、旦那！　あいにく、今はテーブルが埋《う》まってるんでさあ！」

その声をあげたのは、たっぷり贅肉《ぜいにく》のついた給仕だった。

リリーシュアは思わず振り向いて、小さく息を呑む。

「そうか。俺は、相席でも構わないんだが」

大柄な男が頭《こうべ》を巡《めぐ》らし、店の中を眺めている。

いかにも意志の強そうな顔をした筋骨たくましいその人は、威圧的とさえ思えるほど力強く見えた。

襟足《えりあし》を覆《おお》うほどの長さの、獅子《しし》のたてがみのような黄金の髪。紫がかった神秘的な瞳。年齢は、リリーシュアより三、四歳は上だろうか。

気品を感じさせる顔立ちだが、衣服が薄汚れているところを見ると、そう身分は高くなさそうだ。

リリーシュアは胃の辺《あた》りが奇妙に収縮するのを感じた。なぜか頬《ほお》が熱くなる。

リリーシュアは顔を隠すように、ロイドたちのほうへ向き直った。

「やばいぞ、ロイド。あいつ、すごく強い『魔力持ち』だ」

「うん、そうみたいね。リリーシュア様、デザートの前ですけど、すぐにここを出ましょう」

ロイドとフラウが急にそわそわし始める。

彼らの様子がおかしいのは明らかで、リリーシュアは小声で「え？」と聞き返した。

まだ子どもなのに大胆不敵《だいたんふてき》で、好戦的とさえいえる態度の彼らが、狩人《かりうど》の罠《わな》にかかった小動物のように怯《おび》えている。

慌《あわ》てて立ち上がろうとする二人を見て、リリーシュアはぽかんと口を開けた。

そして、急いで自分も立ち上がろうとする。

十分すぎるほど慌《あわ》てたつもりなのに、リリーシュアの身体の動きは遅い。塔暮《とうぐ》らしで足腰が弱っているせいで、咄嗟《とっさ》の反応が鈍《にぶ》くなっているのだ。

そうこうしているうちに、困ったような給仕の声が聞こえる。

「相席でも構わないんだったら……いや、今日は妙に混雑してましてねえ、ああ、あっちのお嬢様とお供の騎士さんに聞いてみましょう」

「お供の騎士？」

背後で上がった硬い声に、目の前のロイドがぎょっとした。フラウが舌打ちする。

リリーシュアの耳に、硬い靴の踵《かかと》が床を鳴らす音が届いた。

「失礼、お嬢さん」

視界の隅《すみ》に、大きな革靴《かわぐつ》の先が入る。

リリーシュアは浮かせかけていた腰を下ろして、壁のようにそびえ立つ男を見上げた。

目の前の男は堂々たる偉丈夫《いじょうふ》で、やや古びた印象の騎士服を身にまとい、革《かわ》のブーツを履《は》いている。こちらもかなり履《は》き古《ふる》しているようで、いかにも旅慣れている風情《ふぜい》だ。

こんな人ならば上流階級の人間と付き合いはなさそうなので、素性《すじょう》を暴かれることはないだろうと、ひとまず安堵《あんど》する。

彼はリリーシュアたちを威圧するように見た。

(下劣《げれつ》な山賊《さんぞく》や、残忍《ざんにん》な野盗には見えないけれど……因縁《いんねん》をつけられるのなら、私が無垢《むく》な子どもたちを守らなければ)

なるべく甘く見られないように、リリーシュアは瞳に力を込めた。

「わたくしたちに、何か？　ちょうど食事が終わったところです。相席をご希望ならば、わたくしたちはもう出ますから、ゆっくりなさるといいわ」

「貴女《あなた》のような幼く小さな淑女が、こんな子どもの供しかつけずに、夜の盛《さか》り場《ば》に繰《く》り出《だ》すとは。少々愚《おろ》かではありませんか」

小さな淑女！　痩《や》せっぽちで背が低いから、子どもだと思われたのか。

男の台詞《せりふ》に胸を衝《つ》かれて、リリーシュアは唇を噛《か》んだ。

しかも、彼はロイドとフラウの正体に気づいているようだ。

「ん？　そっちの二人は、精霊か、妖精《ようせい》の類《たぐい》か……？　いや、従魔《じゅうま》なのだとしたら、なぜこんなところに……。あー、君たちの主人がどこにいるのか、尋ねてもいいかな？」

男は小さな声でぶつぶつとつぶやいた後、首の後ろに手を当てて、複雑な表情になる。

問われたロイドとフラウの目には活気が戻っていた。

いや、それどころか、これは確実に怒《いか》りを燃やしている。

「なんて失礼な！　リリーシュア様は子どもじゃないし！」

すっぽ抜けたような、上擦《うわず》った声でロイドが答える。

「そして、俺たちのご主人様ですし」

ロイドの言葉を引き継《つ》ぐフラウの声も、少々間が抜けていた。

男をキッと見据《みす》えながらもどこか怯《おび》えている二人は、まるで猫に睨《にら》まれたネズミ。

だが、なんとか態勢を立て直そうとしているのが見てとれた。

なるほど、というふうに男がうなずく。

「君たちの事情というのは知るよしもないが。このお嬢さんを守ってやりたいという心意気だけは伝わってくるな」

男の紫色の瞳が、リリーシュアの顔にじっと注《そそ》がれた。

「このお嬢さんから、従魔が喜んで付き従うような魅力は感じないが……」

独白めいた口調でつぶやかれ、リリーシュアはかっと頬《ほお》が熱くなるのを感じた。

貧相なほど小さいリリーシュアには、魅力などないと言いたいのだろうか。

（なんて失礼な人……そりゃ、私はマリーベルに婚約者を奪われるくらい、容貌《ようぼう》に魅力がないけれど……）

一瞬怒《いか》りで頭がいっぱいになったけれど、徐々に落ち込んでしまう。

けれど、考えるよりも先にやるべきことがある。

これ以上面倒なことになる前に、可愛い子どもたちを連れて店の外に出るのだ。

「ロイド、フラウ、行きましょう。こちらの騎士様に、席をお譲《ゆず》りしなくてはね」

「は、はい！」

「そうですね」

ロイドとフラウが同時にうなずく。リリーシュアもうなずいて、三人一緒に席を立とうとした。

「おい、まだ料理がこんなに残ってるじゃないか。俺は別に因縁《いんねん》をつけたいわけじゃないし、幻《げん》術《じゅつ》を見破ったからといって、君たちに何かをしようとは――」

男は慌《あわ》てたような表情を見せる。

その時、店の扉が大きく開かれ、何人もの男たちがなだれ込んできた。

「レッパタール公爵様のとこの下廻《したまわ》りの皆さんじゃないですか。一体どうしなさったので⁉」

でっぷり太った給仕が、その身体つきにふさわしい大きな声を出す。

リリーシュアたちのテーブルの横に立っている男が、ドアにちらりと目をやって、眉間《みけん》にしわを寄せた。

「悪いが、座らせてもらうぞ」

男は静かに椅子を引き、何食わぬ顔でリリーシュアの隣に腰を下ろす。そして、リリーシュアに囁《ささや》いた。

「今は目立たないほうがいい。いいか、君たち。魔力を使おうなどとは考えるな。見たところ、まだ大したことはできないんだろう」

男の言葉に、ロイドとフラウの顔が険《けわ》しくなる。だが、彼らは浮かせていた腰を素直に下ろした。

リリーシュアも椅子に座りなおし、そっと背後を見遣《みや》る。

脛《すね》に傷持つやくざ者といった風情《ふぜい》の男たちが、給仕と押し問答をしていた。

給仕人は彼らを『レッバタール公爵の下廻《したまわ》り』と言ったが、公爵はまたずいぶんと物騒な連中を飼っているものだ。

レッバタール公爵領は、シェファールド帝国との境界に位置している。防備の必要がある土地柄だから、こんなやくざ者がいるのだろうか。

給仕は怯《おび》えるように彼らに言う。

「すみませんが、見ての通りの満席で……後から旦那方の根城まで、酒と料理は届けますんで」

「俺たちは人を探してるんだ。悪いが、店内をぐるっと一周させてもらうぜ」

やくざ者の言葉に、ロイドがひゅっと息を呑んだ。

「リリーシュア様。急いでスカーフをかぶってください」

フラウも切羽《せっぱ》詰まった声を出す。

(私たちを追ってきたの？　この子たちの身にも危険が及ぶかもしれない？　どうしてここにいることがバレたのだろう？)

リリーシュアは震える指先で、膝《ひざ》の上に置いていたスカーフを広げた。

「いやいや、勘弁してください。うちはちんけな店ですが、誇《ほこ》りを持ってやらせてもらってるんです」

奥のほうから、給仕とは別の男の声がする。どうやら店主のようだ。

彼はリリーシュアたちの席の横をすり抜け、勇敢《ゆうかん》にもごろつきたちに向かっていく。

「料理を楽しんでるお客様を困らせるような真似《まね》は、しないでもらいましょうか！」

店主の強い口調の怒鳴《どな》り声に、ごろつきのひとりが答えた。

「おお、店主。悪いが、こっちも引けねえんだよ。何しろレッバタール公爵様のところに、伝書鳥が飛んできたんだ。ここの隣のよ、アッヘンヴァルの領主からな」

伝書鳥！　リリーシュアの心臓が激しく高鳴った。

馬車の何倍もの速さで移動できる小型の鳥であるミロットは、緊急時の連絡手段として重宝《ちょうほう》されている。

ミロットは非常に賢《かしこ》いが繁殖《はんしょく》が難しい。

そのため各領地にひとつずつ置いてある飼育小屋は国の出先機関であり、その管理は領主の権限の外にある。

平民でもミロットを使って気軽に手紙を送ることができるが、必ず本人確認をし、役人の許可を得なければならない。

それは、アッヘンヴァル侯爵でも同じこと。

つまり領主の名前で伝書鳥を飛ばしたのなら、手紙の内容はそのまま父の意思であるということなのだ。

（お父様は一体、レッバタール公爵にどんな連絡を――）

スカーフを頭にふわりとのせ、反対側の肩にかけるように顎《あご》の下でクロスさせる。

慎《つつし》み深《ぶか》い妙齢の淑女は、身を守りたい時にはこのような巻き方をするもの。リリーシュアの取った行動は、決して不自然ではないはずだ。

自分と同じようにスカーフを巻いている女性の姿を確認して、リリーシュアはうつむいた。

ごろつきは、なおも大声で店主を説得する。

「レッバタール公爵に命じられてよ、俺たちもバタバタだ。十七歳の娘が逃げ出したんだと。うちの領内に逃げ込んだようだから、ひっ捕らえて連れてこいとさ。生死も問わねえってんだから、きっと罪人か何かだな。なに、探し人は金を持ってないそうだから、どうせこの店にはいねえよ。ちょこっと見回らせてくれ。な、頼むよ」

リリーシュアは息を呑んだ。心臓に刃《やいば》を突き立てられた気がした。

ごろつきはそんなリリーシュアに構わず、なおも続ける。

「アッヘンヴァルから懸賞金も出てるらしいぜ。俺たちゃそれが欲しいってのもあるが、まあうちの公爵様の顔を立てるって意味でもよ、探さなきゃならんのよ。修道院に逃げたんじゃねえかって話なんだが、それらしい娘はいなくてなあ」

リリーシュアの頭の中で、記憶がくるくると渦《うず》を巻いた。

勝《か》ち誇《ほこ》り、嘲《あざけ》るように唇を吊り上げるマリーベルの顔。

残忍《ざんにん》な笑みで歪《ゆが》む義母ドミニクの顔。

それから、リリーシュアから目を逸《そ》らしてばかりだった父の顔。

「ドブネズミみてえなきたねえ茶色いドレスで、蜂蜜色《はちみついろ》の髪と緑の目の娘がいないことを確認したらよ、すぐに出てくから」

それはリリーシュアの心を抉《えぐ》る、とどめの一撃だった。

じくじくと心が血を流しているのを感じる。

頭のどこかで、リリーシュアは信じていたのだ。

修道院に駆《か》け込んで、一生を神に捧《ささ》げる誓いを立てれば、父は見逃してくれるのではないかと。

マリーベルと義母は烈火《れっか》のごとく怒るだろうが、父の心の中に、リリーシュアへの愛の欠片《かけら》が残っているのではないかと。

（私に、もう、父親はいない）

よりによってこんな日に。

十八歳の誕生日に。

娘の年齢すら忘れた父は、自《みずか》らの意思で残酷《ざんこく》な決断を下したのだ。

赤い巻きスカートに、ぽと、ぽと、と雫《しずく》が落ちるのが見えた。

涙が頬《ほお》を伝っていることに気づいて、リリーシュアは己《おのれ》を抱き締めるように、ぎゅっと二の腕を掴む。

「すみませんねえ、お客様方。レッバタール公爵の意向じゃ逆《さか》らえねえ。お詫《わ》びに、後で一品サービスさせてもらいますんで」

諦《あきら》めたような店主の言葉に、ついさっきまで和気藹々《わきあいあい》としていた客たちの緊張感が高まった。

いくつもの足音が空気を乱す。それはまるで飢《う》えた野良犬のような、短気で粗暴《そぼう》な響きだった。

「いいか、ちびっ子たち。魔力は使うな、このお嬢さんを守りたければな。幻術《げんじゅつ》はともかく、魔力で大の大人をやり込めれば、君たちは確実にレティングの王宮に連れていかれる。この国には、『魔力持ち』が見つかった際の処遇に関して、きな臭い噂《うわさ》がある。それ以前に、ちびっ子たちは……本当の正体が知られたら、何をされるかわからないぞ」

リリーシュアの傍《かたわ》らの男が言う。小さな声だが、有無を言わせない厳しさがあった。

ロイドとフラウの身体が、びくん、と揺れる。

チャリ、と小さな金属の音がした。

涙で潤《うる》む視界の端に、男の太い手首が見える。無骨でシンプルな銀のブレスレットが巻かれていた。

それを見たフラウは何かに勘づいたのか、小さく息を呑む。

ブレスレットからぶら下がっている小さな銀板には、複雑な文様《もんよう》が彫《ほ》られていた。

男は指先で銀板が上向きになるように調整し、まるで見せつけるように手首をテーブルの上に置いた。

「事情は知らないが、泣いている淑女を無視するのは騎士の精神に反する。それに、君たちからは悪《あ》しき気配も感じないしな。俺がなんとかするから、黙っているんだ」

ロイドとフラウが互いに顔を見合わせ、それから緊張の面持《おもも》ちでうなずく。

リリーシュアは頭がくらくらして、傍《かたわ》らの男が何を言っているのか、よくわからなかった。

（私が、一体何をしたというのだろう……死にたくない。逃げたい。助けて。怖い）

塔《とう》で暮らした日々は、ひと言でいえば苦しかった。

ネズミのロイドとフラウがいてもなお孤独だったし、怖かったし、退屈で、未来なんか見えなかった。

自由を奪われて、息を潜《ひそ》めて暮らしていた。

病気になった時には、母の形見のハンカチを握り締めて眠った。目覚めると、枕元に必ず薬が置いてあった。

もしかしたら、父が差し入れてくれたのかもしれないと思っていた。

義母の手前リリーシュアを冷遇しなければならないだけだと、一縷《いちる》の望みを抱《いだ》いたのだ。

美しい母が元気だったころ、リリーシュアも華やかなドレスを身にまとって、幸福に包まれて、父も一緒になって笑い合っていたことを覚えている。

だから父にはやむにやまれぬ事情があるに違いないと、信じる気持ちを捨てきれなかった。

（今の私には、本当に何ひとつ、ない。それなのに、お父様は私の命まで奪うというの）

あまりの衝撃に、心が引《ひ》き裂《さ》かれそうになる。

（どうして私だけが、こんな目に遭《あ》わなければならないの……っ！）

そう思った瞬間、リリーシュアの中で何かが壊れた。

心の一部が吹き飛び、ガラガラと崩《くず》れ落ちる音が、大音量で聞こえる気がする。

「リリーシュア様、リリーシュア様、泣かないで……」

「くそ、俺さえちゃんと力を使えたら……」

ロイドとフラウの声があまりに悲しげなので、リリーシュアは無理に背筋を伸ばし、彼らの目を見た。

澄《す》みきっていたはずの子どもたちの目が、憤怒《ふんぬ》と苦痛に満ちている。

(そうだ、私にはこの子たちがいる。この子たちを、危険な目に遭《あ》わせてはならない。守らなくてはならない)

打ちのめされ、絶望的に冷えきっていた心に、わずかにあたたかさが戻った。

ロイドとフラウがくれた、まばゆい景色。楽しい時間。そして、自由。

それらを思い出した時、若いごろつきが下卑《げび》た笑みを浮かべながら、店の奥にあるリリーシュアたちのテーブルへ近づいてきた。

「えーっと、女は、と。ふん、そっちの大女は銀髪か。おお、こっちの娘は緑の目だな。手間とらせんじゃねえよ、さっさとスカーフを外《はず》しな」

「おいおい、俺の連れが十七歳に見えるのか？　アンタ、目がどうかしてるんじゃないか」

若いごろつきに向かって、リリーシュアの隣に座る男が冷ややかな声を出す。

「なんだとぉっ！　ここいらを仕切ってんのは俺たちだって、知らないわけじゃねえだろう！　おめえらには『はい』以外、答える権利はねえんだよっ！」

ごろつきが苛立《いらだ》った様子で、身を屈《かが》めて男ににじり寄った。

「へえ、そうなのか。それは知らなかった」

しかし、男の声は涼《すず》しいものだ。若いごろつきはあからさまに不愉快《ふゆかい》そうな顔になって、太い眉《まゆ》を寄せる。

恐怖のあまり震えそうになる身体を、リリーシュアは必死になって押さえ込んだ。

(ロイド、フラウ。貴方《あなた》たちとの時間がこれで最後になるなんて、絶対に嫌。こうなったら、何がなんでも逃げてやる)

ロイドとフラウとは、まだまだ話さなければならないことがある気がするのだ。それが何かは、正直よくわからないけれど。

買ってすぐにお直しに出したドレスだって、袖《そで》を通さなければ可哀想だ。

「おめえ、ちょっとは腕に覚えがありそうだが。力任せの喧嘩《けんか》で、俺たちに勝てるとでも――」

「おいおい、どうしたどうした」

若いごろつきの背後から、数人の屈強《くっきょう》な男たちが近づいてきた。

隣の男がもし強かったとしても、一対多数では勝ち目はなさそうだ。

唯一の安心材料は、ごろつきたちの目にも、ロイドとフラウの姿が『おまじない』のかかったものに見えているらしいこと。それでも、実際は小さな子どもにすぎない。

(こんな男たちに、数人がかりでねじ伏《ふ》せられたら……この人は、どうするつもりなのかしら。ああ、子どもたちを守ろうにもやり方がわからない。でも、どんなことをしても、ロイドとフラウを

傷つけたくない）

リリーシュアは、強くそう思った。

父に対しての悔《くや》しい思いが詰まっている胸の、そのど真ん中で。

身体中の血がたぎるのを感じる。

体内を駆《か》け巡《めぐ》る血液が、「私だって自由に生きたいのだ」と叫《さけ》んでいるようだった。

若いごろつきは、屈強《くっきょう》な男たちに声をかける。

「ああ、親分と兄貴たち、いいところに。この男が生意気言いやがるもんで、いっちょ締め上げてやろうかと」

すると、柄《がら》は悪いが目尻のしわが深く、どこか愛嬌《あいきょう》のある顔つきの男が叫《さけ》び声をあげた。

「ん？　お、おい、そのブレスレットの、その紋章《もんしょう》は！」

彼の視線はテーブルの上の男の手首、さらに言えばブレスレットについた銀板に釘づけになっている。

「お、親分。どうしなさったんで？」

驚いた様子の若いごろつきに対し、親分と呼ばれた壮年の男は声を荒らげた。

「馬鹿もんがっ！　あれは、シェファールド帝国騎士団の紋章《もんしょう》だろうが！　今は諍《いさか》いを起こすなと、レッバタール公爵からも口を酸《す》っぱくして言われてるだろうっ！」

シェファールド帝国の騎士団！

リリーシュアは、記憶の彼方《かなた》で薄れかかっていた母の言葉を思い出した。

(集団としての強さ、規律正しさは大陸で一番。おまけに騎士一人一人が、片手で百人の敵を薙《な》ぐほどに強い……)

毎晩寝しなに物語を聞かせてくれた母が、小さなリリーシュアに隣国の騎士団の強さについて語ってくれたことがあった。

百人はさすがに言い過ぎにしても、帝国の騎士ならば、並大抵の強さではないはずだ。

「騎士の旦那、こっちにも色々事情がありましてねえ。一応、確認させていただきます。そっちのお二人と、隣のお嬢様は、旦那のお連れさんで間違いないですな？」

ごろつきの親分は、目をしょぼしょぼさせながら尋ねた。

騎士は極《きわ》めて淡々と、無表情に答える。

「そうだ。あっちの二人は俺の従者だ。そして、こっちは彼らの娘で十三歳。可哀想に、アンタらが脅《おど》かすもんだから、怯《おび》えて泣いてしまった」

言うに事欠いて十三歳とは！　いくらなんでもそこまで小さくはないはず！

リリーシュアの頭にかっと血が上った。

親分は腕を組んで眉《まゆ》を顰《ひそ》め「たしかに、小せえな」とつぶやいた。

(十三歳……が、悔《くや》しいことはさておき……。どうしよう、なんだか身体が……おかしい。身体が、燃えるように熱い……！)

子どもだと思われたことへの羞恥《しゅうち》もあるが、この熱さはそのせいばかりではなさそうだ。

さっき「壊れた」と思った瞬間から、身体の中で、何かが急速に膨《ふく》らんでいるのを感じるのだ。

わけのわからないものがリリーシュアの身体の中で膨《ふく》らんでは弾《はじ》け、そのたびに熱くなった。

まるで炎《ほのお》が燃《も》え盛《さか》るように。

全身から湯気《ゆげ》が立ち上っているようにさえ思えて、太腿《ふともも》の上に置いた手のひらを、ぎゅっと握り締めた。

リリーシュアが戸惑《とまど》っているうちにも、親分と騎士の話は続く。

「そもそも隣の女、着ている服が違いますしな。金のねえ娘っ子が、服屋で盗みを働いたって報告もありやせんし。ところで旦那、こちらへはなんのご用件で？」

親分がわずかに問い詰めるような口調になる。騎士はさらりと答えた。

「そこまで答える義理はないと思うが。戦争をしているわけじゃなし、一族郎党《いちぞくろうとう》を連れての物見遊《ものみゆ》山《さん》くらい、そっちの連中もするだろう」

「はは、たしかにそうだ。いやいや、失礼いたしました。うちのわけぇのは単細胞なんで、必要ないところにまで突っかかっちまう。おい、お前。こちらのお嬢さんは探し人じゃねえよ。そもそも、罪人がシェファールドの騎士様と一緒にいるはずねえだろうが！」

親分にどやしつけられて、若いごろつきは苦虫を噛《か》み潰《つぶ》したような顔になった。親分は、騎士の機嫌《きげん》を取るように尋ねる。

「騎士の旦那。念のため、お名前をお聞きしても？」

「ジークヴァルト・ギーアスター。どこへでも問い合わせるがいい」

親分はそれを聞いて、ほうと目を丸くした。

「いやいや、そんな。しかしジークヴァルトとは、シェファールドの皇太子様と同じ名前ですな」

「まあな。シェファールドでは、ありふれた名前だ」

ジークヴァルトと名乗った騎士の顔は、相変わらず涼《すず》しいままだった。親分はしばらく彼をじっと眺めた後、うっすらと意味ありげに微笑む。

「いずれにしろ、高貴な方のお名前でしょう。いや、平民の味を楽しんでおられたんでしょうに、失礼しました。さあ、おめえら行くぞ！」

親分に促《うなが》されて、いかつい顔の男たちがテーブルから離れていく。

彼らは残りのテーブルが男ばかりの集団であることを確認すると、さっさと出入口へ向かっていった。

さっきジークヴァルトに食ってかかった若いごろつきが振り返り、ふん、と鼻を鳴らしたが、それだけだった。

ごろつきたちが店を出ていくと、全身を緊張させていた客たちが、ほうっと息を吐く様子が伝わってくる。

「お嬢さん、震えている場合じゃないぞ。あの親分は勘《かん》が鋭《するど》そうだ。さっさと安全な場所に移動したほうがいい」

静かで落ち着いたジークヴァルトの声が、頭の上から降ってくる。

リリーシュアはため息をつこうとした。だが、喉《のど》から絞《しぼ》り出《だ》されたのは呻《うめ》き声《ごえ》だった。

「リリーシュア様！」

ロイドが叫《さけ》んだ。

「様子がおかしい。まさか門が一気に開いたんじゃ……」

フラウが険《けわ》しい口調で言う。

「門？　……もしかして『魔力の門』か？　お嬢さん、身体の様子を口に出して伝えてくれ！」

ジークヴァルトが身体を屈《かが》めて、リリーシュアの顔を覗《のぞ》き込《こ》んでくる。

ごろつきたちに尖《とが》った眼差《まなざ》しを向けられても落ち着き払っていた人が、わずかに焦《あせ》りを見せていた。

「わからない……ただ、苦しくてたまらないの。身体の中で、何かが暴れまわってる」

リリーシュアは両手で顔を押さえて答えた。

心臓が、痛いほど高鳴っている。

いてもたってもいられないというのは、こういうことを言うのだろう。本当は頭を抱《かか》えて、その場を転げ回りたいくらいだ。

苦しくて苦しくて、暴れでもしない限り、どうしようもないように思えた。

「何かが……何かがあり余ってる……燃《も》え盛《さか》る炎《ほのお》のような……身体を焦《こ》がす何か……」

懸命《けんめい》にじっとしていても、幾筋もの汗が首筋を伝って落ちる。

体内で次々に生まれた熱が行き場を失い、皮膚《ひふ》を突き破る勢いで暴れ回った。

あまりの痛みに脳味噌がぎしぎしと音を立てる。

その苦痛は、まるでリリーシュア自身を破壊しようとしているかのようだった。

「まさか、そんな……『魔力の門』は、リリーシュア様の身体の成長が追いつくまで、完全には開かないはずじゃ……」

「どうしよう、ねえ、どうしよう！　魔力が外に漏れてこないってことは、全部が内側で暴れ回ってるってことよ！　このままじゃ、リリーシュア様の身体が……！」

愛《いと》しい子どもたちが、混乱し動揺している。

リリーシュアは耐《た》えがたいほどの痛みと闘《たたか》いながら、ひび割れた口の隙間《すきま》から「大丈夫」とつぶやいた。

「大丈夫だから、心配しないで……」

本当は不安でいっぱいになっている。

喉《のど》がからからに渇《かわ》き、気分もひどく悪い。それでもリリーシュアは懸命《けんめい》に笑ってみせた。

門とは、魔力とはどういうことだろう？　リリーシュアにはまるでぴんとこない。

だんだん身体が痺《しび》れてきて、思考力が失われていく。

けれど頭の中で思うのは、ただロイドとフラウを心配させたくないということだけだった。

「お嬢さん、触《ふ》れさせてもらうぞ。淑女が困っている時、まともな男ならするに決まっていることだ」

真剣な表情でこちらを見るジークヴァルトに、リリーシュアはこくんとうなずいてみせた。

大きな手が隣からぱっと伸びてきて、リリーシュアの指先をぎゅうっと包み込む。

リリーシュアは、全身がびくんと脈打つのを感じた。

「この力は……火か。いや、簡単には分類できない性質も感じるな。何より、この熱は……」

決して周囲には聞こえないくらいのジークヴァルトの声が、リリーシュアの体内で響く。

繋《つな》がった指先から、柔《やわ》らかい感覚がすうっと流れ込んできた。

それは穏《おだ》やかな風のように、リリーシュアの胸の中で渦《うず》を巻く。

（いえ、風じゃない。これは……光？　澄《す》みきった、一点の曇《くも》りもない……）

ジークヴァルトは、リリーシュアの身体を引き寄せた。抵抗する間もなかった。

気が付くとリリーシュアは、彼の胸に耳を押しつける格好で抱き締められていた。

「お嬢さん。君は今、危険な状態にある。処置できる医者のところまで、運ばせてもらうぞ」

激しく戸惑《とまど》うべき場面なのに、リリーシュアは引き締まった胸に素直に身体を預けた。

なぜかはわからない。

でもこの人は、死よりも悪い運命から、リリーシュアを救おうとしてくれている。そう感じた。

ふわりと身体が浮いた。

ジークヴァルトがリリーシュアを横抱きにして、すっくと立ち上がったのだ。

涙をきらきら光らせるロイド、切羽詰《せっぱつ》まった顔のフラウに笑いかけてあげたいのに、リリーシュアの意識は薄れていく。

一体この先に、何が待ち構えているのだろう。

果たして自分は、このままどこへ行くのだろうか。

リリーシュアはぼんやりと霞《かす》んでいく頭で、そんなことを思った。

第三章

いろんな声が聞こえる。たくさんの人が、しきりに何かを話しかけてくる。

でも、リリーシュアは自分がどう答えたのかわからなかった。自分の身体が自分のものではないみたいで、意識が朦朧《もうろう》としている。

みんながびっくりするほど親切に、リリーシュアの身体を扱っていることはわかる。

なのに、すべての物音が妙に遠くて、不思議なくらい現実感がない。

リリーシュアの中で怒涛《どとう》のように溢《あふ》れ返《かえ》る、手の施《ほどこ》しようのない『何か』は、リリーシュアの意思や理性とは無関係に高まっていた。

血が煮《に》えたぎる。苦しくて、心細くて、誰かに側《そば》にいてほしくて。

悲鳴をあげながらリリーシュアが宙へ伸ばした手を、誰かが強く掴んだ。

握り締められた手から、あたたかいさざ波のようなものが押し寄せてくる。

(――気持ちいい……)

誰かが注《そそ》いでくれるその感覚を、リリーシュアは好ましいと思った。

すると燃《も》え盛《さか》って、どうしようもなくなっていた『何か』が鎮《しず》まり、身体を突き刺すような痛みも徐々におさまってきた。

ぼんやりとした視界に、まばゆい光に包まれた青年の姿が映る。

見間違いではなく、彼の身体は黄金色《こがねいろ》に輝いていた。

「天使様？」

リリーシュアはうっとりした口調でつぶやく。

「やっと迎えに来てくださったのね？　お母様のいる天国に、連れていってくださるのね？」

「愛する人のもとへ行くには、まだ早すぎる」

天使様の視線が、リリーシュアにひたと向けられる。彼はリリーシュアの手を、さらにきつく掴んだ。

リリーシュアは、それに縋《すが》りつき、胸の内を吐露《とろ》する。

「でもお母様が恋しいの……恋しくて恋しくて、つらいの」

「君はもう大丈夫だ。だから、楽しい未来だけを思い描くんだ。自由に夢を追いかけて、好きなように暮らせる」

天使様から溢《あふ》れ出《で》る光が、ひときわ強く輝いた。

そのせいで顔はよく見えないけれど、優しい雰囲気がとめどなく伝わってくる。

「駄目だわ……そんなの、見果てぬ夢。私には光り輝く未来なんて……」

天使様に口答えをすることが、不遜《ふそん》だとはわかっていた。

でも、自分を取り巻く現実の凄惨《せいさん》さを、忘れ去ることなんてできない。

（お父様は私を愛してくれない……婚約も破棄された。これから先、私を愛してくれる人なんて、いるわけがない……）

その事実が、リリーシュアの心に重たくのしかかっている。

「心配するな。これから君はたくさんの人に愛されるぞ、リリーシュア」

なだめるように、呆《あき》れたように笑いながら、天使様が言う。

その声は、なんだか聞き覚えがあるような気がした。

「だって、君は『魔力持ち』だ。そして君の持つ力は、恐らく特別で大切なもの。おまけに頼もしく立派な従魔が、二匹も付き従っている」

「私が『魔力持ち』？　従魔が二匹？」

言われたことがよくわからず、リリーシュアは首をかしげる。天使様は穏《おだ》やかにうなずいた。

「そうだ。『魔力持ち』には、生まれ持った格というものがある。才能や努力だけではどうしようもない、運命のようなものだ。リリーシュア、君は飛びぬけて格が高いんだ。シェファールド帝国にある計器で正しく測りたいところだが、計器のほうがぶっ壊れるレベルかもしれない」

リリーシュアはぽかんと口を開けた。

「まさかそんな……。天使様にお会いできただけでも嬉しいのに、そんなことまで言っていただいて……束《つか》の間《ま》の喜びであったとしても、もう、十分……」

リリーシュアは微笑みながら、再び眠りの淵《ふち》に沈《しず》もうとした。

けれど天使様が繋《つな》がったままの指にぐっと力を込めて、リリーシュアの意識を引き戻す。

「疑《うたぐ》り深《ぶか》いやつだな。ほら、自分の身体を見てみろ」

「え？」

リリーシュアは自分の腕の辺《あた》りに視線をやった。

緋色《ひいろ》に朱色《しゅいろ》、茜色《あかねいろ》に紅色《くれないいろ》の光が、自身を取り囲むように踊っている。

リリーシュアは息を呑んで、目を見開いた。

「魔力には火・水・風・土・光・闇の六つの属性がある。君はどうやら火の属性を持っているようだ。それだけではなく、六属性に分類されない力も感じられる。そういった特殊《とくしゅ》属性は、専門の機関でないと判断が難しい」

「ああ、わかった。これは夢の世界なんだわ……」

自分のことを言われているのに、絵物語を見ている気分なのは、現在進行形で夢を見ているからに違いない。

リリーシュアがうなずくと、困ったような笑みが天使様の唇の端に浮かぶ。

まばゆい光に目が慣れて、だんだん彼の顔が見えるようになってきた。

柔《やわ》らかそうで、気品に満ちた金の髪。宝石のような紫の瞳がとても美しい。

しかし天使様にしては、ずいぶんと引き締まった精悍《せいかん》な顔立ちをしている。

（あの騎士様……ジークヴァルトという人に似てるけど、でもちゃんと翼が生《は》えてるし……）

リリーシュアはじっと目を凝《こ》らした。

（あら？　天使様の背中に翼が生《は》えているのではなくて……巨大な鳥のような生き物が張りついている？）

宝石のような緋色《ひいろ》の目の、とても美しい鳥だ。真っ白な翼で、勇敢《ゆうかん》な大鷹《おおたか》のようである。

「ピィッ！」と笛のように鋭《するど》い鳴き声がした。

鳥はきょろきょろと緋色《ひいろ》の瞳を動かしながら天使様の頭の上まで移動すると、まるで大きな布で覆《おお》うように、白くて長い翼を広げた。

（天使様の翼って、こういう作りだったんだ……知らなかった）

リリーシュアが驚いてそれを見つめていると、天使様がやさしく問いかけてくる。

「君は今、まだ御《ぎょ》しきれない魔力を身体にみなぎらせて、輝いている。『魔力の門』から漏れ出てくる力を感じないか？」

「『魔力の門』……？」

リリーシュアは小首をかしげた。天使様はゆっくりと続ける。

「『魔力持ち』の魂《たましい》──つまり心と呼ばれる場所には、魔力の源《みなもと》と繋《つな》がる門がある。多くの人間には、そもそも門が存在しない。あったとしても、一生閉じたままの者がほとんどだ。けれど、君のように『魔力の門』をその身に宿《やど》し、魔法を使える者は確かにいる。ごくごく稀《まれ》に、門が開きっぱなしで生まれてくる者もいるが……大抵の『魔力持ち』の門は、しかるべき時に開くんだ。少しずつ、ゆっくりと」

「しかるべき時……」

夢であることはわかりながらも、リリーシュアはこくんとうなずいた。

たしかに自分の体の奥の奥、生まれてからずっと存在すら知らなかった場所に、小さな扉のようなものがあるのを感じる。その場所が、リリーシュアの魂《たましい》のありかなのだろうか。

「君の場合は、十八歳の誕生日が境目《さかいめ》だったようだ。ただ門の扉は徐々に開くはずだったのに、すべてを壊す勢いで一気に開いてしまった。慣れないうちに魔力がすべて解放されると、身体のほうが耐《た》えられない。君の魔力が人前で暴走しなかったのは幸いだった。あの後、一度は壊れかけた門を、『魔力持ち』たちが一丸となって修復したんだ。君の魔力があまりにも強すぎて、門の扉を完全に閉じることはできなかったが……それでも最悪の状態は脱した。リリーシュア、君は本当に運がよかったよ」

天使様の手のひらから、誠実な輝きを持つ光がリリーシュアへと流れ込んでくる。同時にリリーシュアから生まれ続けている熱が、天使様の身体に吸い取られるのも感じられた。

天使様の端整な顔がぐっと近づいてきて、美しい紫の瞳がリリーシュアの目を覗《のぞ》き込《こ》む。

「君は一度死にかけた。もう二度と、あんなことは起きてほしくない。だから俺は、君を生き長らえさせることに全力を尽《つ》くす」

真っすぐぶつかってくる強い視線に、リリーシュアは思わず微笑んだ。

さすが天使様、なんて親切なのだろう。

「とりあえず、もう少し寝るといい。そうしたら、漏れている魔力も落ち着くはずだ。これから先どうするかは、判断力が戻ってから決めたほうがいいからな」

天使様が笑った。その笑顔は柔《やわ》らかく、春の昼下がりのようにのどかで優しい。

彼の指先から、ひときわ強い光が流れ込んできた。

リリーシュアを癒《いや》し、守ろうとする優しい気持ちも伝わってきて、自然と頬《ほお》が緩《ゆる》む。

リリーシュアは目を閉じて、ぐっすり眠った。


リリーシュアは、ゆっくりとまぶたを上げる。

久しぶりに幸せだったころの夢を見た。

幼いリリーシュアが母に見守られながら、屋敷の庭を走り回っている夢。

あんまり楽しくて、まだ笑みを浮かべてしまう。

(そういえば、金色の光が私に流れ込んできた……あの甘い感覚も夢だったのかしら？)

リリーシュアはベッドから起き上がろうとして、自分の右手が思うように動かないことに気が付いた。

横に視線をやり、大きく目を開く。

ベッドの脇で、誰かが突っ伏《ぶ》すようにして眠っていた。

心臓が、どくんと跳ねる。

右手はその人に繋《つな》がれているから、動かすことがままならない。

それでもなんとか上体を起こし、リリーシュアは眠っている人を見下ろした。

その人は横顔だけでも十分すぎるほど端整で、まるで美しい大理石の彫像《ちょうぞう》のようだ。

広くたくましい肩、白いシャツの上からでもわかるほど硬い筋肉に覆《おお》われている背中。

彼はどこからどう見ても、シェファールド帝国の騎士団員だという、ジークヴァルト・ギーアスターに間違いない。

現状に不明瞭《ふめいりょう》な点が多すぎて、リリーシュアは戸惑《とまど》うしかなかった。

「あらあらお嬢様、お目覚めになりましたのね」

突っ伏している騎士とは反対の方向から、穏《おだ》やかな声が聞こえた。

慌《あわ》ててそちらに顔を向けると、美しい老婦人が微笑んでいる。

リリーシュアの祖母くらいの年齢のようだが、透明感があり、とても清楚《せいそ》で綺麗な人だ。

ほつれ毛もなく丁寧《ていねい》に結い上げた白髪《はくはつ》に、丈《たけ》の長い真っ白な侍女服がよく似合う。

彼女はきびきびとした動きでリリーシュアに近づくと、優雅に膝《ひざ》を折って一礼した。

「エリーゼと申します。こちらの坊ちゃんの身の回りのお世話をしております」

「は、はじめまして。私は、あの。リリーシュア……です」

ベッドの上では行儀《ぎょうぎ》よく挨拶《あいさつ》もできない。それでもリリーシュアはエリーゼという老女に、ぺこりと頭を下げた。

(アッヘンヴァルを名乗るのは……やっぱり、もうできない……)

小さく唇を噛《か》んだリリーシュアを見て、エリーゼが笑みを深くした。

彼女の世にも稀《まれ》な緋色《ひいろ》の瞳も、目に痛いほど白い肌も、夢の中で見た大きな鳥を思わせる。

エリーゼは穏《おだ》やかに微笑んだまま、ちらとジークヴァルトを見下ろした。

「リリーシュアお嬢様、あちこち痛くて大変な思いをなさいましたね。でも、本当に不幸中の幸いが重なりましてね、最悪の事態は免《まぬか》れましたの。うちの坊ちゃんがずっと手を握っていたのも、いうなれば治療の一環でございまして。淑女に対するご無礼を、どうか許してやってくださいませ」

リリーシュアは繋《つな》がれたままの、乾《かわ》いた手の感触を急激に意識した。気恥《きは》ずかしさが込み上げてくる。

それに気づいたかはわからないが、エリーゼはリリーシュアたちの重なった手に、あたたかな眼《まな》差《ざ》しを向けた。

「坊ちゃんが手を握っていると、お嬢様は楽になるようでございましたから。自分の『力』に当てられても平気なお嬢様なんて、生まれて初めてなものだから、坊ちゃんったら張りきっちゃって」

「そ、そうなのですか……騎士様が看病してくださったのですね」

よくわからないが、どうやらジークヴァルトは一晩中、リリーシュアに付き添っていてくれたらしい。

そしていよいよ疲れて、こうして伏《ふ》してしまったのか。申し訳なさすぎて、心臓がどきどきする。

「まさか二人きりにするわけにはいきませんから、わたくしも一晩付き添っておりましたの。お嬢様の可愛いお供たちも、少しばかり弱っていましたのでね。信頼できる者が面倒を見ております」

それを聞き、リリーシュアは大きく息を吐き出した。

「では、ロイドとフラウは大丈夫なのですね？　ああ、よかった。本当にありがとうございます」

胸に手を当てると、自分の呼吸と高鳴る鼓動《こどう》を感じた。

(昨晩は、身体が消えてしまいそうなほど苦しくて、恐怖を覚えたものだけれど。よかった、またあの子たちに会えるんだわ)

心の底から安堵《あんど》しながら、周囲を見回す。ここは一体どこなのだろう。

「リリーシュア様。色々と疑問が尽《つ》きないこととは存じますが、まずはお着替えをいたしましょう。病み上がりですから、まだ湯あみはできませんけれど、髪の毛を梳《と》かして綺麗にしましょうね。あ、うちの坊ちゃんは叩き出しますからご心配なく」

エリーゼはそう言って、ソファの上に置かれていた一枚のドレスを手に取った。

愛らしい薄桃色のふわふわしたドレスは、昨日ロイドとフラウと一緒に選んだものに違いない。

「さあ、坊ちゃん。起きてくださいまし。淑女の部屋に、いつまでも居座るものじゃありませんわ」

エリーゼは厳しい表情を作り、それでいて優しい口調でジークヴァルトの肩を揺すった。

「……ん、ああ。起きる、起きるから……」

ジークヴァルトが呻《うめ》いた。

寝ぼけているのか、彼はなかなかリリーシュアの手を離そうとしない。

「リリーシュア様はこれからお着替えをなさいますの。そういった機会を悪用するのは、騎士の誇《ほこ》りが許さないんじゃありませんの？」

エリーゼの言葉を聞いて、遠くを見ていたジークヴァルトの瞳に、現実の光が戻ってくる。

彼は慌《あわ》てて起き上がろうとする。

その時、指先が食い込むほど強く自分がリリーシュアの手を掴んでいることに、初めて気づいたようだった。

「わ、悪かった。俺の馬鹿力で掴んでいては、痛くてたまらなかっただろう」

「いえ、いえそんな、あの――」

看病のお礼を言いたかったのに、その美丈夫《びじょうふ》は長い脚をふらつかせながらも、素早《すばや》い動きであっという間に部屋の外へ出ていってしまった。

リリーシュアが目を丸くしていると、エリーゼは肩をすくめてため息をついた。

「うちの坊ちゃんは、女性を惹《ひ》きつけずにはいられない容貌《ようぼう》に育ちましたけれど、愛想がなくて……女性に気のきいた言葉のひとつも言えませんの。さ、リリーシュア様。まずはさっぱりしましょうね」

「あ、はい。よろしくお願いします……」

エリーゼはさすが老齢の侍女だけあって、リリーシュアの身支度《みじたく》を手早く、かつ丁寧《ていねい》に整え始めた。

元から面倒見のいい性分であるのか、世話をするのが楽しくて仕方ない、といった様子だ。

うわべだけではなさそうな笑みを浮かべながら、柔《やわ》らかい布でリリーシュアの汗を拭《ぬぐ》ってくれる。

「エリーゼさんは、騎士様に長くお仕《つか》えしていらっしゃるのですか？」

「ええ、ええ。赤ん坊のころからお世話させていただいておりますの。坊ちゃんは騎士とはいっても、少々特別でございましてね。どうしても、世話係や護衛が必要なのです。ですからわたくし、こう見えても腕に覚えがございますのよ？」

「まあ……。それは、心強いことですね。エリーゼさんにならなんでも相談できるでしょうし、安心して身体を任せることもできますし……」

彼女が見せる親しげな表情、真心や誠意の感じられる動作が、リリーシュアの気持ちをあっという間にほぐす。

打ち解けた雰囲気は、自然とリリーシュアの口数を増やした。

「私、夢を見たんです。騎士様の身体が、信じられないくらい美しい金色に包まれていて。まるで光と溶け合うようで……あんまり綺麗で、天使様が迎えに来てくださったのかと思いました」

エリーゼはリリーシュアの痩《や》せた身体にドレスを着付けながら、なぜだか少し驚いたような顔つきになる。

「まあ、それは不思議な夢でございますね。そうですか、坊ちゃんの身体が金色に光って見えたと……」

エリーゼは感慨深《かんがいぶか》げにうなずきながら、壁に取りつけられた大鏡の前に椅子を運ぶ。リリーシュアは導かれるままにそれに腰かけ、話を続けた。

「騎士様の背中から、大きな翼が生《は》えていたんです。天使様の羽だと思ったものが、実は大きな白い鳥だったから、驚いてしまって。熱のある時って、不思議な夢を見るものですね」

そう言って笑うと、エリーゼは母のような慈愛《じあい》に満ちた顔で目を細めた。

いかにも高級そうな櫛《くし》で、蜂蜜色《はちみついろ》の髪を丁寧《ていねい》に梳《と》いてもらうと、耳の辺《あた》りが火照《ほて》ってくる。

北の塔《とう》で暮らしていた時は、家具らしきものといえば粗末《そまつ》なベッドと、木製の小さな棚《たな》と古びた机、脚の歪《ゆが》んだ腰掛けしかなくて。

あんな場所にいた自分が、今はまるでお姫様のような扱いを受けている。

その不思議さもさることながら、流れる水のように滑《なめ》らかなエリーゼの手さばきは、亡くなった母のそれを思わせた。

「まあまあ、なんてお可愛らしい。まるでお姫様のようでございますわね」

エリーゼはリリーシュアの長い髪を美しく整え終えると、軽く化粧まで施《ほどこ》してくれた。おかげで青白い肌も幾分《いくぶん》かましになったようだ。

鏡の中の自分を見て、リリーシュアは顔が赤らむのを覚えた。

そこに映っている姿は、やはり小さくみすぼらしく見える。けれどロイドとフラウが一生懸命《いっしょうけんめい》選んでくれたドレスは、しっくりと自分になじんでいるように思える。

目頭《めがしら》が熱くなって、小さな塊《かたまり》が喉元《のどもと》までせり上がってきた時、扉の向こうから叱《しか》りつけるような大きな声が聞こえた。

「おい、こらっ！　お前たち、まだ本調子じゃないんだから走っちゃ駄目だろうがーっ!!」

エリーゼは何事かを察したようで、「あらあら」と慌《あわ》てたように扉に駆《か》け寄《よ》った。

彼女が扉を開けると同時に何かが風のように飛び込んできて、リリーシュアの足元にまとわりつく。

心臓がおかしな感じに飛び上がり、リリーシュアは思わず床にしゃがみ込んだ。

そして目と鼻の先にいるものを、しげしげと見る。

そこには青と銀の毛並みを光らせる、あまりにも大きな二匹のネズミがいた。

「貴方《あなた》たち……」

確信めいたものが、身体の奥底から突き上げてくる。思考する前に、身体が何かを感知したようだった。

リリーシュアは手を伸ばして、二匹のネズミの頭に触《ふ》れる。

（一点の曇《くも》りも見せない、純真《じゅんしん》な輝きを放つ目……。これまでの人生の後にも先にも、これほど真心が溢《あふ》れたものを、私は知らない……）

リリーシュアは、人間の赤子ほどもあるネズミたちの身体全体を、探《さぐ》るように撫《な》で回《まわ》した。

ふわふわした毛並みがあたたかい。短めのしっぽはふさふさで、大きくぱっちりとした目は宝石のようだ。

鳴き声は「きゅぃん」や「もきゅ」といった形容しがたいものだが、撫《な》でられながら身をよじる姿はこの上なく愛くるしい。

こんなに大きなネズミはもちろん初めて見たはずで、恐怖を覚えてもおかしくないのに。

たとえこの獣《けもの》に敵意がなくても、単なる野生動物とは到底思えない存在なのに。

この子たちは北の塔《とう》にいた小さなネズミのロイドとフラウであり、馬車で一緒に旅をしてきた子どもたちでもある。

それは誰に教えられるまでもなく、すとん、とリリーシュアの胸の中に落ちてきた。

「ロイド、フラウ。ありがとう、ずっと私の側《そば》にいてくれて。貴方《あなた》たちには、感謝してもしきれないわ」

リリーシュアは身を乗り出して、彼らの頬《ほお》にキスをした。めまいがするほどの幸福感に襲われる。

それは二匹も同様のようで、彼らは競《きそ》うようにリリーシュアの顔に鼻先を近づけてきた。

ぶつかってくるような可愛らしいキスに、つい口元がほころぶ。

北の塔《とう》では孤独を飼いならし、骨の髄《ずい》まで寒さを感じていた。

この先、あたたかい場所へは二度と行けないのではないか——そんな恐怖で、リリーシュアの心は氷よりも冷えきっていた。

小さなネズミのロイドとフラウがいなかったら、きっと死んでいたに違いない。

彼らは甘えるように身体を寄せてくる。

「貴方《あなた》たちを抱っこしたいんだけど、あ、脚が……」

二匹の重さに負けて、リリーシュアはその場に尻もちをついた。

ロイドがぴょん、と太腿《ふともも》に乗ってくる。フラウも負けじとよじ上ってきた。

その愛らしい姿に、リリーシュアの頬《ほお》は自然と緩《ゆる》む。

重くてたまらないのだけれど、彼らを静かに受け入れ、ぎゅうっと抱き締めた。

激しく鳴っているのが自分の心臓の鼓動《こどう》なのか、ロイドとフラウの鼓動《こどう》なのか、聞き分けることができないくらいに強く強く抱き締める。

（ふわふわで柔《やわ》らかくて、とっても心地いい……）

リリーシュアは破顔して、滑《なめ》らかな二つの毛玉を抱き締めるという、至福の時を味わった。

「こらこら、おちびたち。それ以上はご主人様の身体に負担がかかるぞ！」

突然大きな声がして、リリーシュアは心臓が飛び出るかと思った。

おどおど見上げると、大柄な男性が頭を掻《か》きながらリリーシュアたちを見下ろしている。

「いやあ、おちびたちはすばしっこいな。追いかけるのに骨が折れたぜ」

その人は修羅場《しゅらば》を生き延びてきた熟練《じゅくれん》の闘士といった顔つきで、立っているだけで他を圧倒する存在感がある。

身体は筋骨隆々《きんこつりゅうりゅう》として、後ろに立っているジークヴァルトが小柄に見えてしまうほど。

リリーシュアが戸惑《とまど》っている間にも、男は話し続けた。

「おちびたちのその姿を見るのは、初めてなんだろう？　お嬢ちゃんを驚かせるかと思ったが、心配はいらなかったようだな。昨日の夜は、ご主人様の魔力が乱れまくったからなあ。こっちが本来の姿だから、おちびたちに負担が少なかったんだ……おっと、挨拶《あいさつ》がまだだったな。はじめまして、お嬢ちゃん。俺の名前はシグリだ。長いこと医者をしている。人間の病《やまい》でも『魔力持ち』のトラブルでも、なんでもござれだ！」

シグリはあっちこっちにはねる暗灰色《あんかいしょく》の髪を豪快に揺らして笑った。髪と同じ色の瞳には茶目《ちゃめ》っけがあり、怖そうに見えるが快活《かいかつ》な性格であるらしい。

ふと彼の言っていたことにひっかかりを覚えて、リリーシュアは小首をかしげた。

「あ、あの。この子たちに私の魔力が影響するというのは、どういうことでしょう？」

問いかけると、シグリはきょとんとした顔で、また頭を掻《か》く。

「おお、まだ知らなかったのか。そいつらは、お嬢ちゃんの従魔だ。従魔は『魔力持ち』のために生まれてきて、死ぬまで主人に付き従う存在。それで、従魔の活力の源《みなもと》はご主人の魔力だから、お嬢ちゃんが弱ってると、おちびたちの力も小さくなるわけだ。反対の場合も然《しか》り。わかるか？」

『魔力持ち』に、従魔。

理解が追いつかず、まだ混乱している。

けれどなんとか咀嚼《そしゃく》して、小さくうなずく。

そしてリリーシュアは改めてシグリを見つめ、毛玉のような二匹を抱《かか》えたまま、ちょこんとお辞《じ》儀《ぎ》をした。

「お会いできて嬉しいです、シグリ様。私のひどい苦しみを軽くしてくださって、ありがとうございました。うっすらとですが、この上なく優しく扱っていただいたことを覚えています。ロイドとフラウのことも、本当にお礼の申し上げようもないほど……」

「いやいや！　後ろの騎士の言葉を借りれば『困っている淑女を見捨てるのは俺の流儀ではない』ってヤツでね。礼ならば、君を守ってやりたいという、こっちの騎士に言うとよいのではないかな！」

シグリはリリーシュアの言葉を遮《さえぎ》り、後ろに立っているジークヴァルトに視線を向けた。

「い、いや。俺は騎士として当然の行《おこな》いをしただけで……」

ジークヴァルトがほのかに頬《ほお》を染める。

シグリは自分の顎《あご》を撫《な》で回《まわ》し、にんまり笑った。

さっきまで寝ぼけていたジークヴァルトは、顔でも洗ってきたのかずいぶんさっぱりしていた。

黒い脚衣《ズボン》に白いシャツというあっさりした身なりだが、どこか高貴な雰囲気が感じられる。

ふいに心臓がどきどきして、リリーシュアは二匹のネズミをぎゅうっと胸に押し当てた。

「え、ええと。ロイドとフラウ、どいてもらってもいいかしら……。あの、立ち上がってお礼が言いたいの……」

ロイドが「きゅうん！」と喉《のど》を鳴らした。フラウも「きゅい」と身をよじる。

「どいてあげたいですけど、これじゃ動けません」と訴えられているのがわかって、リリーシュアは慌《あわ》てて腕の力を緩《ゆる》めた。

「おちびちゃんたちは、こっちへいらっしゃい。美味《おい》しいパンをあげますよ」

「きゅっ!?」

エリーゼの言葉に、二匹の瞳が輝いた。

ぴょんっとリリーシュアの身体から下りると、ロイドとフラウは競《きそ》い合《あ》うように身体をこすり合わせながら、一目散《いちもくさん》にエリーゼのもとへ走る。

くるくると彼女の足元を回る様《さま》は「パン大好き！」と全身で主張しているかのようだった。

「ちびっ子たちは、パンが大好物なんだな」

ジークヴァルトがしみじみとした声を出す。リリーシュアはほんの少し苦笑した。

「ずっと長い間、あの子たちにあげられるものは、それしかなかったから……」

愛《いと》しい子たちをしばらく目で追ってから、リリーシュアは立ち上がろうとする。けれど、うまく脚に力が入らない。

いくら足腰が弱いとはいっても、これではあまりにも情《なさ》けない――そう思った瞬間、リリーシュアは息を呑んだ。

ジークヴァルトが目の前でひざまずき、手を差し伸べてきたからだ。

「手を貸そう」

ジークヴァルトがぶっきらぼうに言う。

ほとんど無表情で、でも紫の瞳にはあたたかさが溢《あふ》れていて。

やはり胸がどきどきして、息がうまくできない。

リリーシュアは目の前の大きな手を、惚《ほう》けたように見つめた。

亡き母の言葉を思い出す。

『いつ誰に見られても恥《は》ずかしくない淑女でいなさい。淑女は、どんな時でも凛《りん》としていなければなりません』

その教えを守って、かつて婚約していたマンフレートの前では、一度たりとも動揺することなどなかったのに。

「ちゃんと手は洗ったから、汚くないぞ」

リリーシュアが微動だにしないのが不思議だったのか、ジークヴァルトが小さく首をかしげる。

エリーゼの大きなため息が聞こえた。

「まったく坊ちゃんは風情《ふぜい》がない。こういう時は、淑女の緊張をほぐすために褒《ほ》め言葉のひとつや二つや三つ、連続して繰《く》り出《だ》せばいいのに。ねえ、おちびちゃんたち。貴方《あなた》たちの選んだドレスを着たリリーシュア様、とってもお可愛らしいわねえ」

背後できゅいきゅいと盛大な鳴き声がする。

誇《ほこ》らしげに胸を張るロイドの姿と、大きくうなずいているフラウの姿が、いとも簡単に思い浮かんだ。

ジークヴァルトが困ったように目を細める。

その紫の瞳に純真《じゅんしん》で誠実な輝きを見て、リリーシュアは意を決した。

「ご親切に感謝いたします……」

リリーシュアがおずおずと差し出した手を、ジークヴァルトがぱっと掴む。

その時、身体の中で何かが混ざり合って渦《うず》を巻いた。

(この心地いい感覚……まるで楽園にいるみたい。そう、夢の中で感じたものとまったく同じ……)

ジークヴァルトの手を借りて、リリーシュアはゆっくり立ち上がった。そしてジークヴァルトの顔を下からまじまじと見つめる。

彼も黙ったまま、じっとこちらを見つめてくる。

一流の職人が丹精《たんせい》込めて作り上げた、精緻《せいち》な人形のように整った顔立ち。

真っすぐ通った鼻筋、豊かな睫毛《まつげ》、凛々《りり》しい眉《まゆ》と穏《おだ》やかな目元。

シグリほどではないにしろ鍛《きた》えられ、均整のとれた体つきをしている。

金色の髪は獅子《しし》のたてがみのよう。無造作なようでいて、とても清潔感があるのが不思議だった。

料理店では気づかなかったが、本当に、絵物語にでも出てきそうな完璧《かんぺき》さだ。

何年も塔《とう》で暮らしていたせいで、リリーシュアはものの美醜《びしゅう》に関しての感覚が鈍《にぶ》い自覚がある。

それでも、世の中の女性はこういう人のことを、かっこいいと言うのだろうということはわかった。

「自分が『魔力持ち』だということは、もうわかるな？」

「はい……」

ジークヴァルトに問われて、リリーシュアはうなずいた。

天使様だと思っていたのはジークヴァルトで、夢だと思っていた会話はすべて現実だったのだ！

まさか、自分がおとぎ話にしかいないと思っていた『魔力持ち』だったなんて……と、ぼんやりジークヴァルトを見る。

「……っ、その顔で見つめないでくれるか。なんというか、その……心がざわつく」

ジークヴァルトの頬《ほお》が、はっきりとわかるほど赤く染まった。

「す、すみませんっ！　私ったら、お見苦しいものを見せてしまって」

はしたなく男性の顔を眺めてしまった己《おのれ》を恥《は》じながら、リリーシュアは慌《あわ》ててうつむいた。顔がこわばるのを感じる。

エリーゼは薄化粧を施《ほどこ》してくれたけれど、やっぱりみっともなかったのだろう。

塔暮《とうぐ》らしでは贅沢《ぜいたく》に湯船につかることなどできず、使用人が運んでくれるたらいのお湯で、週に二回髪を洗えればいいほうだった。

父から家を出ろと宣告された時、顔を隠すよう指示されたのは、きっと娘の身を守るためでもなんでもなく、リリーシュアの見てくれがあまりにみすぼらしかったせいだ。

（ごわごわした髪を、エリーゼさんが丁寧《ていねい》に梳《と》いてくれたけれど……どんなにめかし込んでも、今の私では滑稽《こっけい》に見えるに違いない。ああ、せめてベールがあれば……でも厄介《やっかい》になっている身で、そんな我儘《わがまま》は言えないし……）

リリーシュアはうつむいたまま、繋《つな》いだままの手をそっと離そうとした。

すると、ジークヴァルトは慌《あわ》てたように言う。

「いや、そうではなくてだな。君の顔が悪いのではなく、単にこっちの事情なんだ。その、判断力が鈍《にぶ》るというか、平静ではいられなくなるというか……」

離してほしい、と指先でそっと意思表示をしたのに、なぜかジークヴァルトの手が離れない。

よけいにきつく握り締めてきた手のひらは大きくて、指も長い。騎士として日常的に剣を振るっているせいだろうか、指の節《ふし》が少し目立つのを感じた。

どうしようと焦《あせ》っていると、エリーゼの呆《あき》れたようなため息と、ぶつぶつつぶやく声が耳に届く。

「おかしいわ……お生まれになってから十八年間、スマートな紳士《しんし》になるよう教育したはずなのに。王子様とお姫様が出てくる素敵な絵物語を、山のように読み聞かせたはずなのに……坊ちゃんったら、なんでこんなに残念なのかしら」

耳を疑った。今、十八年と聞こえたような？

（ということは、ジークヴァルト様は十八歳？　私と同い年？　てっきり三つか四つは年上だと……いいえ、でもそう言われると、若者らしい純真《じゅんしん》さがあるような……）

突然、うつむいたままのリリーシュアの視界に、勢いよく床を蹴《け》るロイドとフラウが飛び込んできた。

「きゅぃっ！」

「きゅっ‼」

彼らは迷うことなくジークヴァルトの長い脚に頭をぶつけた。何度もジャンプして、体当たりを繰《く》り返《かえ》す。

手のひらサイズだったころはともかく、今のロイドとフラウの大きさでは、ぶつかられた方は相当痛いに違いない。

「ちょっ！　ちょっとロイド、フラウ、やめなさいっ！」

リリーシュアが声をあげた瞬間、二匹はぴたりと動きを止めた。

恐る恐る顔を上げると、ジークヴァルトはしかつめらしい表情になっている。

やっぱり怒ってしまったのだろうか、と謝罪の言葉を口にしかけた時、慎《つつ》ましいノックの音が響いた。

「入ってもよいですか」という高く澄《す》んだ声が、扉越しに聞こえる。

「聖レミアス教の大主教《だいしゅきょう》、ヴィサ・ペテリウス様ですわ。リリーシュア様の身に何が起こったか、話を聞きたがっておられるんです」

エリーゼが微笑みながら言う。リリーシュアは驚いて彼女を見上げた。

「だ、大主教様が私に……ですか……」

大主教といえば、世界にたった五人しかいない尊《とうと》いお方だ。

多くの国で信仰されている聖レミアス教では、信者が信仰のよりどころとして集まる教会の責任者を『司祭《しさい》』、各国の王都にある聖堂の総責任者を『主教《しゅきょう》』、そして五つしかない大聖堂を管理監督する人物を『大主教』と呼ぶ。

大主教のさらに上にいるのが聖レミアス教の最高位聖職者である『教皇《きょうこう》』で、教皇は宗教国家ラハルドの元首でもある。

大聖堂は、大陸北部の大国オルスダーグ帝国、南部を統《す》べるシェファールド帝国、歴史の長い東と西の二つの伝統国にそれぞれ置かれている。

最後のひとつは教皇がおわす宗教国家ラハルドにあるといい、五つの中で最も立派な大聖堂だ。

司祭や、修道院の修道士やシスターならばいざしらず、いずれの大聖堂の大主教様であっても、ごく普通に暮らしていればまず出会うことのない雲の上のお方だ。

「ヴィサ様を、お通ししてもよろしいですか？」

エリーゼが扉を一瞥《いちべつ》する。リリーシュアは慌《あわ》てて「もちろんです」とうなずいた。

(聖レミアス教の大主教様！　ああ、信心深かったお母様がどれほど喜ばれることだろう！)

床を滑《すべ》るように扉へ向かうエリーゼの背中を眺めるだけで、リリーシュアは緊張で心臓が止まりそうになる。

(身なりを整えてくれたエリーゼさんの気遣《きづか》いに、心の底から感謝しなくちゃ……)

扉が開く音がする。エリーゼとヴィサ様というお方の会話が耳に届いた。

貴《たっと》い人のお姿は、エリーゼの背中に隠れてまだ見えない。

エリーゼは穏《おだ》やかな声音で相槌《あいづち》を打っているようだ。

「——ええ、ええ。お加減はすっかりよろしいようで。つい先ほど、身支度《みじたく》が終わったところなんですの」

「そうですか。適当な頃合いを見計らって来たのですが、ちょうどよかったですね」

落ち着いた足取りで入ってきた大主教を見て、リリーシュアは息を呑み、目を丸くした。

その人が身にまとう聖レミアス教の礼装は、リリーシュアの想像より遥《はる》かに豪華だった。

黒地のローブには、金糸《きんし》銀糸《ぎんし》でいくつもの刺繍《ししゅう》が施《ほどこ》されている。草花や鳥、蝶《ちょう》などの刺繍《ししゅう》が芸術的に配置され、すこぶる美しい。

窓から差し込んでくる柔《やわ》らかな光が、その人が首から下げている銀の鎖《くさり》に当たって弾《はじ》けた。

青い目は澄《す》んだ湖を思わせる。聖職者がかぶる角帽子の下の漆黒《しっこく》の髪は、腰まで届いていた。

長く豊かな睫毛《まつげ》。しみひとつない瑞々《みずみず》しい肌。血色のいい艶《つや》やかな唇。

その美しさは、まるで人形のようだ。

そのお方は非常に知性的で、いかにも穏《おだ》やかな気性に思える。

だがリリーシュアの目に、その姿は——年端《としは》のいかぬ、幼女に見えた。

「迷える子羊よ。私はこのようなりですが、貴女《あなた》よりもよほど長く生きています。ついでに言いますと、男です」

驚愕《きょうがく》で目を見開くリリーシュアに、大主教ヴィサはわずかに頬《ほお》を緩《ゆる》めて微笑んでみせた。

「も、申し訳ございません！　大主教様に、なんというご無礼を……！」

リリーシュアはすっかり動揺し、慌《あわ》ててひざまずこうとするが、ヴィサは手のひらでそれを制する。

「そのままで。私は神に仕《つか》える慎《つつ》ましい人間です。特にこの場においては、貴女《あなた》とは対等でいたいと思います」

ヴィサはちらりとロイドとフラウに視線をやり、目を細めた。

「貴女《あなた》のお供たちも元気になりましたね。そこのシグリは私の従魔でして、医者としての腕前は超一流なのですよ」

「は、はい！　おかげ様ですっかり元気です、ありがとうございます！」

すっかり気が動転して、リリーシュアの口から上擦《うわず》った声が出る。そしてふと疑問が湧《わ》き、おずおずと尋ねた。

「あ、あの、その。大主教様がいらっしゃるということは、ここは教会か修道院なのですか……？」

ヴィサは「ああ」と思い出したように言う。

「ここはシェファールド帝国の帝都カルディスにある、聖レミアス教の大聖堂です。もっと正しく言えば、その隣にあるシグリの診療所の入院患者用個室。貴女《あなた》は国境を越えるための手形を持っていませんでしたが、私の特権でレティングから出国させました」

シェファールド帝国の大聖堂！　リリーシュアはひゅっと息を呑んだ。

その様子に気づいてか、エリーゼが優しく声をかけてくれる。

「さあさあ、詳しい話は座ってからになさいませ。美味《おい》しいお茶をご用意しますからね」

「おお、いいですね。エリーゼの淹《い》れるお茶は、とても美味《おい》しい。さあ、リリーシュア。座りましょう」

「は、はい……」

ヴィサに気さくに微笑まれて、リリーシュアはぎこちなくうなずいた。

「ジーク、そのまま彼女をソファまでエスコートしなさい。これから、たくさんの疑問を明らかにしなければなりません。ひとつひとつ、順を追って話しましょう」

声にも顔にも鷹揚《おうよう》さと寛大《かんだい》さを滲《にじ》ませ、ヴィサがジークヴァルトを促《うなが》す。

未だに繋《つな》がったままの指先を見て、リリーシュアは顔を熱くした。

自分なんかがエスコートされるなんて、申し訳ないから手を離したいのだけれど、かといって振りほどくわけにもいかず。

結局リリーシュアは、驚くほど力強いジークヴァルトの手に導かれ、大人三人が楽に座れるほど広いソファに腰を下ろす。ヴィサは、その向かいのソファに座った。

(ジークヴァルト様は、この貴《たっと》いお方の護衛なのかしら。でも、エリーゼさんが言うには、この人自身も護衛が必要なほど高い地位でいらっしゃるようだし……)

思考にふけっていると、エリーゼがティーワゴンを運んでくる。ネズミ姿のロイドとフラウが、遊んでほしいというように彼女の足に縋《すが》りついていた。

ロイドもフラウもネズミにしては毛足が長めで、ふわふわしたぬいぐるみのようだ。なんとも無《む》垢《く》で愛らしい。

「おちびたちは本当に元気だなあ。何年も低魔力状態だったっていうのに。ほら、お茶をひっかぶると火傷《やけど》するぞ。これ持って、あっちへ行っとこうな」

シグリが笑みを滲《にじ》ませながら、ロイドとフラウの小さな手にパンの欠片《かけら》を持たせた。そして、二匹の首根っこを摘《つ》まみ上げる。

「きゅぃ～」「きゅぅん」と鳴き声をあげつつも、ロイドとフラウはされるがままになっている。

それを見て、リリーシュアは頬《ほお》が一気に紅潮《こうちょう》するのを感じた。

(か、可愛い……っ‼)

あまりにも愛くるしい光景すぎて、めまいがしそうだ。

ロイドとフラウはぶらーんと身体を伸ばしてシグリに運ばれ、そっとリリーシュアの腿《もも》の上に置かれる。

「この運び方は、正しく持たないと首を絞《し》めたり、神経を痛めたりすることがあるからな。あまりしないほうがいい。お嬢ちゃんの魔力が落ち着いたら、おちびたちは身体の大きさを調整できるようになるだろう。こいつらが入れる、ポケットつきのドレスを作ったらいいぞ」

「リリーシュア様の魔力が安定すれば、また人型が取れるようになりますからね。ふふ、わたくしとシグリ様以外で、こんな力の強い子を見たのは、ずいぶん久しぶりだわあ。それだけ、ご主人様の格が高いということですわね」

シグリの言葉を引き継《つ》ぐように、せっせとお茶をテーブルに運んでいるエリーゼが笑った。

リリーシュアは目を丸くする。

エリーゼの言葉は、彼女とシグリがロイドとフラウと同じ存在であることを示している。恐らく、というか、間違いなく。

エリーゼの緋色《ひいろ》の目と、ぼんやりした頭で見た、白い鳥の瞳が重なる。

（あの天使様の翼……大きな白い鳥は、エリーゼさんだったんだ。つまり、ジークヴァルト様の従魔……っ！）

思わずジークヴァルトを見ると、彼は無言でうなずいた。

すると、ロイドとフラウは盛《さか》んに鼻を鳴らし、何度も首をかしげ、リリーシュアとジークヴァルトの繋《つな》がれたままの手を見ている。

シグリはにやにやしながら空《あ》いている一人掛けに座り、お茶を淹《い》れ終わったエリーゼは侍女らしく背筋を伸ばして壁際に立った。

皆が落ち着いたのを確認したのち、ヴィサが厳《おごそ》かに口を開く。

「リリーシュア。貴女《あなた》の魔力は、ジークが手を握っているとなぜか安定します。ですので、その無口な騎士は手袋か何かだと思ってください。ここからは、貴女《あなた》の心が揺さぶられるような話もしますしね。ちょっとお茶が飲みにくいですが、そこは我慢してください」

ヴィサに手袋呼ばわりされたジークヴァルトが、ほんの少し眉《まゆ》を顰《ひそ》めた。

しかし彼は反論することはなく、ヴィサの話の続きに耳を傾ける。

「リリーシュア、私は貴女《あなた》をこの先も保護したいと考えています。大主教たる私には、迷える子羊を救う権利と義務がありますから。ただ、貴女《あなた》もそれを望むのであれば、すべてを包み隠さず語ってもらわねばなりません。本来、人は相手を信頼するようになって、初めて己《おのれ》の胸の内を語るもの。リリーシュアはまだ、私たちをよく知らない。しかし私は、貴女《あなた》が答えにくいこともバンバン聞きます。それでも、どうか私を信頼してください。私という存在は、貴女《あなた》にとって有利に働くことはあっても、不利になることはまずありません」

ヴィサは六、七歳の子どもにしか見えないのに、この場にいる誰よりも泰然自若《たいぜんじじゃく》としている。

リリーシュアはただ圧倒されて、貴《たっと》い人の姿を眺めた。

ヴィサの高く澄《す》んだ声には、リリーシュアを不安にさせるような響きは、まったく含まれていない。

だから、リリーシュアは賢明《けんめい》であるために努《つと》めよう、と心に誓いながら「はい」と答えた。

心配げな顔で見上げてくるロイドとフラウの、もこもこと柔《やわ》らかい身体に腕を回す。ヴィサがわずかに首をかしげて、小さく微笑んだ。

「大体のことは、その小さな従魔たちから聞いています。これまで耐《た》え続《つづ》けた苦痛をよみがえらせるのは忍《しの》びないですが……貴女《あなた》自身の言葉で、私に伝えてくださいますね？」

「はい、ヴィサ様」

リリーシュアは大きくうなずいた。うなずいた途端に、不思議なほど胸が軽くなった。

腕の中のロイドとフラウが、忠誠と敬意を表す瞳を向けてくれるからかもしれない。

アッヘンヴァル家のすべてと決別する覚悟が芽生《めば》えた。

リリーシュアは腰にぶら下げていた革《かわ》の小袋から、母の形見のハンカチを取り出す。それを握り締めて、すうっと息を吸い込んだ。

「私は、ごく一般的な人々が当たり前に……持っているとも思わずに手にしている……普通の暮らしというものを、十年近くできないでいました……」

リリーシュアの中にある記憶はつらく、惨《みじ》めで悲しくなるものばかり。

胸が抉《えぐ》られるように鋭《するど》く痛むけれど、それでもリリーシュアは毅《き》然《ぜん》と顔を上げて語った。

ヴィサもエリーゼもシグリも、そしてジークヴァルトも、熱心に聞いてくれる。愛に溢《あふ》れた善《ぜん》良《りょう》な人たちだと伝わってくる。

かつて義母や義妹から、そして父から浴びせられた、冷ややかで軽蔑《けいべつ》に満ちた眼差《まなざ》しの記憶が、どこか遠くへと消えていく。

みんなの優しさに励《はげ》まされ、できるだけ理路整然《りろせいぜん》とひと通りのことを話したつもりだけれど、やはり長い時間がかかった。

「……貴女《あなた》が生き延びたことへの喜びと、憤怒《ふんぬ》の両方が渦《うず》を巻いています」

ヴィサが可愛らしい眉《まゆ》を寄せて、とんとん、と椅子の肘《ひじ》掛《か》けを指先で叩く。

次の瞬間、不思議なことが起こった。

ヴィサの周りの空気が揺れ、彼の身体から青い水が真上に噴《ふ》き上《あ》がったのだ。

それは噴水《ふんすい》のように流れ落ちてヴィサを包み、幻《まぼろし》のように消えてしまう。

「やれやれ。少々だるいので、こっちの姿には戻りたくなかったんですけどね。怒《いか》りのあまり、変身が解《と》けてしまいました」

そう言って苦笑している人を見て、リリーシュアは思わず後ずさりした。ジークヴァルトに手を掴まれたままなのと、ソファの背もたれのせいで、ほとんど動けなかったけれど。

高位の聖職者であることが一目瞭然《いちもくりょうぜん》の上質なローブ、嫌味のない上品な所作《しょさ》、浮世離《うきよばな》れした雰囲気――たしかに目の前の人はヴィサに違いない。

しかし、ついさっきまで彼は子どもだったはずなのに、どう見ても二十代後半と思われる大人へと様変《さまが》わりしている。

ロイドが「きゃうぅ～っ」と華やかな鳴き声をあげた。

どうやら、まるで神様が地上に舞い降りたかのような、優雅極《きわ》まりない美丈夫《びじょうふ》を見て興奮したらしい。

リリーシュアもヴィサを見て、ぽかんと口を開けた。

「ヴィサは世界で一、二を争う大魔導士《だいまどうし》なんだ。しかも特殊《とくしゅ》な変身能力の持ち主で、魔力を消費しすぎると一時的に子どもの姿になって回復する。昨日は君を救うため、従魔のシグリにかなりの魔力を送っていたし、ヴィサ本人も盛大に魔力を使ったから、変身していたんだ」

ジークヴァルトが頭を傾けて、そっと耳打ちしてくれる。リリーシュアは慌《あわ》ててお礼を言おうとしたが、ヴィサに制された。

「驚かせてしまいましたが、まずは話を続けましょう」

そう言いながら、彼は頭痛をこらえるように額《ひたい》に手を当てる。

「いやはや、リリーシュアの口から語ってもらって正解でした。小さな従魔たちは昨日、自《みずか》らの無力を嘆《なげ》いておりましてね。かなり混乱していたので、貴女《あなた》が聞くに耐《た》えない暮らしをしていたことはわかっても、アッヘンヴァル家の詳しい事情までは聞けなかったのです」

ヴィサの優しい眼差《まなざ》しが、膝《ひざ》の上のロイドとフラウに据《す》えられる。

エリーゼが沈痛《ちんつう》な表情を浮かべ、そっと目頭《めがしら》を押さえた。

「なんとまあ、聞けば聞くほど劣悪《れつあく》な環境でございますね……。そんな暮らしでは身体が保《も》たないどころか、いつどうなっても……」

「ああ。遠からず、悲劇的な結末を迎えるところだった。淑女の尊厳を守って、直《じか》にではなく魔力で身体を診《み》させてもらったが……ひどいもんだった。ぱっと見では年齢を推定するのが困難でな。運び込まれてきた時は、十三か十四歳だと思ったくらいだ」

シグリの目が険《けわ》しくなる。その眉間《みけん》に深いしわが刻まれた。

「本当に、マンフレートとかいう間抜《まぬ》け王子は何を見ていたんだ……愚《おろ》かにもほどがある。何もかもが、王族にあるまじき振る舞いだ。よくもこれほど、リリーシュアを馬鹿にできたものだ」

そう言って荒く息を吐き出したジークヴァルトの目からは、一切《いっさい》の穏《おだ》やかさがかき消えていた。

断固たる表情で、彼はヴィサを見る。

「ヴィサ。アッヘンヴァル家の連中の目を覆《おお》いたくなるような行為は、間違いなく虐待《ぎゃくたい》だ。ひどい仕打ちを受けていたリリーシュアを保護しない、なんてことは言わないよな？」

それを聞いて、ヴィサはふっと口元を緩《ゆる》めた。

「当たり前です。判事に虐待《ぎゃくたい》を知らせて、まとめて逮捕《たいほ》したいところですが……相手が侯爵となると、ご本人が領の治安判事の役割も兼ねているでしょう。残念なことに、彼らを罪に問える者はいない。リリーシュアが領内の教会や修道院に逃げ込んだところで、連れ戻されたに違いありません。ですが……」

ヴィサはそこで言葉を切り、厳粛《げんしゅく》な顔で額《ひたい》、鼻、口へと指を動かして聖印《せいいん》を結ぶ。

「この世界で私が膝《ひざ》をつくのは、我が主《あるじ》レミアスと教皇様のみ。リリーシュアを荒涼《こうりょう》とした北の塔《とう》へは、何があっても戻しません」

ロイドとフラウが「きゅふっ！」と同時に鳴き声をあげた。飛び上がらんばかりに喜びたいところを、リリーシュアの膝《ひざ》の上だから控《ひか》えているらしい。

突然色々なことがあったせいで、リリーシュアの頭の芯《しん》はぼんやりと痺《しび》れてしまっている。

それでも、喜びでぷるぷると身体を震わせる二匹を見ると、リリーシュアの気持ちも徐々に舞い上がってきた。

（私、本当に救われたんだ……）

みんなの熱のこもった眼差《まなざ》しが、自分に注《そそ》がれているのがわかる。

「女性の管理は親の役目とはいえ、リリーシュアは十八歳。立派な成人です。連れ戻せないとなれば、アッヘンヴァル家が恐れるのは虐待《ぎゃくたい》の証拠《しょうこ》がよそに知られること。そういった弱みを、盛大に突かせていただきましょう」

ヴィサはそう言って、片方の口元を引き上げる。

善をなす力が備わる大主教なのに、絵物語の魔王や悪魔のようにも見える微笑みだ。

「野盗を偽装しリリーシュアの命を奪わんと放った追手《おって》、アッヘンヴァルからレッバタール公爵への伝書鳥、うろついていたならず者……いや、証拠がたっぷりで助かります。救うとなったら、とことん救う、それが私の使命ですから」

ヴィサは常人離れした美しい笑顔だ。けれどそれには壮絶《そうぜつ》な凄《すご》みが含まれている。

リリーシュアは背筋に震えが走るのを感じながら、ごくりと唾《つば》を呑んだ。

「リリーシュアが大手を振ってシェファールドに定住できるよう、レティング国王にお願いして、正式な手形を発行してもらいます」

「レティング王家も、第二王子の醜聞《しゅうぶん》は頭が痛いところだろうしな。そこを揺さぶるのは簡単だろう。まったく、うちだったら勘当《かんどう》もの……いや、まあなんだ。よかったな、リリーシュア」

ヴィサの言葉にジークヴァルトはうなずき、まぶしいほどの笑みを浮かべる。

「はい……。私のために、正式な手形を……？　ありがとうございます、ヴィサ様。ああ、本当にお礼の申し上げようもありません」

リリーシュアの顔も、自然にほころんだ。ヴィサは、静かに首を横に振る。

「感謝など無用です。私の新しい弟子の門出《かどで》に、後ろ暗いところがあってはなりませんからね。いくらでも奔走《ほんそう》しますよ」

それを聞いて、心臓が思いっきり飛び跳ねる。

リリーシュアはソファの上で小さく腰を浮かせた。

「わ、私をヴィサ様の弟子にしていただけるのですか？」

「ええ。リリーシュアの魔力には、非常に見どころがありますからね。私は伊達《だて》に歳をとっておりませんので、貴女《あなた》の教師として役に立てるでしょう。いくら魔力が大きくても、扱い方を知らなければどうにもなりませんから」

ヴィサはさらに衝撃的なことを告げる。

「ちなみにジークも私の弟子です。しかし素行《そこう》がいまいちなので、大変困っております。ジークの強すぎる魔力は、シェファールド騎士団でも持て余すほどでして。騎士団の仕事を休んで、私のもとで修業し直しに来たはずなのですが……」

ジークヴァルトはばつが悪そうに、小さく肩をすくめた。

「昨日は訓練をさぼって、物見遊山《ものみゆさん》ついでに美味《うま》い飯でも食おうと思ったんだ。本当だったらヴィサに小言を通り越した悪態をぽんぽん投げつけられ、骨の髄《ずい》まで反省させられるところだったが……たまたま君を見つけたことで、お咎《とが》めなしになった」

「そうだったのですか……。でしたら、ジークヴァルト様は私の兄弟子様になるのですね……」

これからはこの優しい人たちとともに、今まで知らなかった自分と向き合っていけるのだ。

目頭《めがしら》が熱くなるのを感じる。つんと鼻の奥が痛くなった時、隣に座るジークヴァルトが不満そうにつぶやいた。

「しかしだな、ヴィサ。なんというか、あれだ。年寄りの冷や水っていうのはどうかと、若い俺としては思ったりしてだな。魔力の強さなら、俺の右に出るものはいないと自負《じふ》している。ここは魔力の相性がいい俺が、リリーシュアの師匠に――」

「ジーク。そういうことは、もう少し自制を覚えてから言いなさい。お前の魔力は確かに規格外です。だが、若さゆえに激《げき》しやすい……今の使い方では、命を縮めかねない」

ヴィサの目が、氷のように冷ややかに光る。

リリーシュアは鳥肌が立つのを感じながら、そっとジークヴァルトの顔を盗み見た。

彼は顔を赤らめ、口をへの字にしている。

繋《つな》がったままの手のひらから、彼が落ち込んでいるらしいことが伝わってきた。

(ジークヴァルト様にはずっと励《はげ》ましてもらったわ。だから、私が彼を励《はげ》ますのは当然のこと)

ジークヴァルトの手を包むように、空《あ》いているほうの手のひらをそっと重ねる。

すると彼は小さく息を呑んで、リリーシュアの顔をまじまじと見た。

「ありがとうございます、ジークヴァルト様。ずっと、たくさんのお礼を言いそびれていて……貴方《あなた》様との出会いは、神様から与えられた祝福でした」

リリーシュアがそう言うと、ジークヴァルトは「いや」と照れくさそうに目を伏《ふ》せる。

「ふむ」とヴィサがつぶやく声が聞こえた。

「ジーク、よい妹弟子ができてよかったですね。リリーシュアの持つ明るい炎《ほのお》は、お前が心の奥でずっと渇望《かつぼう》していたものをもたらすに違いありません」

「ええ、ええ。何もかもがいい方向に、心躍《こころおど》る未来に向かって動き始めておりますわ。わたくし、興奮してまいりました……っ！」

エリーゼが奇妙なほど浮かれている。リリーシュアはよくわからず、首をひねった。

とにかくジークヴァルトの胸には、何か激しい渇望《かつぼう》があったらしい。

一体何への？　それを解決するのに、リリーシュアが役に立てるのだろうか？

「あの、私はジークヴァルト様に助けられてばかりで……お役に立てることがあったら、遠慮なくおっしゃってください」

希望と決意が腹の底から湧《わ》き上《あ》がってくるのを感じる。

ふいに、亡くなった母の言葉が脳裏《のうり》によみがえった。

『リリーシュア、私の愛《いと》しい娘。人生の好機には、勇気を出して飛びつきなさい。後悔しない人生を送るために。恐れずに前を向いて、精一杯、有意義に生きるのよ……』

いまわの際の母の、やさしい笑顔。そして謎《なぞ》めいた言葉。

（お母様。最悪の試練の時は終わりました。私はこの方たちの恩情に縋《すが》って、新しい世界に飛び込みます。お母様のお墓参りができなかったことは、とても心残りだけれど……）

それでも、今がその好機に違いない。リリーシュアは、キュッと口元を引き締めた。

貴重《きちょう》な宝石のような青い瞳を煌《きら》めかせ、ヴィサが満足げな表情を浮かべる。

「では、私はこれから忙しく動き回らねば。私と魔力で繋《つな》がっているシグリを、リリーシュアの治療のために残していきます。しっかり身体を癒《いや》して、人間らしい暮らしを楽しんでくださいね。ジーク、兄弟子としてしっかりお世話をするのですよ」

「ああ！　そうだな、俺に任せてくれ！」

「え。あの、救い出していただいたことだけでも十分なのに、そんなご面倒は……」

リリーシュアは慌《あわ》てたが、兄弟子となった人はまったく聞く耳を持たなかった。

「さあ、リリーシュア。やりたいことや欲しいものを、なんでも自由に、遠慮なく言ってくれ！」

ジークヴァルトの勢いに押され、リリーシュアは首をひねる。

「やりたいことと欲しいもの、ですか……」

溺愛《できあい》され、甘やかされていたマリーベルにはそれらを選ぶ自由があった。だが、リリーシュアには縁遠《えんどお》いものだった。

慣れないことにしばし逡巡《しゅんじゅん》してから、リリーシュアはゆっくり口を開く。

「……あの、それでは。新しいノートとペンをお願いしてもよろしいでしょうか。それから中級の算術や歴史の教本などがあれば、貸していただきたいのですが……」

ジークヴァルトが「え」と言うように、ぽかんとする。

リリーシュアは顔が真っ赤になるのを感じながら、懸命《けんめい》に言葉を続けた。

「あの、私……侯爵家の娘なのに、淑女としての教育を受けられなかったから。塔《とう》を訪《おとず》れる使用人たちは、なんとか口頭で教育してくれようとしたのですけれど、やはり限界があって……。高潔《こうけつ》で聡明《そうめい》な娘に育ってほしいという母の願いを、今からでも叶えたいというか……」

塔《とう》の中に持っていった本を何度も読み込んで、擦《す》り切《き》れてボロボロにしてしまったことを思い出す。

歴史や美術、刺繍《ししゅう》に礼儀作法、ピアノや竪琴《たてごと》の演奏――

社交界の素晴らしい華になるために、亡き母がリリーシュアに与えたかった教育のすべてを、取り戻せるものなら取り戻したい。

「リリーシュア、心配するな。君は望むものをすべて手に入れられる。すぐに準備しよう。ノートとペンも、教本も。教師役は、どーんと俺に任せてくれっ！」

胸をどんと叩いて、ジークヴァルトは明るい声をあげた。

「あらあら。坊ちゃんったら前のめり……でも、それがよろしいですわね。僭越《せんえつ》ながらこのエリーゼに、淑女教育をお任せくださいませ。ふふ、腕が鳴りますわあ」

エリーゼが笑みを浮かべて、リリーシュアとジークヴァルトを見比べる。

「あ、ありがとうございます……。ありがとうございます、本当に……」

リリーシュアは頭を下げた。膝《ひざ》の上のロイドとフラウは、興味津々《きょうみしんしん》な面持《おもも》ちでこちらを見つめている。

心臓がどくんどくんと大きな音を立て、血液がごうごうと流れる音が聞こえた。

（頑張りたい。頑張らなければ。絶対、絶対、絶対に頑張る……っ！）

『飽《あ》きるほどお勉強がしたい』という願いが、ついに叶うのだ！

今はまだ、何から何まで親切な人たちに頼っているけれど。

自分の内側の留《とど》まることを知らない意欲で、いつの日かみんなから受けた恩を返したい。

それに、ロイドとフラウの主人としても励《はげ》まなければ。

彼らの一生を幸せなものにできるかどうかは、これからの自分の頑張りにかかっている。

リリーシュアを激励《げきれい》するように、ロイドとフラウがほとんど同時に「もっきゅ！」と鳴いた。

こちらを見つめる二匹の瞳の穢《けが》れのなさが、リリーシュアの決意をいっそう強くしてくれたのだった。

第四章

徐々に開くはずだった『魔力の門』が一気に破けて、ジークヴァルトに救われてから、あっという間に一か月近くが過ぎた。

長い間の呪縛《じゅばく》からようやく解《と》き放《はな》たれたリリーシュアは、笑い声に満《み》ち溢《あふ》れ、華やかで明るい毎日をシェファールド帝国で過ごしている。

健康的で、温《あたた》かくて美味《おい》しいご飯をお腹いっぱい食べられる。

さらさらのお湯が張られたお風呂にざぶんと沈《しず》んで、いい香りのする石鹸《せっけん》や香油《こうゆ》をふんだんに使うことができる。

毎晩、肌触《はだざわ》りのいい寝間着が用意され、ふかふかで清潔な寝具で朝までぐっすり寝られる。

そのおかげで細すぎる身体にはたっぷり栄養が行き渡って、低かった身長は日ごと夜ごとにすくすくと伸びていた。

肌はあっという間に柔《やわ》らかくすべすべになって、くすんだ髪の毛は輝きを取り戻し、さらさらと背中を流れている。

ロイドとフラウと一緒に安心して眠れるので、北の塔《とう》の悪夢など見るわけがなかった。

心と身体が、生まれ変わったかのように瑞々《みずみず》しく潤《うるお》っているのがわかる。

そして何より嬉しいのは、兄弟子のジークヴァルトが毎晩熱心に勉強を教えてくれることだ。彼は本当に心やすい相手だった。一緒にいてもまったく気疲れしない。

恵まれた環境に感謝しながら、ひたすら勉学に励《はげ》んだ。

リリーシュアはシェファールド帝国に来てからずっと、聖レミアス教シェファールド大聖堂のすぐ隣にあるシグリの診療所に滞在していた。

ヴィサの従魔であるシグリは腕のいい医者なので、診療時間になるとすぐに患者でいっぱいになる。

そこで、リリーシュアは雑務を手伝うことにした。医療や薬の知識はないけれど、できることをしてシグリの役に立ちたかったからだ。

「なあ、リリーシュア。君自身が治療の対象なんだから、そんなに頑張って働かなくてもいいと思うが……」

ジークヴァルトが苦りきった表情で頭を掻《か》く。

リリーシュアは薬房の作業台について薬草を擦《す》り潰《つぶ》しながら、小さく微笑んだ。

「ご心配ありがとうございます。でも、身体の奥から元気が湧《わ》いてきて、じっとしていられないくらいなんです。ほんの少し前まで、すぐに息は切れるし疲れるし、本当に泣きたいくらい体力がなかったのに」

「たしかに、目覚ましい回復力だ。十年も劣悪《れつあく》な環境で幽閉《ゆうへい》されていたというのに。君の中に秘められた、特別で大きな力が関係しているのかもしれないな」

そうつぶやいたジークヴァルトの目線の先では、ロイドとフラウが大活躍していた。

病気や怪我《けが》で診療所を訪《おとず》れる子どもたちを、ふわふわした毛並みのネズミたちが慰《なぐさ》めている。

二匹の巨大なネズミは「きゅふ」「きゅう」と鳴きながらぴょんぴょん飛び跳ねる。

その愛くるしさに子どもたちは大喜びだ。

彼らが小さな胸に抱《かか》える、不安な気持ちが癒《いや》されているのがわかる。

「しかしリリーシュアの従魔たちは、君と同じでやる気満々、元気満々だな」

ジークヴァルトの視線を追うように、リリーシュアはお茶目《ちゃめ》な顔で子どもたちと遊んでいるロイドとフラウを眺める。

先日、ジークヴァルトに従魔について詳しく教えてもらった。

あの子たちは、リリーシュアのために生まれてきた守護獣《しゅごじゅう》なのだという。

従魔というものは、主人たる『魔力持ち』が健《すこ》やかで安全であることだけを願っているらしい。

そして主人もまた、従魔を心の底から慈《いつく》しむのだと。

たしかにロイドとフラウとは、愛情と信頼と固い絆《きずな》で結ばれているのを感じた。

リリーシュアはすりこぎをすり鉢《ばち》に押しつけつつ、復習がてらジークヴァルトに尋ねる。

「私の従魔……ロイドとフラウは、神獣《しんじゅう》とも魔獣《まじゅう》とも呼ばれる存在なのですよね？」

「ああ、そうだ。過去の文献の中では、精霊や妖精《ようせい》といった記述をされていることもある。ほとんどの『魔力持ち』には、彼らのような存在が付き従う」

驚くことにロイドとフラウは、リリーシュアが望み、求めた姿で生まれてきたのだそうだ。

たしかに小さなネズミでなければ、北の塔《とう》と屋敷をひそかに行き来することは難しかっただろう。

「エリーゼさんによれば、自分たちがどこからやってきたのかは、よくわからないと……」

リリーシュアが言うと、ジークヴァルトは首を縦に振った。

「そうらしい。主人となる人物の魔力を察知して、気付いた時にはこちらの世界にいるみたいだな。俺たちはそういった存在をひとくくりにして従魔と呼ぶが、かつて異世界の神のような存在だった者もいれば、まだ生まれたての者もいる」

リリーシュアは夢うつつで見たエリーゼの従魔姿──大きく羽を広げる鷹《たか》を思い出す。目に痛いほど真っ白で、優雅で誇《ほこ》り高《たか》い姿は、猛禽《もうきん》とは思えないほどに淑《しと》やかで優しげだった。

「エリーゼさんはジークヴァルト様の従魔なのに、私が快適に過ごせるようあれこれと立ち働いてくださって……本当に、なんてお礼を言えばいいのか……」

ジークヴァルトは色とりどりの薬瓶《くすりびん》を整理しながら、こともなげに答える。

「エリーゼは好きでやっているからいいんだ。ああ見えて、縄張《なわば》りを荒らすものには容赦《ようしゃ》がないんだぞ？　リリーシュアはかなり気に入られているから、まず心配はいらないが」

彼は安心させるように、陽気に笑った。白い歯が零《こぼ》れ、たしかに十八歳の青年らしい無邪気《むじゃき》さが垣間《かいま》見《み》える。

「シグリの従魔姿は見た目通りというか、びっくりするくらい大きいぞ。なにせ熊だからな」

「わあ、それは早く見てみたいです！」

ジークヴァルトの言葉に、リリーシュアは明るく笑ってうなずいた。

待合室の片隅《かたすみ》に目をやると、切り傷の治療に訪《おとず》れた女の子とロイドとフラウが追いかけっこをしている。その姿はいかにも楽しげで、微笑ましかった。

二匹のネズミの姿ももちろん可愛らしくて好きなのだが、レティング王国を脱出した時の、彼らの人間としての姿が頭を過《よぎ》る。

魔力の源《みなもと》と繋《つな》がっている門を再び大きく開くには、リリーシュアの心と身体の準備が整わなければならない。

人型になれる従魔は世にも稀《まれ》だ。

なぜなら非常に大きな魔力が必要で、並大抵の『魔力持ち』では力が足りないかららしい。

まだ『魔力の門』をうまく開けない状態で二匹に人型をとらせるのは、主人にとっても従魔にとってもリスクが高くなる。

そこで、しばらくはネズミの姿でいるようにとヴィサから厳命《げんめい》されているのだ。

素直に喜怒哀楽《きどあいらく》を表《おもて》に出してくれる子たちなので、意思の疎通《そつう》で困ることはないけれど、早く調子を整えて、二人に本来の力を発揮《はっき》させてあげたい。

そう考えていると、ジークヴァルトはゆっくりと口を開いた。

「本当に、君もちびっ子たちも無事でよかった。レッバタール公爵が飼っている無法者は、盗賊もどきのことも平気でやるんだ。気分次第で、いきなり旅人を襲うこともある。君の素性《すじょう》が発覚しなくても、非合法の奴隷《どれい》市場で家畜や物のように売られる、最悪の現実だってあり得た」

「そうなのですか……」

擦《す》り潰《つぶ》した薬草を瓶《びん》に移しながら、リリーシュアは背筋を震わせた。

自分たちは、本当に破滅《はめつ》の淵《ふち》ぎりぎりにいたのだ。

もしもロイドとフラウを失っていたら、リリーシュアの魔力が暴走しなくても、強烈な喪失感《そうしつかん》でどうにかなっていたに違いない。

「ちびっ子たちの度胸というか、気の強さは大人顔負けだな。ご主人様を守りたい一心で、不安がどこかに吹っ飛んでいたようだし。しかしまあ、ちびっ子たちの得意な幻術《げんじゅつ》では、国境は越えられなかっただろう」

笑いを噛《か》み殺《ころ》しながらジークヴァルトが言うと、声が聞こえたらしいフラウが「きゅっ！」と声を荒らげた。

ふわふわの青い毛がちょっと逆立《さかだ》っている辺《あた》り、プライドが傷つけられたらしい。

その時、診察室の扉が開き、シグリがひょっこり顔を出した。

「おーい、リリーシュア。それが終わったら、裏庭の畑でリジオンの実をとってきてくれるか」

「あ、はーい。すぐに行きます」

リリーシュアは慌《あわ》てて立ち上がり、小走りで出入口に向かおうとする。

「ちょっと待ってくれ、リリーシュア！」

ジークヴァルトに、ぱっと手を掴まれる。そのままぐいっと引き寄せられて、鼓動《こどう》が一拍飛んだ。

真っすぐぶつかってくる視線に、身体がおかしな反応をする。

頬《ほお》が熱くなり、手のひらが一気に汗ばんだ。

動揺しているのはリリーシュアだけではないようで、なぜかジークヴァルトの目も泳いでいる。

「あ、ああ。えーっと、これはだな。ほら、俺には君の魔力を安定させるという役目があるだろう。それに、外に出て転んだら困るし。だから不測の事態に備えて、なるべく手をだな」

「え、でも……私はもうすっかり元気ですし、何よりジークヴァルト様のお手を煩《わずら》わせるのは、あまりにも申し訳なさすぎますし……」

リリーシュアは小さく首をすくめた。

以前ヴィサが言っていた通り、ジークヴァルトとリリーシュアの魔力はかなり相性がいいらしい。手を繋《つな》ぐと相手の魔力が流れ込んできて、信じられないくらい心が穏《おだ》やかになる。しかし魔力の交換は、本来はとても難しいそうなのだ。

とはいえ、シグリがかけてくれる健康回復の魔法のおかげで、ほぼ思い通りに身体を動かせるようになっている。

心優しい兄弟子に、なるべく負担をかけたくない。

「あんなひどい状態だったリリーシュアが、こんなに早く健康を取り戻せるはずがないんだ。そういう点も、魔力検査で明らかにするべきだと思うが……とりあえず今は、俺を杖《つえ》代わりにしておけ」

「でも、移動のたびに手をお借りするのは、本当に申し訳なくて……」

リリーシュアが首を横に振ると、ジークヴァルトはなおも言《い》い募《つの》る。

「いや、大丈夫だから。リリーシュアは今が一番、身体を大事にしないといけない時なんだ。俺は君を守るようヴィサに命令されているんだから、気にするな」

「そ、そうですか？　ええと、じゃあ、ご親切に甘えます」

騎士というものはなんて親切なのだろうと思いながら、いつものようにジークヴァルトの手に導かれる。

力強い手に優しく引っ張られながら歩いていると、ロイドとフラウがお茶目《ちゃめ》な顔で飛び跳ねながらついてきた。

「きゅう？」「きゅう〜」とロイドとフラウが鳴き、ジークヴァルトの足に体当たりを繰《く》り返《かえ》す。

「ちびっ子たち、俺がこうして手を握るのは、リリーシュアを不安定にしないためだからな！」

ジークヴァルトがまじめな顔つきで言う。

それでもロイドとフラウが「きゅうう〜？」と不思議そうな鳴き声をあげるからか、ジークヴァルトは口元をぎゅっと引き結んだ。

従魔たちがおかしな誤解をしないように、リリーシュアは助け舟を出すことにする。

「こうして手を握るのも治療の一環だと、ロイドとフラウもちゃんと理解しているわよね？　ジークヴァルト様は困った立場にある人を放っておけない、高潔《こうけつ》で穢《けが》れのない騎士様ですもの」

ジークヴァルトは常に紳士的《しんしてき》な振る舞いをしてくれるので、頭が下がる。

リリーシュアがそう思っていると、ジークヴァルトはなぜか顔を赤らめ、二匹の従魔は曖昧《あいまい》な笑みを浮かべた。

リリーシュアはジークヴァルトと並んで、梢《こずえ》の間から漏れる光を浴びながら、裏庭へ向かう。

診療所の周辺には様々な種類の木や花が植えられていて、うっとりするような芳香《ほうこう》を放っていた。

リリーシュアが心地よさに包まれていると、ジークヴァルトがおもむろに口を開く。

「いい機会だから確認させてもらうが、『魔力持ち』は高貴な血筋に生まれやすく、そういった家系は幼いころからそれ相応の教育をするものなんだ。でもリリーシュアは、父方にも母方にも心当たりはないんだよな？」

そう問われて、リリーシュアは小さくうなずく。

「はい。小さなころから、『「魔力持ち」なんておとぎ話の世界にしかいない』と教えられて育ちました」

「そうか。たしかに、『魔力持ち』は昔に比べて数を減らしているし、『魔力持ち』を輩出《はいしゅつ》してきた家系であっても、必ずしもみんなが魔力を発現させるわけではないから、幼いころはあえてそう言うこともあるだろうが……」

ジークヴァルトは口を閉じて、何やら考え込んだ。

二人は無言のまま美しいタイルで舗装《ほそう》された小道を抜け、診療所の裏手に回る。そこには南国の果物の木がたくさん植えられていた。

シグリに頼まれたリジオンの実は木苺《きいちご》の一種で、疲労回復や滋養強壮《じようきょうそう》効果があるらしい。

「この木の実……つい昨日、かごいっぱい収穫したから、もう残っていないはずなのに。大きくて甘そうな実が鈴なりになっているな。リリーシュア、肥料でもやったのか？」

何本かあるうちの一本の木を見上げて、ジークヴァルトが呆然《ぼうぜん》とした声を出す。

「え？　いいえ、何もしてません。『ありがとう、次も甘い実をつけてね』って、手で触《ふ》れて念じた記憶ならありますけれど……」

そう言うと、彼は合点《がてん》がいったというようにうなずいた。

「どう考えてもそれだろうな。リリーシュアの手のひらは、植物まで元気もりもりにするのか……」

そんなはずはない、と思うのだが、ロイドとフラウが誇《ほこ》らしげに「きゅい」「きゅう」と騒いでいる。

一度完全に開いてしまった『魔力の門』には応急処置を施《ほどこ》されたが、扉をきっちり閉じることはできなかった。

とはいえ漏れ出る微量の魔力では、何もできないだろうとヴィサは言っていたはずなのに。

リリーシュアが首をひねっていると、ジークヴァルトは思い出したように言う。

「リリーシュアが患者を撫《な》でると痛みが引いたり、心が落ち着いたりしているもんな。君はもしかしたら、優秀な癒《いや》し手《て》なのかもしれない。火の癒《いや》しは珍《めずら》しい……いや、もっと強力で、特化した能力の可能性もある」

「どんな力でも、シェファールドの皆さんのお役に立てるなら嬉しいです」

それは心からの言葉だった。

実の父から見捨てられた事実が未だに胸に重くのしかかることもあるけれど、今は前向きに、自分の居場所と生きる目的を見つけたいのだ。

リリーシュアが瞳に力を込めると、ジークヴァルトはそれを見て穏《おだ》やかに微笑んだ。

「リリーシュア、それじゃあシグリのお使いを始めるか」

「はい！」

リリーシュアはジークヴァルトと手分けして、リジオンの実の収穫を始めた。ロイドとフラウも短い手足で懸命《けんめい》に手伝ってくれる。

少しの時間も無駄にしないようにと、ジークヴァルトは手を動かしながら魔法学の問題をいくつか出してくれた。

「じゃあ、リリーシュア。次は魔法陣について説明してくれ」

「はい。魔法陣とは、『己《おのれ》の中にある魔力を何かしらの魔法として行使するために描くもの』です。魔法陣は、魔法をこの世界に顕現《けんげん》させる言霊《ことだま》……いわゆる詠唱《えいしょう》を短縮するために編《あ》み出《だ》されました」

耳新しい言葉には苦戦したけれど、リリーシュアはこの一か月、魔法陣の基礎についてはしっかり学んだつもりだ。

スラスラ答えられたので、背中に翼が生《は》えたような嬉しさを感じながら、リリーシュアは続けた。

「魔法を使うには、魔力という形のないものを、決められた形の中に押し込む作業が必要です。そのため魔力を抽出し、必要な魔法陣を描き、魔法として発動するのです」

「その通り。リリーシュアは、もともと頭がいいんだな。記憶力もたしかだし、必要なことはもうみんな覚えている」

「ありがとうございます。ジークヴァルト様が熱心に指導してくれたおかげです」

全問正解できたことに安堵《あんど》していると、ジークヴァルトがしみじみと言う。

「本当に、乾《かわ》いた砂が水を吸うように覚えが早い。いや、そもそも君が塔《とう》の中で初級だと思って読んでいた教本は、中級以上のレベルだったし……。亡き母君は、君の頭のよさをよくわかって、ふさわしい教本を選んでいたのだろう」

あまりにも手放しで褒《ほ》めるので、リリーシュアはちょっぴり照れてしまった。

それから二人はシグリにリジオンの実を渡し、日が暮れるまで診療所の手伝いをした。

夜の授業では、また難しい課題が出されるに違いない。でも、今のリリーシュアからは、学びたいという欲求が堰《せき》を切ったように溢《あふ》れ出《だ》している。

それに答えるジークヴァルトはいつも上機嫌《じょうきげん》で、心の底からありがたい。

もっとたくさん勉強しようと、リリーシュアはひっそり決意するのだった。


そして次の日の午後、およそ一か月ぶりにヴィサが戻ってきた。

ヴィサは今日までの間、リリーシュアのために国内外問わず飛び回ってくれていたのだ。

「おお、リリーシュア。しばらく見ない間に健康的になりましたね。縦にも横にも大きく成長している。おまけに勉学にも敢然《かんぜん》と立ち向かっているそうではないですか」

大聖堂の一室に赴《おもむ》くと、ヴィサが心の底から感心したように言った。

ヴィサの隣にどっかりと腰を下ろしたシグリも、晴れやかな顔つきで笑う。

「薬や治癒《ちゆ》魔法のおかげもあるだろうが、それだけじゃなさそうだ。抑《おさ》えつけられていたリリーシュアの成長力が大爆発して、もう止めようがないって感じだな」

「ふむ。これならば再び門を開いても、まったく問題なさそうですね」

ヴィサの言葉を聞き、リリーシュアは神様に祈《いの》りを捧《ささ》げるように、胸の前で指を組み合わせた。

「本当ですか？　どうしよう……すごくドキドキします」

「緊張しないでも大丈夫ですよ。リリーシュアが診療所の人々に施《ほどこ》したおまじないが、大きな話題になっていると報告をもらっていました。『痛いの痛いの飛んでいけ』でしたか？　あれが子どもたちに大人気だそうですね。他にも安産や旅の無事、合格祈願《ごうかくきがん》と、貴女《あなた》のぬくもりに励《はげ》まされた人たちがたくさんいる。貴女《あなた》の魔力は、やはり大きな可能性を秘めているようだ」

ヴィサがにっこり微笑む。ロイドがその笑顔に撃《う》ち抜《ぬ》かれたように「きゃうぅ～っ」と身体を左右に揺すった。

どうやらロイドは、落ち着いた大人の男性が好みらしい。

フラウは「もけっ」と微妙な声を出す。

唇の片方を持ち上げて「けっ」と息を吐く子どもの姿が見えるようだった。

リリーシュアはぱっと屈《かが》んで、フラウの耳元で囁《ささや》く。

「フラウ、貴方《あなた》はとってもカッコいいわ。類稀《たぐいまれ》なる勇気と、それから気概《きがい》を兼ね備えた、立派なヒーローよ。そりゃ背は、子どもだから低いけど……きっと、すぐに大きくなるから！　人型に戻ったら、牛乳をたくさん飲みましょうね」

なんとなく、今のフラウが一番言ってもらいたそうなことを口にしてみたのだが、正解だったらしい。

フラウは「きゅふ?」と照れたような、愛嬌《あいきょう》のある顔つきに戻ってくれた。リリーシュアはほうっと息を吐く。

すると、ジークヴァルトが淡々と言った。

「人間の食いものじゃ、従魔は大きくならないぞ。そもそも主人の望みや、求めることを具現化《ぐげんか》した姿で誕生するんだし」

(わあ、冷や水を浴びせるような言葉……)

フラウが毛を逆立《さかだ》ててふるふると震え出したので、リリーシュアはちょっと遠い目をしてしまった。

「さあ、まずは報告を済ませましょう。野暮用《やぼよう》が少々長引いてしまったのですが、リリーシュアの件もしっかりと目的を果たしてきましたよ。そうそう、リリーシュア。私の代わりを務《つと》めた兄弟子は、貴女《あなた》にとってよい教師でしたか?」

ヴィサが表情を改める。リリーシュアの隣にいるジークヴァルトの横顔が、すっと緊張をはらんだ。

リリーシュアはヴィサに向かって、こっくりうなずいた。

「はい。本当にお優しくて、頼りがいがあって、私を常に労《いた》わってくださいました。ヴィサ一門の習慣だからと、課題を仕上げるたびにご褒美《ほうび》までいただいてしまって……」

「ほう、ご褒美《ほうび》。ちなみにそれは、どのような?」

ヴィサが神妙《しんみょう》な面持《おもも》ちで問うてくる。

リリーシュア以外の面々の視線が、一斉にジークヴァルトに注《そそ》がれた。反射的にか、彼の顔が真っ赤に染まる。

リリーシュアはきょとんとしながら、ヴィサに答えた。

「え？　ええっと、飴玉《あめだま》とかキャラメルとか、綺麗な布でできた小物とか、小さな香水の瓶《びん》だとか……ロイドは可愛いものが大好きで、とても喜んでいて。もちろん、私もなのですが。いつか弟弟子や妹弟子ができたら、同じように喜ばせてあげたいと思いました」

シグリが目を丸くした。ヴィサも感じ入ったようにうなずいている。

「兄弟子としての役目を全《まっと》うしているようで何より。私は今、ジークの健気《けなげ》さに感動しています」

シグリににやりと笑いかけられて、ジークヴァルトはなぜか背中を丸めて小さくなった。

「それはそうと、リリーシュア。貴女《あなた》の手形は問題なく入手できましたよ。レティング国王が直々《じきじき》に発行したものです。まあ慰謝料《いしゃりょう》代わりという側面もありますが、貴女《あなた》はこれから、この世界のほとんどの国に入国することが可能になります」

ヴィサがにっこり笑う。ロイドとフラウがリリーシュアの膝《ひざ》の上にぴょんと飛び乗って、嬉しそうに身体を擦《す》り寄《よ》せてきた。

「本当にありがとうございます、ヴィサ様。私のためにご尽力《じんりょく》いただいて……」

リリーシュアが淑女らしく頭を下げると、ヴィサは「大したことではありません」と目を細めた。

「国王は不肖《ふしょう》の息子の行状に大変心を痛めておりましてね。ぜひリリーシュアにと幾《いく》ばくかの金銭も預かって来ましたので、これは近い将来、貴女《あなた》の嫁入り支度《じたく》に使うことにしましょう」

それを聞いて、ジークヴァルトがなぜか背筋を伸ばした。リリーシュアも膝《ひざ》の上で手を揃《そろ》え、つられるように背筋を伸ばす。

「そうですか、レティングの国王様が……。でも、私はずっとヴィサ様の弟子でいたいですし、そうでなければ修道院に入りたいと思います。ですからそのお金は、教会への寄付に回していただければ……」

「まあ急いで考えることではありません。しばらく私が預かりますので、使いたくなったらいつでも言いなさい」

ヴィサは鷹揚《おうよう》にうなずいてから、エリーゼの淹《い》れたお茶を美味《おい》しそうに飲んだ。

たとえようもない嬉しさを感じながらも、リリーシュアは一抹の不安も感じていた。

ヴィサが国王に直接話したということは、第二王子の婚約者になっているはずの義妹のマリーベルに、この話が伝わっていてもおかしくない。

彼女がこの特別待遇を知れば必ず取り上げようとするだろう。

ヴィサの庇護下《ひごか》にいれば何も怖くないとわかってはいるが、不安と恐怖で胃がこわばる。

「あの、ヴィサ様。このことは、アッヘンヴァル家にも伝わっているのでしょうか……？」

「そうですね。貴女《あなた》の実家の連中の耳にも、もちろん入っております」

どこか歯切れの悪い口調でヴィサが答えた。

実家という言葉ひとつで、胸の中がざわざわする。リリーシュアはわずかに唇を噛《か》み、呼吸を整えた。

けれど、と前置きして、ヴィサはリリーシュアを安心させるようにきっぱりと言う。

「アッヘンヴァル家へは、私の信頼できる部下たちをやりました。あまり耳に入れたくないので簡潔に言うと、あの家の連中が二度と貴女《あなた》に関わることはありません。まあ、もし愚《おろ》かな連中が関わろうとしてきても――今後はすべて、私が窓口となります。貴女《あなた》は何も心配しなくてよろしい」

リリーシュアは耳と心の両方で、しっかりとヴィサの言葉を受け止めた。

ドミニクとマリーベルは、リリーシュアが大主教に保護されたと知って、さぞ驚き、また不愉快《ふゆかい》に感じたことだろう。

食べるものや着るもの、暮らしのすべてがお姫様のように最上級だと知れば、地団太《じだんだ》を踏むに違いない。

リリーシュアの頭の中に、父の姿がぽん、と浮かんだ。

手をぎゅっと拳《こぶし》にして平静を装《よそお》おうと努《つと》めるものの、父の顔が陽炎《かげろう》のように揺らぐ。

リリーシュアの遠い記憶の中にいる父は、最後に見た顔とは本当に違っていた。

(私が小さなころは、とても明るい人だったと思うのに……お母様が病《やまい》に倒れて、憂鬱《ゆううつ》そうな顔をするようになって、あまりにも色々なことがあって、楽しげにも悲しげにも見えない人になった……)

いくらつらかったことを忘れようとしても、父への複雑な感情が、リリーシュアの胸の奥底にずっと渦巻《うずま》いている。

どうして、なぜ、と、聞いてみたい思いもある。

「リリーシュア」

はっと気が付くと、ほとんど目の前にヴィサの顔があった。

中腰になったヴィサが「よし、よし」とつぶやきながら、リリーシュアの頭を撫《な》でてくれる。

「血の繋《つな》がった父親のことですから、穏《おだ》やかな気持ちでいられないことはわかります。しかし獣《けもの》と一緒に過ごすうちに、だんだんとその獣《けもの》と同じになってしまう。そういうことは確かにあるのです。ですから、今は忘れなさい。私は貴女《あなた》が成長できるよう、できる限りのことをしましょう。会う必要のある人間ならば、必ず道が用意されている……ひと回りもふた回りも大きくなった貴女《あなた》なら、その時にきっと、違うものが見えるはずです」

ヴィサは何度もリリーシュアの髪を撫《な》でながら、物静かに、きっぱりと言い切った。

「はい。はい、ヴィサ様――」

ヴィサの言葉を噛《か》み締めながら、リリーシュアは胸の内で「さようなら」とつぶやいた。

(本当に、本当に始まるんだ。私の新しい人生が。さようならお父様、さようならアッヘンヴァルの屋敷、さようなら……)

リリーシュアは口元をきゅっと引き締めた。目を伏《ふ》せると、涙がひと粒《つぶ》転がり落ちる。

「おやおや」と笑うヴィサの声が、ことさら優しく感じられた。

するとエリーゼが困ったように小首をかしげ、片方の手を頬《ほお》に当てた。

「ヴィサ様のお気持ちはわかるのですけれど……まさかアッヘンヴァル家に対して、何の制裁もなしということはございませんわよね？」

ロイドとフラウが「そうだそうだ」というふうにうなずく。

「心配はいりません、私は立てた誓いは守る男です。リリーシュアを守るために必要なことは、すべて手配させました」

そう言って、ヴィサが片方の口元を引き上げた。彼の瞳に、危険な輝きが浮かんでいる。

リリーシュアの頭をもう一度撫《な》で、ヴィサは優雅な所作《しょさ》でソファへと戻っていく。

青く燃える炎《ほのお》のような眼差《まなざ》しは、背筋に寒気が走るほど恐ろしい。リリーシュアの目に浮かんでいた涙も引っ込んでしまうほどだった。

「後妻であるドミニクの実家、フライホルツ商会というのは一筋縄《ひとすじなわ》ではいかない、荒々しい男たちの巣窟《そうくつ》でしてね。そういう連中をなだめたりすかしたりしながら、次から次へと事業を拡大していたのですが……あまりにも汚いことをしすぎておりまして」

ヴィサの口調は、はっきりと嘲《あざけ》りとわかるものだった。

ぞくぞくと肌が粟立《あわだ》ち、リリーシュアは思わず身を震わせる。

(アッヘンヴァルから放たれた追手《おって》は、正真正銘《しょうしんしょうめい》のやくざ者だったんだ……ロイドとフラウが撒《ま》いてくれなかったら、どうなっていたことか……)

可愛いお供たちが幻術《げんじゅつ》で追い払ってくれたとはいえ、もしそんな連中に襲われていたら、小さな馬車などひとたまりもなかっただろう。

「フライホルツ商会を取り仕切っているのは、ドミニクの父親です。煮ても焼いても食えない男ではありますが、所詮《しょせん》は小物にすぎません。娘を侯爵家の後妻にして、いっぱしの領主気取りでしたがね」

ヴィサは穏《おだ》やかな笑顔を浮かべる。とても美しいのに、リリーシュアの心臓は恐怖でひっくり返りそうだ。

「レティングの国王も、己《おのれ》の国の治安悪化を嘆《なげ》いておりまして。我が聖レミアス教が掴んでいた情報を流して差し上げたのです。ああいった連中は例外なく領地以外でも偽札《にせさつ》、麻薬、人身売買といった、あくどい取引に手を染めていますからね。ですので先日、フライホルツ商会の連中は逮捕《たいほ》されました。面白いくらいに、理由には事欠きませんでしたよ。今ごろ、お隣のレッバタール公爵も大慌《おおあわ》てでしょう。アッヘンヴァルを見習って、似たようなことに手を染めておりましたから」

ヴィサはそう続けながら指の背を顎《あご》に当て、低い笑い声を響かせる。

ジークヴァルトは「まあ妥当《だとう》だな」とあっさりうなずいた。

「アッヘンヴァル家にとって、逮捕《たいほ》の衝撃はすさまじいものだろう。屋台骨が揺らぐどころの騒ぎじゃない」

「とはいえ、今後は真っ当に領地運営をすればいいだけのこと。その辺《あた》りの助けになるような役人の派遣は、レティングの国王にお任せしました」

ヴィサとジークヴァルトの会話を聞きながら、リリーシュアは胸の奥底で、ひどく奇妙な感情を味わっていた。

あの贅沢三昧《ぜいたくざんまい》で育てられたマリーベルは、今後どうなるのだろうか。お腹にいるという赤ちゃんは。第二王子マンフレートとの結婚は――

「きゅっきゅっ！」

「もきゅっ！　もっきゅっ！」

ロイドとフラウはリリーシュアの膝《ひざ》から飛び下りて、二本の後ろ足で立ち上がり、短い手をジタバタと上げ下げしていた。どうやら、万歳《ばんざい》をしているらしい。

すっかり興奮している二匹を見ていたら、胸の中からマリーベルの顔が消え去った。

(あの子にとっては、耐《た》えがたい暮らしを強《し》いられるのかもしれないけれど……もう、考えるのはやめよう。さようなら、マリーベル……)

リリーシュアだって、これからどう生きるかを必死に考えなくてはならない。

ただ前を向いてひたすら学び、自分が人生で何を求めているのか、はっきりさせるのだ。

「では、話はこれくらいにして。リリーシュア、今から貴女《あなた》の『魔力の門』を開きに行きたいのですが、構いませんか？」

ヴィサの笑顔は先ほどまでと違い、気高《けだか》さと神々《こうごう》しさに満たされていた。

リリーシュアは誇《ほこ》り高《たか》く顔を上げて、彼を見返す。

「はい、ヴィサ様。よろしくお願いします」

ロイドとフラウが万歳《ばんざい》を繰《く》り返《かえ》しながら、明るい鳴き声をあげる。

つられるように、リリーシュアも声を出して笑った。

ヴィサによる最高難度魔法『転移陣』を使い、リリーシュアは二、三回瞬《まばた》きするうちに、まったく違う場所へと移動していた。

リリーシュアが今いるところは、どこかの庭らしい。

オレンジや赤、黄色などの鮮《あざ》やかな花が咲き乱れていて、そのすべてがきちんと手入れされている。

シェファールドは陽光がさんさんと降《ふ》り注《そそ》ぐ南国で、レティングでは見たことのない植物もたくさんある。

リリーシュアは物珍《ものめずら》しさに、きょろきょろと周りを見回した。

「リリーシュア、申し訳ないですがここから少し歩きます。体調は大丈夫ですか？」

ヴィサに尋ねられて、リリーシュアはこくりとうなずく。

転移陣は緊急時でなければ決められた場所に出すのがマナーらしく、目的地はちょっと先らしい。

ジークヴァルトは「そう遠くない」と言いながらも、リリーシュアの手をしっかりと握り締めた。

「大丈夫か、リリーシュア？　つらかったら言ってくれ。ええっと、あれだ、俺が君の身体を抱《かか》えたり背負ったりしてもいいんだし」

心配性の兄弟子が、何度もリリーシュアの顔を見て元気づけようとする。

「ご心配ありがとうございます。でも、元気いっぱいです！」

リリーシュアはかぶりを振って、目に入るすべての景色を楽しみながら歩いた。

目を青く染めるほどに澄《す》んだ空、強烈な日差し、熱い風、花々が放つ芳《かぐわ》しい香り。

すべてが混ざり合った空気が心地よくて、リリーシュアは大きく息を吸った。

「今から向かうのは魔力研究院ではあるのですが、変わり者がひとりでやっている、いうなれば分院といいますか……まあ、噛《か》みついたりはしませんので、安心してください」

前を歩くヴィサが軽く肩をすくめる。

魔力研究院というのはシェファールド帝国独自の機関で、魔力と魔法に関するありとあらゆることを研究しているのだと、ジークヴァルトから教わった。

職員たちはもれなく強力な魔力の持ち主で、生み出される研究成果は質・量ともに世界最高であるらしい。

そこで働く変わり者とはどのような人なのだろうと、リリーシュアは首をかしげる。エリーゼもその人を知っているようで、ふふっと声を漏らした。

「たしかに、ありゃあ変わり者だ」

シグリも豪快な笑い声をあげる。診療時間を終えて、ついてきてくれたのだ。

彼はロイドとフラウを後ろから抱き上げて、「おりゃ」と二匹の身体を左右に振っていた。

「きゅい、きゅい、きゅい〜っ」

「もきゅもきゅもきゅっ」

揺らされるたび、二匹の笑い声が弾《はじ》ける。リリーシュアはそれを微笑ましく見守った。

「リリーシュア、あれが目指す場所です」

リリーシュアは、ヴィサが指差した先に急いで視線をやった。

そこには景色の素晴らしさにまったくそぐわない、まるで野営でもしていそうなテントがある。

リリーシュアは思わず目をぱちくりさせた。

「テア・アストリッド、私たちが来たことはとっくの昔にわかっているのでしょう。出てきてください」

「ふぁい、ヴィサ様。いやいや、今まで寝てたから……ここは暑いでしょう、すぐに涼《すず》しくしますんで」

ヴィサの呼びかけに応じて、テントの中から声がする。同時に、青く光る筋が地面を走った。

それはリリーシュアたちを取り囲むように一周すると、あっという間に魔法陣になり、上に向かって光を放つ。

冷たい風が起こり、エリーゼが丁寧《ていねい》に梳《くしけず》ってくれた髪が吹き上がった。

ヴィサは顔色ひとつ変えずに、リリーシュアを見る。

「リリーシュア。この魔法のために使われた力はなんでしょう？」

「は、はい。風と水の融合《ゆうごう》だと思います」

ヴィサが満足げにうなずく。

「ご明察～。すなわち僕は二属性持ちってやつですねえ」

もそもそとテントの入り口が動いて、茶色い塊《かたまり》がぬうっと現れた。

茶色い髪の毛はもっさりとして、あっちこっちにはねている。それはもう、寝癖《ねぐせ》など遥《はる》かに通り越したひどさだ。

眼鏡《めがね》の奥の目は真っ赤に充血《じゅうけつ》し、琥珀色《こはくいろ》の瞳がどろりと濁《にご》っている。

上下がひと続きのゆったりした衣服は、もとは真っ白だったことが窺《うかが》えるが、ほとんど茶色く変色していた。

あまりにも衝撃的な見た目のせいで、まったく年齢がわからない。

「魔力研究院の院長、テア・アストリッドです。こんなところにいるのにはわけがありまして……いやまあそれは、そのうちわかるか」

テアという人が、小さく会釈《えしゃく》を寄こしてきた。

リリーシュアも反射的に「よろしくお願いします」と頭を下げる。

「リリーシュアと申します。つい一か月ほど前、ヴィサ様の新しい弟子にしていただきました」

「ほうほう」

テアがぐっと身を乗り出してきた。

さっきまで濁《にご》っていた瞳をキラキラと輝かせて、いかにも嬉しそうに見える。

「ふむふむ、これはすごい。まず僕のもとへ連れてくるとは、ヴィサ様は賢明《けんめい》な判断を下したわけですねえ」

テアはそう言って、ちょっと考え込むように顎《あご》を引いた。

「あいつ自身の体内に、魔力測定機能があるんだ。たとえ対象者の門が閉じていても、その人物の魂《たましい》が持つ魔力量がある程度わかるらしい」

ジークヴァルトが耳元で囁《ささや》くように教えてくれる。

リリーシュアは驚いて目を見開いた。そんなことができる人もいるのか。

「よしよし、用意するのは大きな結界防壁《けっかいぼうへき》と、最新の測定器と……ちょっと準備するので、十五分ほどお時間いただきますね」

テアは今までの野暮《やぼ》ったい雰囲気が嘘のように、急にきびきびと動き出した。ヴィサとシグリは、テアを手伝いながら、あれこれと言葉を交《か》わしている。

「じゃあ、俺たちは準備が整うまで散歩でもするか？　リリーシュアにはいい運動になるだろうし」

ジークヴァルトの提案に「もきゅ？」と二匹が同時に首をかしげてこちらを見た。リリーシュアはうなずいてみせる。

二人と二匹で、花々の美しさを楽しみながら庭を歩いた。

南国特有の熱い空気が押し寄せてこないのは、さっきテアが使った魔法のおかげだろうか。

リリーシュアたちの周囲はひんやりと涼《すず》やかで、とても心地いい。

「みなさーん、準備ができましたよ」

すぐ耳元で、離れたところにいるはずのテアの声がした。

リリーシュアはびっくりしてジークヴァルトを見る。

「風魔法による声の伝達だ」と兄弟子が笑った。

テアたちのところに戻ると、見慣れないものが二つあった。

リリーシュアは目を瞬《しばたた》かせて、それらに見入る。

ひとつ目は、何やら壮大な装置だ。

小さな歯車がいくつも連動し、大きな歯車がゆっくりと回っている。その中央部には、巨大な水晶玉《すいしょうだま》が埋《う》め込《こ》まれていた。

そして二つ目は——空中にぷかぷかと浮く巨大な球体だった。

少し離れた場所に樹齢《じゅれい》が百年以上ありそうな大木がそびえているが、その高さを優に超えている。

この半透明の球体こそがテアの言っていた結界防壁であり、その横の大きな装置は、魔力量を計るための測定器なのだろう。

巨大な球体に左手をついて、テアが誇《ほこ》らしげに胸を張る。

「これ、ものすごーく頑丈《がんじょう》にできていまして。世にも稀《まれ》な四属性持ちのヴィサ様や、前人未到《ぜんじんみとう》の五属性持ちの天才ジークヴァルト様がこの内側に入ってですね、いっちばん強烈な魔法を使っても簡単には壊れません。僕の作る防壁は、魔力耐性がおっそろしく高いんです！」

リリーシュアは表情を引き締めた。師匠や兄弟子への尊敬の気持ちが湧《わ》き上《あ》がるのを感じる。

この一か月間で、リリーシュアは様々なことをジークヴァルトから教わった。

彼は魔法の授業で時折実演も交《まじ》えてくれたため、五属性の魔力を扱っているところを目にしたことがある。

数少ない『魔力持ち』の中でも、複数の属性を使える者はさらに稀少《きしょう》らしい。

そのため、ジークヴァルトやヴィサ、そして先ほど二属性持ちだと言っていたテアは、この世界では非常に貴重《きちょう》な人間なのだ。

ジークヴァルトによれば、リリーシュアは火の属性を持っていそうだという。彼らほど優《すぐ》れた能力が自分にあるとは思えないが、力の詳細を知れば、今よりも彼らの役に立てるだろう。

リリーシュアは少し緊張しながら、テアを見つめる。

そんなリリーシュアに気づいてか、ヴィサは顔に淡《あわ》い笑みを広げた。

「テアは防御魔法の天才です。この結界防壁は、後先のことを考えずに全力を出せる最高の鍛錬《たんれん》場《じょう》として重宝《ちょうほう》しています」

その時突然、生《お》い茂《しげ》った叢《くさむら》のようなテアの髪の毛が、触《ふ》れてもいないのにもぞもぞと動いた。

「あ、エリンちゃん待って待って、今大事なお話をしているところだから！」

テアが焦《あせ》ったように頭に手をやるが、それよりも早く「くるるっ」と鳴き声のようなものが響く。

そしてテアの茶色いぼさぼさ頭から、ぴょこっと茶色い塊《かたまり》が顔を出した。

それはどこからどう見ても、頬袋《ほおぶくろ》を膨《ふく》らませたリスだった。

リスは髪の毛の中をあっちこっちへ機敏《きびん》に動き回り、ぴょこぴょこと顔を出す。得も言われぬ愛らしさがあった。

「もうエリンちゃんってば、大人しくしといてって言ったのに〜。あ、この子は僕の従魔です。人型にはなれませんけど、なれたとしたらきっとすっごい美少女……いやいや、先に進みましょう。エリンちゃん、今は引っ込んでおいてね」

ぽんぽん、とテアに頭を撫《な》でられて、エリンは「くるるぅ〜」と不満げな鳴き声をあげる。

そしてなぜかエリンは、つぶらな瞳をロイドに向けた。

どことなく高慢《こうまん》ちきな顔になり、つん、と顎《あご》を上げる。

「もきゅっ⁉」

それを見たロイドが気色《けしき》ばんだ。

同じ従魔から、ふんぞり返るような顔つきをされて、戸惑《とまど》いと怒《いか》りが半分半分、といったところらしい。

女の子従魔二匹の間に飛《と》び交《か》う火花にまったく気付いていないのか、テアがのんびりとした笑みを浮かべた。

「じゃあ話を戻しますね〜。リリーシュアさんには、今からこの結界防壁の中に入ってもらいます。僕、本格的な測定器なしでも他人の潜在魔力量がなんとなーくわかってしまう特異体質なんで、リリーシュアさんが保有する魔力の総量が、とんでもねえなってことが予想できてですね。なので、展開できる最大規模の防壁を用意したってわけです」

テアはそう言った後、球体の横にある大きな装置を指差す。

「正確な魔力量は、こっちの特殊《とくしゅ》な装置で計ります。普通、魔法陣という手順を踏まなければ、強力な魔力は放出されません。今回は魔法陣を使わず、門から直接魔力を取り出すだけなので、そう大きなものではない……はずなんですが、例外もありますので。門から解放された魔力をぶっぱなしても大丈夫なように、この防壁の中に入ってもらいます」

うんうん、と自分の言葉にうなずくテアは、ものすごくうきうきした様子だ。

それから彼は両手で髪を掻《か》き上《あ》げ、もっさりとした山を作ってエリンの姿を隠した。

気の強いリスは「くるっ、くるるっ！」と鳴き声をあげたが、一応は引っ込む気になったらしい。

もぞもぞと動いていた髪の毛は、すぐに大人しくなった。

テアはひと息つくと、リリーシュアを見つめる。

「そんじゃ始めましょうか。リリーシュアさんの門を開く際の介添人《かいぞえにん》は、ヴィサ様っつーことでよろしいですか？」

「ああ、それには私よりも適任が――」

「俺がやる」

ヴィサにかぶせるように、ジークヴァルトがきっぱりと言った。

真っすぐな眼差《まなざ》しがリリーシュアの目を捉《とら》える。

フラウは急に虫の居所が悪くなったのか、毛を逆立《さかだ》てて「もけっ」と鳴いた。

テアはのほほんとした顔で、「じゃあ始めましょう」と片腕を振り回す。そして素早《すばや》く測定器の前面に回り込んで、いくつかのボタンを弄《いじ》り始めた。

「さっきも言いましたが、僕の防壁の耐久力は世界随一《ずいいち》を誇《ほこ》ってます。リリーシュアさんは外のことは気にせず、門を開放してくださって大丈夫です」

テアは人が変わったように厳しい表情でそう言って、眼鏡《めがね》のブリッジを何度も指で押し上げる。

「防壁内で何かしらのトラブルがあったら、すぐに測定を中止します。ああっと、そっちの双子ちゃん……なのかな？　愛くるしい従魔さんたちはどうしますか？　主人と従魔はどっちみち繋《つな》がってるんだし、一緒に入ってもらっても構いませんよ」

ロイドとフラウが「きゅうっ！」「もきゅっ！」とほとんど同時に鳴き声をあげた。リリーシュアも「一緒に入ります」と大きくうなずく。

この十年、リリーシュアには、自分の居場所だと思える場所なんかなくて。

でも、いつだってひとりじゃなかった。

かけがえのない子どもたちから、絶対にリリーシュアと離れまいという気概《きがい》が感じられて、とても嬉しい。

「ロイド、フラウ。私たちは、どこまでもどこへでも、一緒に行くのよ」

これから先、自分で自分にがっかりすることがないように。

ひたむきな忠誠心と愛情を向けてくれるこの子たちを、幸せにできるように。

ロイドとフラウはそれに応《こた》えるように、もこもこの身体をリリーシュアの脚に擦《す》り寄《よ》せる。

(この子たちのためにも、もっと強く、もっと賢《かしこ》くならなければ。門を開く手順は覚えたし、この一か月何度もイメージを描いた。しっかりやってきたんだもの、だから絶対に大丈夫)

『魔力の門』の開き方は、ジークヴァルトから山ほど教わった。できる限りイメージを思い描いて、すべて覚えてきた。

新しい暮らしにしっかりと根を下ろすためには、門から出てくる自分の力について、もっともっと学ぶ必要があるのだ。

不安が微塵《みじん》もないと言えば嘘になる。

でも、自分自身の可能性を絶対に諦《あきら》めたりしない。

「坊ちゃん。わたくしも中にお連れくださいませ」

穏《おだ》やかさと優しさが滲《にじ》む声で、エリーゼが言う。

リリーシュアが白いシャツに覆《おお》われた右腕を上げたのと、「え」と声を出すのと、ジークヴァルトが白いシャツに覆《おお》われた右腕を上げたのは同時だった。

エリーゼが白い侍女服の裾《すそ》を膨《ふく》らませて、くるりと一回転する。

次の瞬間、リリーシュアたちの目の前で真っ白な鷹《たか》が翼を広げていた。

王者のごとき威厳《いげん》をたたえた勇壮《ゆうそう》な鷹《たか》――ジークヴァルトの従魔エリーゼは、流れるような動きで主人の腕にとまる。

翼をたたんだエリーゼの美しさと気品、そして愛情たっぷりの緋色《ひいろ》の瞳に、リリーシュアは思わず息を呑んだ。

ロイドとフラウも興奮したように、ぴょんぴょん飛び跳ねてエリーゼを見ている。

「よし、行こう。門を開くイメージは、しっかり叩き込んだからな。後は心を鎮《しず》めて、自分を信じれば大丈夫だ」

ジークヴァルトが左手を差し出してくる。

リリーシュアはその手を握った。互いの手のひらが脈打つのを感じられるようだった。

「リリーシュアはいつも一生懸命《いっしょうけんめい》だ。学ぶ時はやる気いっぱいで、真剣で嬉しそうで。そんな君の姿は、これまで俺が目にしたどんなものより美しい……なんて思ったりしてな」

そびえ立つ球体の結界防壁に入ると、ジークヴァルトがそう言って口元をほころばせた。

お世辞まで言って妹弟子の心をくつろがせようとする兄弟子の優しさに、リリーシュアも微笑みを返す。

「ありがとうございます、ジークヴァルト様。私が私であることを咎《とが》めずに、理解して、受け入れてくださった……これまでもこれからも、貴方様《あなた》はかけがえのない兄弟子様です。私、妹弟子として恥《は》ずかしくないよう頑張りますね！」

ジークヴァルトの足元になぜかフラウが近づいてきて、鼻をぴくぴく動かし「もけけっ」と鳴いた。

（この鳴き声の意味はわからないけど、フラウったら絶対失礼なこと言ってる……っ！）

リリーシュアは全身に寒気を覚えながら、急いでフラウを抱き寄せる。

「ちびっ子……人型に戻ったら、俺が剣の稽古《けいこ》をつけてやるからな。お姫様を守る騎士のつもりなら、強くならないといけないもんな」

ジークヴァルトがすうっと目を細める。

ほんの一瞬、独特の凄《すご》みのようなものが漂《ただよ》った気がした。

腕の中のフラウが「きゅふ」と鼻を鳴らして笑う。不敵な笑み、といった感じだ。

おかしな緊迫感に、リリーシュアは首をひねった。

「わあー、大人げない。それは大人げないです、ジークヴァルト様。えーっと、エリーゼさんと双子ちゃん？　今ちょうどいい台座を出しますからね、そこにいてくださいねえ」

テアが半透明の防壁の向こうで、こちらに両腕を突き出している。その手のひらには、すでに小さな魔法陣が浮かんでいた。

テアが宙を掴むように、指先をぐっと曲げる。すると防壁内の一部が盛り上がり、あっという間に台座が出現した。

エリーゼが「ピィッ」と細く高い声で鳴き、翼を広げて台座へと飛び移る。

ロイドがぴょんっと飛び跳ねてエリーゼの左横に陣取り、先輩従魔に向かってぴょこんと頭を下げた。

フラウも大慌《おおあわ》てで右横からよじ上り、こちらもすました顔で頭を下げる。

（主人と従魔は、魔力を融通《ゆうずう》することができる。人型のままだと従魔の消費魔力が大きくなって、主人の側にも負担がかかるから……エリーゼさんは、ジークヴァルト様が万全の支援態勢をとれるようにしてくださったんだわ）

リリーシュアも台座を向き、丁寧《ていねい》にお辞儀《じぎ》した。

それからジークヴァルトを見上げて、もう一度微笑む。

自分がずっと欲しかったのは、こんなふうに大切な人や仲間に囲まれる、穏《おだ》やかなぬくもりなのだとしみじみと感じた。

「じゃあ……門を開きます」

リリーシュアは目を閉じた。意識を集中させるために、ふうっと息を吐く。

『魔力の門』は目には見えない。それは『魔力持ち』の魂《たましい》、つまり心の中にあるからだ。

心を鎮《しず》め、意識を魔力の源《みなもと》へと下ろしていく。

やがて自分の中に、大きな門が浮かび上がってくるのを感じた。

重厚な扉はほとんど閉じている。わずかに開いた隙間《すきま》から、オレンジ色の光が漏れ出ていた。

(私の魔力……敬意を払って大切にします。だから、必要なだけの力を私にください)

門の扉の向こうの魔力が応《こた》えたのか、内側からの光がさらに強くなった。

(集中して……でも緊張もしすぎちゃ駄目……)

リリーシュアは自分に言い聞かせた。心の静けさを維持《いじ》しようと努《つと》める。

(私の魔力、私の希望。人を愛し、人を導くために使うと誓います。お願い、私の意思の通りに動いて)

扉の向こうに、熱い力のうねりを感じる。

荒々しく、強烈な力はいらない。

ゆっくりとなめらかに、簡単に制御《せいぎょ》できる程度の魔力で構わない。

リリーシュアは自分自身をろうそくの芯《しん》に見立て、もっと意識を集中させた。

ジークヴァルトと繋《つな》がった右手が、さらにぎゅっと包み込まれた。

黄金色《こがねいろ》の優しさが流れ込んできて、リリーシュアを励《はげ》まそうとする。

他者の門に干渉《かんしょう》することは、少しばかり危険な行為なのだとヴィサが言っていた。

リリーシュアの『魔力の門』が壊れそうな勢いで開いた時、命を救うために尋常ではない量の魔力が必要だったらしい。

誰よりも多大な魔力を供給してくれたヴィサは、その後しばらく子どもの姿で、体力と魔力の回復を図《はか》っていたくらいだ。

しかし、ジークヴァルトから恐れは感じられない。

いつ何があっても大丈夫なように、しっかりと見守ってくれていることがわかる。

彼から流れ込んでくる黄金色《こがねいろ》の光と、門から漏れ出るオレンジ色の光が混ざり合い、全身に満ちるのが感じられた、その時。

門の扉が音もなく開き始め、心地よい温風が吹き出してきた。

脳裏《のうり》に思い浮かべたろうそくの芯《しん》に、炎《ほのお》が灯《とも》る。

それは頼りなげに一度揺れ、ちろちろと燃え始めた。

まるで蜜蝋《みつろう》のような、自分でも驚くくらいの甘い香りが広がる。

リリーシュアは目を開けた。

左の手のひらを上に向け、目の前に持ってくる。そこに、小さな小さな炎《ほのお》が踊っていた。

(やった、やったわ！　門から必要な力を引き出せた！)

嬉しくて飛び跳ねそうになるのを堪《こら》え、息を整えて周囲を見回す。

ジークヴァルトもエリーゼも、ロイドもフラウも、そしてヴィサまでもが、呼吸を忘れてこちらを見ていた。

「ちょっとやそっとでは燃えるはずのない僕の防壁が……すごい、すごいぞ。この炎《ほのお》は不思議に満ちている……！」

テアの声が小刻みに震えている。その顔が喜びで弾《はじ》けるのを見て、リリーシュアはようやく防壁全体が透明からオレンジ色に変わっていることに気が付いた。

巨大な防壁全体が、とろとろ燃えている。

その場にいる誰もが、心から驚いているようだった。

ジークヴァルトは、ため息とも深呼吸ともつかない息を繰《く》り返《かえ》している。繋《つな》がっている手の力が緩《ゆる》んだ。

自分の取り出した魔力は、制御不能《せいぎょふのう》になってしまったのだろうか。必要な分だけください、と願ったつもりなのに。

リリーシュアは途方に暮れながら、自分で生み出した巨大な火の玉を見つめる。

魔法陣という正しい手順を踏んでいないただの魔力は、本来はとても脆《もろ》いはずだ。

大天才であるらしいヴィサやジークヴァルトの魔力ならともかく、リリーシュアの魔力が、どうして長い間ゆらゆらと燃えているのだろう。

「は、早くここから出ないと……もしみんなを火だるまにしてしまったら……っ!」

リリーシュアは裏返った声で訴えた。

意図せぬ形で魔力を取り出してしまったかもしれないと、小刻みに手が震える。

自分の心臓の音がどきどきしてうるさい。

恐怖と申し訳なさとが、喉元《のどもと》までせりあがっている。背筋に汗が伝った。

リリーシュアは思わず右手に力を込める。

重なったままのジークヴァルトの手がぴくりと動き、それからぎゅっと握り返してきた。

「大丈夫だ、リリーシュア。この炎《ほのお》は誰も怖がらせていない」

ジークヴァルトが力強い眼差《まなざ》しをリリーシュアに向けてくる。

「暴発しかけた時とは違って、ちゃんと君の意思の通りに動いている。俺もこれまで、いろんな魔力を見てきたつもりだが……こんなのは正直、見たことがない。でもこれは、決して他人に害を与えないということだけはわかる」

ジークヴァルトの静かで落ち着いた声のおかげで、リリーシュアの沸騰寸前《ふっとうすんぜん》だった頭と、ぴりぴりし始めていた神経が落ち着いた。

胸がざわめきすぎてぼやけていた目が、可愛い子どもたちの姿を捉《とら》える。

「ロイドもフラウも、少しも変わってない……」

扉がちゃんと開いたのだから、人型になれるはずなのに。

リリーシュアが狼狽《うろた》えていると、ロイドとフラウが「違う違う」というふうに首を左右に振った。勢いあまって、身体ごと毛むくじゃらの塊《かたまり》が揺れている。

リリーシュアの優しい子たち、優しすぎる子たちは「主人が落ち着くのを待っています」と言わんばかりの表情だ。

「テアの防壁には強力な魔力耐性がある。リリーシュアの火は燃《も》やし尽《つ》くそうとしているのではなく、ささやかなぬくもりを与えようとしているのか……？」

ジークヴァルトがつぶやいた時、テアが防壁の中に入ってきた。その顔は興奮で火照《ほて》っている。

ヴィサとシグリも後に続いた。

「ジークヴァルト様のおっしゃる通りです。僕の防壁は、燃えているようで燃えてないですね。いやあ、最新の測定器は壊れる寸前でしたよ。とんでもない数値を叩き出したというのに、この炎《ほのお》にはなんとなんと、攻撃能力がまったくありません！」

「火属性なのにか？」

ジークヴァルトが首をひねった。

たしかに火の魔力は、六つの属性の中でも高い攻撃性を誇《ほこ》るものだと聞いた。

より高温で強く激しい炎《ほのお》を一瞬のうちに叩き込む、攻撃型魔法に使われることが多い。

それは逆に考えれば、燃焼《ねんしょう》させ続けるのは難しいということ。

本来ならば、一定の温度を長時間維持《いじ》するのは困難なのだ。

しかしリリーシュアから生まれ出でた魔力は、今もとろとろと燃え続けている。

「この穏《おだ》やかな炎《ほのお》は、どうやら僕の防壁をさらに強化しようとしているようですねえ」

テアの琥珀色《こはくいろ》の瞳が深みを増して、きらりと光を放った。彼は防壁に手をついて、うっとりとした息を漏らす。

「んああ、心がほぐれる～。優しくて、穏《おだ》やかで……暖炉《だんろ》の前にいるみたいだ。すごく、守られてるって感じがします……なんだこれすごい才能だな」

テアの言葉に、ジークヴァルトが小さくうなずいた。

「リリーシュアの手を握っている時に、俺がいつも感じているものと一緒だ。俺は火属性だけは持っていないから、そのせいで相性がいいのかと思っていたが……」

兄弟子の言葉を聞いているのかいないのか、テアは防壁に頬《ほお》を擦《す》り寄《よ》せ、さらに両手で撫《な》で回《まわ》し始めた。

「ふうむ～なるほどなるほど、この善と愛に満《み》ち溢《あふ》れた炎《ほのお》には、悪を締め出す『浄化の力』が備わっていると考えられますねえ。やさぐれてたジークヴァルト様が、いきなり爽《さわ》やかな騎士に変化した、その理由がわかりましたよ」

「俺は悪ではないぞ！」

ジークヴァルトの叫《さけ》びが防壁内にこだまする。

「すみません、言葉のあやってやつです～。さあ、早速《さっそく》データを精査しないと！　あああ、ワクワクするなあ！」

テアはしれっと走り去っていく。

その背中を眺めていたら、ヴィサが口を開いた。

「私も長いこと生きていますが、これだけ愛に溢《あふ》れた清廉《せいれん》な炎《ほのお》は初めてかもしれません。純粋な魔力の大きさでは、もちろんジークに軍配《ぐんばい》が上がりますが……リリーシュアの魔力は武器ではなく、『聖なる者』の持つそれと同じなのかもしれない」

その声はいつも冷静なヴィサらしからず、少しばかり熱かった。彼は興奮のためか、端整極《きわ》まりない顔を上気させながら続ける。

「しかしまさか、これほどの力を有していたとは……大きな魔力に対応する身体の準備ができて、門の内側に保有していた浄化能力が出せるようになったのか……浄化系の魔力といえば、一般的には水や光。攻撃力に特化した火を、守りのために使えることは、珍《めずら》しいです。つまり、リリーシュアは火の乙女《おとめ》、火の聖女ということですね」

「火よりも、炎《ほのお》の聖女ほうがふさわしいかもしれないな。ものすごく強そうな呼び名だが、実際に強い守りの効果がありそうだし」

ジークヴァルトが顔をくしゃっとさせる。師匠と兄弟子の会話を、リリーシュアは呆気《あっけ》にとられて聞いていた。

私が炎《ほのお》の聖女！　そんな信じられないことがあるだろうか！

類稀《たぐいまれ》な力を持つ聖女様は、小さなころ大好きだった絵物語にも登場した。

母からは『魔力持ち』同様、ただのおとぎ話だと言われていたのに、まさか実在するなんて。

「リリーシュアの炎《ほのお》に癒《いや》しの効果があることは間違いありません。テアがデータで示すまでもなく、貴女《あなた》との接触で心が洗われまくったジークが動かぬ証拠《しょうこ》です。実際に、潜在能力は聖女クラスですから。この防壁を見てわかる通り、リリーシュアの炎《ほのお》は人や物に守護を与えることができる。貴女《あなた》はこれから、どこへ行っても歓迎されるでしょう」

こちらの思考を読んだかのように、ヴィサは言い、満面の笑みでうなずく。

リリーシュアは固まったまま、相槌《あいづち》を打つことすらできなかった。

しかし、とヴィサは打って変わって真剣な面持《おもも》ちになる。

「だからこそ、使い方をよく考えねば。優しく公平な貴女《あなた》は、これから先、弱い者を助けるために力を使おうとするでしょう。癒《いや》しや浄化……こういった『与える』系統の魔法は、慈悲《じひ》を求めるものに際限なく施すと、術者の命を削《けず》りますから」

ジークヴァルトが盛大に眉《まゆ》を顰《ひそ》めた。

「それは困る」という、兄弟子の小さなつぶやきが耳に届く。

「リリーシュアの心身の成長とともに、魔力も成長していきます。それでなくとも健康を取り戻したばかりですから、まずはしっかり目を開き、耳を澄《す》まして学ぶこと。誰に助けを求められても、私の許可なく大きな魔力を取り出してはいけませんよ？」

それはヴィサの愛情ゆえの言葉だと、リリーシュアにははっきりとわかった。

弟子をできる限り守ろうとする、あたたかい気持ちに元気づけられる。

「はい、ヴィサ様。お言葉を決して忘れず、賢明《けんめい》であるように努《つと》めます」

リリーシュアの返答にヴィサがうなずいた。

ジークヴァルトがこちらに向かって微笑み、優しく語りかけてくる。

「シェファールドの帝都カルディスは、様々な人種が入《い》り交《ま》じった、才能と知識のるつぼなんだ。魔法には生まれついての才能も必要だが、学習や訓練で伸ばすものでもあるからな。ここでなら、リリーシュアは様々な才能を開花させることができるだろう」

「そうですね。テアの検査結果を見て、ふさわしい導きと知識を与えましょう。さあ、それでは話はここまでにして。お利口《りこう》に待っている従魔たちを、人型に戻してあげましょうか」

台座の上で大人しくしていたロイドとフラウの顔が、ぱっと輝いた。

「リリーシュア、彼らに命じてあげなさい。言葉でも動きでも構いません。彼らは貴女《あなた》の魔力を自由に取ることができるが、辛抱《しんぼう》強く貴女《あなた》の命令を待っている」

ヴィサに促《うなが》され、リリーシュアは「はい」とうなずいた。

繋《つな》がっていたジークヴァルトの手が離れる。リリーシュアはしゃがみ込んで両腕を開いた。

この一か月で信じられないくらい身体の調子がよくなって、どんな動きもスムーズにできるようになったことが嬉しい。

「おいで、私の可愛い子たち」

駆《か》け寄《よ》ってくるロイドとフラウの瞳は、誇《ほこ》らしげに輝いている。

リリーシュアは目を潤《うる》ませながら、膝《ひざ》に這《は》い上《あ》がってくる毛玉を抱き締め、二匹の頭のてっぺんに順番にキスをした。

ぴったりと身を擦《す》り寄《よ》せるロイドとフラウからは、抱《かか》えきれないほどの愛が溢《あふ》れている。

「私の妹、ロイドに祝福あれ。貴女《あなた》はきっと、素晴らしい淑女になるわ」

鼻と鼻をこすり合わせ、リリーシュアは力強く言った。ロイドの目がきらきらと煌《きら》めく。

「私の弟、フラウに祝福あれ。貴方《あなた》はこれから、たくましく成長することでしょう」

きっぱり言って頬《ほお》に口づけると、フラウの鼻息が荒くなった。

まだ『魔力の門』が開いてもいないころから、この子たちはリリーシュアの中に息づくもの、待ち受ける運命を感じとって生まれてきてくれた。

リリーシュアが望み、求めたとはいえ、主人の魔力なしに屋敷内を駆《か》け回るのは危険だったに違いない。

「私たち、これまでちょっと幸せ不足だったものね。これから三人で、たくさん幸せになりましょう。さあ、私の魔力を受け取って」

二匹がぴょんと膝《ひざ》から飛び下りてくれたので、リリーシュアはゆっくりと立ち上がった。

リリーシュアの前にちょこんと座る、もこもこの身体が小刻みに震えている。

それは恐れや不安ではなく、期待や喜びからだとわかった。

リリーシュアは左右の手のひらを広げて、意識を集中させる。まだ冷たいろうそくの芯《しん》に、火を灯《とも》すイメージだ。

愛情とぬくもり、そして希望といったものが胸の中に溢《あふ》れてくる。

すぐに手のひらの真ん中で、小さな炎《ほのお》が燃え始めた。

右の手のひらをロイドに、左の手のひらをフラウに向ける。二つの火は踊るように浮き上がり、二匹の体内へと吸い込まれていった。

心臓が大きく脈打った、次の瞬間。

「リリーシュア様〜っ！」

「これからは俺が守りますーっ‼」

リリーシュアの目に懐《なつ》かしい姿が映った。

銀髪の美少女と青い髪の凛々《りり》しい少年の身体が、文字通り飛び込んできたから、さすがによろけそうになる。

リリーシュアはくすぐったい気持ちで、二人をぎゅっと抱き締めた。そうせずにはいられないくらいに、彼らが愛《いと》しくてたまらなかった。

「さて。すっかり後回しにしてしまいましたが、せっかく宮殿に来たのですから、皇帝陛下と皇后陛下に挨拶《あいさつ》に伺《うかが》いましょうか」

ヴィサがにっこり微笑みながら言う。喜んでいたリリーシュアは、ぴたりと動きを止めた。

「……え、ヴィサ様。今、宮殿っておっしゃいましたか……？」

「ええ、言いました。ここはシェファールド帝国の皇族が住まう宮殿の庭です。テアの防壁は年々巨大化しているので、皇帝陛下に特別に許可をもらって、ここをお借りしているのですよ。安全な広い場所で、研究に明け暮れているというわけです」

「きゅ、きゅう、宮殿なのですかっ！　シェファールドの宮殿っ!?」

思いっきり声が裏返った。

（いきなりシェファールド帝国の宮殿！　レティングの王宮にすら上がったことがないのに！）

動揺するリリーシュアを横目に、ヴィサが「ふむ」と口元に手をやる。

「リリーシュア。その様子では、ジークがシェファールドの皇太子であることを、聞いていませんね？」

一瞬、何を言われたのかわからなかった。

まじまじとジークヴァルトの顔を凝視《ぎょうし》してしまう。

彼のばつの悪そうな顔を見て、リリーシュアの全身の毛穴が一気に開いた。

「ジークヴァルト様が、皇太子殿下⁉」

リリーシュアは慌《あわ》てて後ずさった。

ロイドとフラウも目を見開いて、ぴょんっと一緒に後ずさる。

フラウは顔のパーツを中央に寄せてしわしわになっており、悶死《もんし》でもしそうな顔つきで「嘘だろ」とつぶやいた。

「ひえぇ」とロイドもあんぐり口を開ける。

それを見たテアがのほほんと笑った。

「本当ですよ～。ヴィサ様の弟子ジークヴァルト・ギーアスターは仮の姿、そこにいらっしゃるのはジークヴァルト・ナッシュ・ファルーク・シェファールド皇太子殿下ですよ～」

「名前長いなっ！」

フラウが歯をむいて唸《うな》る。

リリーシュアは、口から心臓を吐き出しそうになった。息がとても苦しい。

ここのところ、ジークヴァルトを騎士だと意識することさえ少なくなっていたけれど……まさかそれ以上に、あまりに遠いところにいる存在だったなんて！

ぱっと伸びてきた手に指先を掴まれ、そのままぐっと前に引っ張られる。

リリーシュアはつんのめるようにジークヴァルトの胸の中に転がり込んだ。

思わず「ひゃあっ」と情《なさ》けない声が出る。

リリーシュアはぎくしゃくしながら、厚い胸板からほんの少し距離をとった。

「騙《だま》してたわけじゃないんだ」

ジークヴァルトが硬い顔つきになり、低く重苦しい声を出す。

「隠し通そうなんて、つゆほども思ってなかった。俺に慣れないうちは言ったら萎縮《いしゅく》するだろう、とは思ったが……。何しろ君は、王族にはいい思い出がないだろうし……同じヴィサの弟子として、すっかり打ち解けたら話そうと……」

ジークヴァルトの紫の瞳が潤《うる》んでいる。それを見てリリーシュアは驚き、内心で盛大に慌《あわ》てた。ヴィサが呆《あき》れたように、大きく息を吐く。

「ジーク、お前……一か月もあったのに、言い出せなかったんですね。いやまあそうだろうな、とは思っていましたけど。ちょっとは度胸を出せばよかったのに。昔の自信過剰《かじょう》は、どこへ行ったのやら」

「たしかに、ぐうの音も出ない。でもせっかく元気になったリリーシュアを、また不安定にしたくなくて、ついずるずると……」

ジークヴァルトの苦笑に近い顔つきを見て、リリーシュアははっとした。

彼は偉ぶらないし、とても気のいい人で、リリーシュアに対して実に辛抱《しんぼう》強く、笑顔で勉強を教えてくれた。

長い塔暮《とうぐ》らしのせいですっかり内向的になっていたのに、毎日よく笑い、よく喋《しゃべ》って過ごせた。

新しい出会いがたくさんあって、毎日が盛りだくさんで。

それなのに大したストレスも感じず、不自由さえなかったのは、いつもジークヴァルトが側《そば》にいてくれたからに他ならない。

たしかに、少なからず複雑な気持ちにはなっている。

だがそれは、皇太子殿下に貴重《きちょう》な時間を使わせたことへの恐れ多さであって、皇族に対する萎縮《いしゅく》や嫌悪感《けんおかん》などではなかった。

「あの……今私、なんとも申し訳ない気持ちにはなっていますけれど。ジークヴァルト様が気安く接してくださって、どれほど救われたかわかりません。というか、最初から救われっぱなしで、迷惑ばかりかけたことには自己嫌悪《じこけんお》に陥《おちい》っているのですが。お立場がどうあれ、尊敬する兄弟子様には変わりはなくて……」

「許してくれるかっ⁉」

ジークヴァルトが身を乗り出してきて、互いの顔がぐっと接近する。

またもや「ひゃあっ」と声が零《こぼ》れた。

もう、リリーシュアはいっぱいいっぱいだ。

あまりに近すぎて、淑女的な常識からすると余地がなさすぎる。

「坊ちゃん、近い近い、近いです」

じんじん痺《しび》れる脳みそに、エリーゼの言葉が神の助けのように響く。

「わ、悪い！　ああ、でもその、ありがとう」

ジークヴァルトが我に返ったように身体を離した。それから遠い目をして話し始める。

「……ヴィサに預けられるまでには、色々とこう、苦い思い出があって。俺ほど欠点だらけの騎士はいなかった。自分の力と権威を十分すぎるほど知っていたし、傲慢《ごうまん》で自信過剰《かじょう》な愚《おろ》か者《もの》で、でも毎日が憂鬱《ゆううつ》で……ヴィサのもとに行ってからも、結構やらかしたし」

「そ、そうなのですか？　ええっと、そんなふうにはちっとも、まったく見えなかったのですが……」

リリーシュアはちょっと割り切れない思いで、ジークヴァルトを見つめた。

ともに過ごした一か月がどれほど快適で、心地よく素晴らしいものであったか。本当に、彼が天使様のように見えたのに。

「本当なんだ。でもリリーシュアの存在は、俺の胸にすうっと、これまで存在も知らなかった場所に染み込んでいくような感じで、それで――」

さらに話を続けようとしたジークヴァルトを、ヴィサが手で制した。

「すっかりしょげかえっていたジークが元気になって何より。ですが、そこまでにしなさい。さっきから皇帝陛下の風魔法が『さっさと来い』と煩《うるさ》くてかないません」

（こ、皇帝陛下……!?）

全身が総毛立つほどの恐怖と緊張が襲ってきて、リリーシュアは短い息を何度も吐き出した。

胸どころか身体中がどきどきして、頭がくらくらする。

「だ、大丈夫だ、リリーシュア。そう緊張することはない。普通に良識のある人たち……だと思う。俺があれこれ心配をかけたので、心配性すぎるところはあるが。い、妹弟子を紹介しろ紹介しろと煩《うるさ》くてだな。だから、ちょっと挨拶《あいさつ》すれば気が済むと思う……」

ジークヴァルトは前屈《まえかが》みになり、なぜか頭を抱《かか》えながら言った。どうやら彼の耳元にも、風魔法による音声が届いているらしい。

（お母様、神様、私が誇《ほこ》り高《たか》くあれるようにお守りください……）

リリーシュアは目を閉じ、亡き母の顔を思い出しながら聖印《せいいん》を結んだ。額《ひたい》、鼻、唇に指先で触《ふ》れ、また額《ひたい》へと戻る、聖レミアス教に伝わる祈《いの》りの仕草だ。

「まあ、心配はいりません。彼らは公人としては支配者にふさわしい人物であり、私人としては親しみやすく、気さくな人柄《ひとがら》です」

「たしかに。ああいう人が上にいるのは民にとっては幸運だし、友人としても尊敬できる人たちだからな」

ヴィサとシグリがうなずき合う。

呆然《ぼうぜん》としているロイドとフラウに、エリーゼが「おちびちゃんたちも一緒に行きますよ」と笑った。

二人は「えっ⁉」と驚嘆の声を響かせ、あたふたとしながらリリーシュアの背後にぴったりとくっつく。

「さて、ジーク。私たちのために転移陣を出してくれますか？」

ヴィサがジークヴァルトを見て、にやりと笑う。

「よくも悪くも魔力馬鹿のお前は、これまでろくに魔法陣を描いてきませんでした。自分一人を守るためなら、それで事足りましたからね。誰よりも強い魔力を持っているせいで人々から畏怖《いふ》され、時に敵視され、排除すべきものとして扱われたこともあった。しかしリリーシュアの炎《ほのお》に浄化され、お前の心持ちが変わったことがわかります」

「ああ。リリーシュアの手のひらから、俺はたくさんのものをもらった。彼女に浄化された、最初の人間という栄誉《えいよ》も」

ジークヴァルトは力強くうなずき、片手を前に出した。その手のひらから息苦しいほどの魔力がみなぎる。

幻想的ともいえる黄金の輝きが生まれ、不思議な模様《もよう》が空中に投影された。

魔法陣の中に魔力が注《そそ》ぎ込《こ》まれ、研《と》ぎ澄《す》まされていくのがわかる。リリーシュアの肌にまで、ピリピリした感覚が伝わってくるからだ。

完成した魔法陣はジークヴァルトの前でくるくると回り始め、すうっと空に浮かび上がった。

あまりにも壮絶《そうぜつ》な魔力に、そして静謐《せいひつ》な美しさを持つ完璧《かんぺき》な魔法陣に、リリーシュアは両腕にぞくぞくとした感覚が駆《か》け上がるのを感じた。

「じゃあ、行くぞ」

ジークヴァルトがつぶやいた瞬間、その場にいる全員が大きな魔法陣に包み込まれる。

そしてリリーシュアは暴れ馬のように高鳴る心臓を抱《かか》えたまま、あれよあれよという間に導かれ――気づけば玉座《ぎょくざ》の前にいた。

「シェファールドへようこそ、火の乙女《おとめ》リリーシュア。いや、炎《ほのお》の聖女と呼んだほうがいいかな」

目の前で鷹揚《おうよう》に微笑んでいる人が、大陸南部を統《す》べるシェファールド帝国の皇帝、スヴァイン・

アキール・カイス・シェファールドだろう。

そしてスヴァインの横に座る類稀《たぐいまれ》な美女は、皇后ナーディア・シェファールド。

自分が今住んでいる国を統《す》べる尊《とうと》い人の名前も、リリーシュアはしっかり覚えていた。

「は、はじめまして、皇帝陛下、皇后陛下。ヴィサ様の弟子のリリーシュアと申します。わたくしには淑女の心得が足りておりません。どうぞ、非礼をお許しください」

めまいがするほどの緊張を感じながらも、リリーシュアは最大限の敬意を込めて、今の自分にできる精一杯の淑女の礼を取った。

スヴァインの背の高さや、肩幅《かたはば》が広くたくましい体型は、彼が玉座《ぎょくざ》に座っていてもわかる。

そして金色の髪と紫の瞳を持つ彼の顔立ちは、ジークヴァルトがそのまま歳を重ねたかのようで、リリーシュアは小さくおののいた。

スヴァインはテアと同様の立《た》て襟《えり》の長衣を身にまとっているが、汚れひとつなく真っ白で、金や銀の糸で豪奢《ごうしゃ》に刺繍《ししゅう》が施《ほどこ》されている。

玉座《ぎょくざ》の傍《かたわ》らには、誇《ほこ》り高《たか》く顔を上げて座る一匹の狼《おおかみ》がいた。

考えるまでもなく、スヴァインの従魔なのだろう。シェファールドの皇族がほとんど『魔力持ち』なのは、予習済みだ。

狼《おおかみ》はいかにも聡明《そうめい》そうで、非常に堂々としている。

「いやはや、否応《いやおう》なしに人目を引く可愛らしいお嬢さんだ。おまけに滅多《めった》に生まれない浄化能力の持ち主！　聖レミアス教が遠からず聖女認定するのは間違いない。まさに、ジークヴァルトにうってつけ――」

「久しぶりですね、スヴァイン」

皇帝の言葉を遮《さえぎ》るように、ヴィサが前に進み出た。

「この子はまだ成長中です。魔法というのは心と身体という土台があって、ようやく技を磨《みが》けるものですからね。ぜひとも、気長に見守ってやってください」

「ヴィサ、わかってるわかってる。少し先走っただけだ。しかしお前は相変わらず歳を取らないな。まったく、うらやましいよ」

スヴァインは、くしゃりと笑って続ける。

「それにしても、ジークヴァルトをヴィサに預けたのは正解だった。あり余る力を発散させることも大事だが、宮殿を離れて新たな出会いを求めるのがいいと思っていたんだ。想像以上の宝が見つかって、胸が高鳴りっぱなしだよ。ヴィサさえ許してくれるなら、リリーシュアに最高の身の振り方を提案したいところなのだが――」

「父上。リリーシュアの心は常に彼女自身のものです。これから自分の力で、自分の人生を切り開こうとしている彼女に、こちらが無理強《むりじ》いできることは何ひとつありません」

次は、ジークヴァルトがスヴァインの台詞《せりふ》にかぶせるように、きっぱりと言った。

皇后ナーディアは膝《ひざ》の上に真っ白なウサギを抱き、おっとりとした笑みを浮かべる。

「まあ、ジーク。すっかり心優しい、誠実な騎士になって。元から強くて純粋ではあったけれど、ちょっと頑固すぎて、女性にはぶっきらぼうな子だったのに。本当に、いい出会いをしたのねえ」

ナーディアは、次にヴィサを見る。

「ヴィサも元気そうで嬉しいわ。いつもジークを見守ってくれてありがとう。あの可愛らしい姿を見せてくれたら、もっと嬉しかったのだけれど」

ヴィサは「ああ」と天を仰《あお》いだ。

「私は別に、愛《め》でられたくて子どもの姿になるわけではないのですよ。それに貴女《あなた》の場合は、鏡を覗《のぞ》けばいつでも可愛いものが見られるでしょうに」

ナーディアは、ころころと笑い声をあげる。

ヴィサの言う通り、ナーディアはシェファールド史上、一、二を争う美姫《びき》だと謳《うた》われている。夫である皇帝からの寵愛《ちょうあい》は尋常でなく、正妃であると同時に唯一の妃《きさき》だ。

そんなナーディアのドレスにも、やはり緻密《ちみつ》で多彩な刺繍《ししゅう》が施《ほどこ》されている。

リリーシュアが初めて見る文様《もんよう》、鮮《あざ》やかな色彩。

これらはシェファールドの伝統的な刺繍《ししゅう》技法なのだろう。

「リリーシュアさんは、本当に可愛らしいお嬢さんね。とても清《きよ》らかな力に溢《あふ》れていて。貴女《あなた》のような人が、このシェファールドへ来てくれたなんて……一体、どこにどれだけ感謝を捧《ささ》げたらいいのかしら。ジークヴァルトと出会ってくれたことに、心からお礼を言います。本当にありがとう、息子の心を救ってくれて」

ナーディアがにっこり笑う。内心でそわそわしながら、リリーシュアは必死の思いで背筋をしゃんと伸ばした。

「い、いいえ、そんな。救っていただいたのはわたくしのほうです」

リリーシュアは慌《あわ》てて首を左右に振った。

ふふふ、と笑いながら、世にも稀《まれ》な美女が立ち上がる。

真っ白なウサギが彼女の膝《ひざ》から飛び下り、隣に座る狼《おおかみ》の前脚に身体を擦《す》り寄《よ》せた。

ナーディアの腰まである長い髪は銀色の滝のように煌《きら》めき、瞳は青々とした空のように美しい。

ふいに胸の奥がざわざわと苦しくなった。

(どことなくだけど……お母様に似てる……)

ついぼんやりしていると、ナーディアはすぐ側《そば》までやってきていて、そっとリリーシュアの手を取った。

「レティングでつらい思いをしたことは聞いています。シェファールドが貴女《あなた》の心の故郷になれるよう、精一杯おもてなしするわ。宮殿にいる間は、ゆっくりとくつろいでちょうだい」

「いえ、そんな……恐れ多いです。わたくしにはもう、十分すぎるほどで……」

リリーシュアは身を縮ませるが、ナーディアは慈愛《じあい》に満ちた目で語りかける。

「恵まれた暮らしから、塔《とう》での幽閉《ゆうへい》生活へと追いやられて、何年も窮乏《きゅうぼう》した日々を忍《しの》んできたのでしょう。すべてを取り戻す勢いで、幸せで楽しい毎日を過ごしてほしいわ。この地が貴女《あなた》の心の故郷になることを、亡くなったお母様も望んでおられると思うの。わたくしには娘がいないから、どうか、お母様の代わりに見守らせてちょうだい」

ナーディアは亡き母のような優しい手つきで、リリーシュアの頬《ほお》を撫《な》でた。

その手のひらのあたたかさが、リリーシュアの心の奥にある何かを揺さぶる。

「お母様は今も天の国で、貴女《あなた》の無事と幸運を祈っておいでですよ、リリーシュアさん。きっと、美しく聡明《そうめい》な方だったのでしょうね。貴女《あなた》を見ていればわかるわ」

ほっそりと華奢《きゃしゃ》な指は、すべすべしている。包み込むような愛情を向けられて、リリーシュアは言葉に詰まった。

（本当に、お母様の手の感触を味わっているみたい……）

ナーディアの柔《やわ》らかな声に、眼差《まなざ》しに、手の優しさに、リリーシュアはうっとりと酔《よ》いしれた。

亡き母への募《つの》る思いが込み上げてくる。

気が付いたら、リリーシュアは声にならない声をあげていた。

次から次へと涙が浮かんで、熱い滝のように頬《ほお》を流れ落ちる。

リリーシュアは眉根《まゆね》を寄せて、肩を震わせて、必死で嗚咽《おえつ》を堪《こら》えようとした。

必死の形相《ぎょうそう》でジークヴァルトが手を差し出すのが見えたけれど、その手がリリーシュアを掴むより早く、ナーディアにぎゅうっと抱き締められていた。

立ち上がってヴィサと何事かを話していたスヴァインが、そんな息子を見て苦笑する。

「可愛い子。堪《こら》えようのない悲しみを、我慢する癖《くせ》がついているのね。わたくしをお母様だと思って、思う存分泣きなさい」

ナーディアにそんなふうに言われると、泣きたい気持ちがとめどなく膨《ふく》れ上《あ》がってしまう。

ずっと心の片隅《かたすみ》にうずくまっていた、母のもとへ行きたいという気持ちが、溢《あふ》れ出《で》る涙と一緒に流れていくのを感じた。

記憶の中で遠くなっていた母との思い出が、ひとつひとつ鮮《あざ》やかに浮かんでくる。

リリーシュアがひとしきり泣いて、ようやく気持ちが落ち着くまで、ナーディアは慈《いつく》しむように頭を撫《な》で続けてくれていた。

ナーディアの柔《やわ》らかい胸に顔をうずめている間、リリーシュアは幼い子どもに戻った。

我に返った時にはソファに座っていて、背中から絹《きぬ》のショールで包まれていた。最後のひとしずくの涙を、ナーディアの細い指先が拭《ぬぐ》ってくれる。

「ヴィサの庇護下《ひごか》にいれば、何も怖いことなどありませんよ。授《さず》かった力を大切にして、リリーシュアさんは自分の人生を生きなおすの。これからは明るく幸せな記憶をたくさん、心に刻み込まなくては。今を楽しむ手始めに、盛大な宴《うたげ》を催《もよお》そうと思っていたのだけれど……自然に始まってしまったみたい。ほら、庭園はもう笑い声で満ちているわ。貴女《あなた》の出した炎《ほのお》には、きっと心をほぐす効果があるのね」

にっこり笑うナーディアの視線を追って、リリーシュアも顔を上げた。

大きな庭園に面した、天井《てんじょう》まである大きな窓が開け放されている。

土の香りと緑の香り、咲き乱れている花の香り、そして蜜蝋《みつろう》が燃える甘い香りをはらんだ風が、緩《ゆる》やかに入ってきた。

穏《おだ》やかに燃え続ける防壁を取り囲むように、色鮮《いろあざ》やかなクロスがかけられたテーブルや、クッションが積み上げられたベンチが置かれている。

竪琴《たてごと》を奏《かな》でている男性は、吟遊詩人《ぎんゆうしじん》だろうか。防壁の周囲を走り回っている子どもたちもいる。

「ちょっと外の声を聞いてみましょうか。風魔法を使えば、ここまで届かせることができるから」

リリーシュアの身体からそっと手を離し、ナーディアは杯《さかずき》を作るように両手を合わせた。手のひらのくぼみに魔力が集まっているのがわかる。

すぐに青い光が瞬《またた》いて、小さな魔法陣が現れた。

それはふわりと舞い上がり、くるくると回転しながら窓の外へと出ていく。

たくさんの話し声や笑い声、竪琴《たてごと》の音色と心が弾《はず》むような歌声、踊っている誰かの息遣《いきづか》い。

それらが耳のすぐ側《そば》で聞こえて、リリーシュアは目を見張った。

『すごいな、この火は。静かに、穏《おだ》やかに燃え続けているのに、触っても火傷《やけど》しないんだ』

『おい、水魔法がじゅっと蒸発したぞ。誰か風とか土で挑んでみろよ』

『俺たち程度の魔法じゃ駄目だって。この炎《ほのお》、どんな属性でも遠ざけちまう。俺はもう降参《こうさん》するね』

『潜在的な力でこれだろ、まったく末恐ろしいなあ』

この声は、防壁の傍《かたわ》らで降参《こうさん》するように両手を上げたり、首をひねったりしている人たちのものだろう。どうやら、テアのもとを訪《おとず》れた魔力研究院の職員のようだ。

『わあ、すごく美味《おい》しい！　エリーゼさん、これは本当に素晴らしい味ですね！　アタシも作れるようになるかなあ？』

『できますよ。ロイドは頭のいい、愛情深い子ですもの。リリーシュア様の侍女になるにふさわしいわ。明日から、みっちり仕込んであげますからね』

ロイドとエリーゼは他愛《たわい》のない会話をしている。

ロイドに勢いよく抱きつかれ、エリーゼが少しよろけたようだ。

『ほら、そんな打ち込みじゃ痛くもかゆくもないぞ』

『仕方ないだろ、腕が震えるんだから！　初心者相手に、なんで重たい剣を用意するんだよ！』

『いや、それ初心者用だぞ。早く強くなりたいなら、そいつを振り回せるようになるんだな』

『くっそーっ！　リリーシュア様は、俺が絶対に守ってみせるんだからなぁぁっ！』

フラウとジークヴァルトは、剣の稽古《けいこ》をしているらしい。

フラウは、荒い息遣《いきづか》いを繰《く》り返《かえ》している。小さな彼は自分を叱《しか》りつけるように、練習用の剣を振り回しているようだ。

「本当に綺麗な炎《ほのお》……この上もなく素晴らしいわ。火の魔法といえば、ぱっと燃え上がってすぐに燃《も》え尽《つ》きるものなのに。貴女《あなた》は本当に、値のつけられない宝よ。だからこそ、ゆっくり可能性と能力を伸ばさなくてはね」

ナーディアは深々と息を吸い込み、しばし目をつぶった。

「ジークヴァルトの魔力の大きさは、歴代皇帝の顔色なからしめるほど。でも、あまりにも強すぎて……わたくしや皇帝陛下、テアのような強い魔力を持った人間以外は、何日も続けてあの子の近くにいることができなかったの。いつかは賢《かしこ》い統治者になるべき子だから、騎士団の中でも魔力耐性のある、選《え》りすぐりの精鋭《せいえい》で周りを固めたのだけれど……やっぱり色々あったのよね」

ぬるく柔《やわ》らかな風が吹いてきて、純白のカーテンが小さく揺れた。

リリーシュアは、ナーディアの話に耳を澄《す》ませる。

「だから、この世で一、二を争う魔導士であるヴィサに、あの子を預けることにしたの。大きな魔力を持つ者は、他人の魔力を推《お》し量《はか》る能力に長《た》けていて、魔力耐性が高いケースが多いから。きっとヴィサならあの子の魔力を導いてくれるだろうと。けれど、ジークは人を愛することに不慣れだし、すっかりやさぐれていたし、ヴィサの言うことを聞かずに困らせてばかりだったみたい……魔力は神からの賜《たまわ》りものであり、同時に重荷でもある。大きすぎる魔力は、時に人を孤独にするわ。でも今は、リリーシュアさんとの間に結ばれた信頼が、ジークの心を明るく照らしてくれている」

ナーディアは聡明《そうめい》で誇《ほこ》り高《たか》く、我が子に対して深い愛情を持っている。

柔《やわ》らかく微笑む彼女には、美貌《びぼう》以上の魅力があるように思えた。

やっぱり母に似ているように感じて、リリーシュアの胸は締めつけられる。

「貴女《あなた》の日々が充実すればするほど、息子もまた成長するでしょう……あの子と魔力の相性がいいお嬢さんが、まさか存在するなんて。リリーシュアさんと出会って、あの子の魔力は急激に落ち着いたわ。貴女《あなた》のおかげでジークは救われたの。それだけでも、聖女の称号を贈《おく》りたいくらいよ」

そう言って、ナーディアはにっこり微笑んだ。ぱっと花が咲いたようだ。

「い、いいえ。いえ、そんな、もったいないお言葉です」

リリーシュアは顔を熱くし、首を横に振った。ふふ、とナーディアが声を漏らす。

「さあ、わたくしたちも宴《うたげ》を楽しみましょう。きっとみんな、朝まで歌い踊るわよ」

ぎゅっと手を握られて、リリーシュアはうなずいた。

ナーディアに手を引かれながら庭に出て、リリーシュアはオレンジ色に輝く防壁を見上げた。そして、甘い匂いのする空気を胸いっぱいに吸い込む。

ジークヴァルトの視線がリリーシュアを捉《とら》えた。

ロイドが飛び跳ねながら、フラウは快活《かいかつ》に笑いながら、こちらへ駆《か》け寄《よ》ってくる。

リリーシュアは笑ってみんなに手を振った。

竪琴《たてごと》の調べに合わせて足を踏み鳴らしていたシグリも、皇帝と談笑していたヴィサも、微笑みながら手を振り返してくれた。

「リリーシュア、腹が減っていないか？　喉《のど》は渇《かわ》いてないか？　少し落ち着いたら、その、ちょっと踊ってみたりしないか？」

大股で歩いてきたジークヴァルトに、ナーディアはくすくす笑いながらリリーシュアの指先を受け渡す。長身の兄弟子を見上げて、リリーシュアは心からの笑みを浮かべた。

「はい、ちょっとお腹がすきました。踊ってみたい……とは思うのですが、ステップがわかりません」

「大丈夫だ、俺が教える！」

兄弟子が胸を張る。ロイドとフラウが、なぜか同時に肩をすくめた。

魔法陣を使わなかったにもかかわらず、リリーシュアの炎《ほのお》は一晩中とろとろと燃え続けた。

その炎《ほのお》の側《そば》で人々は大いに盛り上がり、楽しげに歌ったり踊ったりした。

宴《うたげ》があまりにも楽しくて、リリーシュアは今日のこの気分を一生忘れないでいよう、と思った。

人々のぬくもりや話し声、美味《おい》しい料理、グラスの底から立ち上ってくる細かい泡、素敵な歌声、つい身体を揺らしたくなるような軽快なステップ——そのすべてを、リリーシュアは笑いながら胸に刻み込む。

今日は、本当に色々なことがあった。

きちんと『魔力の門』を開《ひら》けたこと。聖女になれるかもしれないと言われたこと。

ジークヴァルトが皇太子だとわかって動揺して、母に似ているナーディアに励《はげ》まされて——

母のことを考えた時、リリーシュアはふと心に引っかかりを覚えた。

亡き母は、リリーシュアを魔力に関する事柄から遠ざけたがっていたような気がする。

リリーシュアは母から、『魔力持ち』はとうの昔にいなくなったと聞かされていた。

でも『魔力持ち』は、今の時代にもちゃんと生まれているのだ。遥《はる》か昔に比べれば、たしかに珍《めずら》しい存在だけれど。

シェファールド帝国の皇族からもわかる通り、『魔力持ち』のほとんどは、上流階級に属しているらしい。

しかしごく稀《まれ》に、平民からも『魔力持ち』が生まれることもある。

シェファールド帝国は、『魔力持ち』たちを首都カルディスに呼び集めて、医療や国防のために活用している。

そのため、一般の人々も『魔力持ち』の存在を知っているし、その恩恵を受けているのだ。

同じようなことは、レティング王国の宗主国であるオルスダーグ帝国でも行《おこな》われているらしい。

塔《とう》の中に長年閉じ込められていたリリーシュアには、あまりにも知らないことが多すぎた。

だが、母がそのことを知らなかったとは考えにくい。

リリーシュアの脳裏《のうり》に、ひとつの記憶が浮かび上がってくる。

幼いリリーシュアが、父からもらった絵物語を読んでいた時のことだ。

登場人物のひとりである聖女様が美しくて、心根《こころね》も素晴らしくて、無邪気《むじゃき》に憧《あこが》れた覚えがある。

「大きくなったら聖女様みたいになりたい」と母に言うと、そんなものは現実にはいないと言い切っていた。

（どうして、お母様はそんな嘘をついたのかしら……）

リリーシュアの胸に、黒い靄《もや》がかかる。けれどかぶりを振って、暗い気持ちを追い出した。

今は、この宴《うたげ》を堪能しよう。

リリーシュアはそう思って、楽しげな人々に目を向ける。

誰もがリリーシュアの視線を受け止め、あたたかな笑みを返してくれる。

そのことが、たとえようもないほど嬉しかった。

第五章

シェファールド宮殿の庭でみんなに見守られながら『魔力の門』を開放してから、もう一か月近くが過ぎた。

シグリの診療所の前庭には、相変わらず色とりどりの花々が咲き乱れている。

リリーシュアは庭のほぼ中央で足を止め、両方の手のひらを天に掲《かか》げた。

「さあ、ロイドとフラウ。今日も願いを込めましょう」

ネズミ姿の従魔たちが「もきゅっ！」「きゅうっ！」と返事をする。二匹はリリーシュアの周りをぐるぐる駆《か》け回り始めた。

リリーシュアは頭の中に、精緻《せいち》な魔法陣を思い描く。

（私の炎《ほのお》が、診療所にやってくる人々、入院している人々の心をあたたかく照らすように。日中は陽気さと活力を、夜は安らかな眠りとよい夢をもたらすように。そして、外部から悪《あ》しき心を持つ輩《やから》が侵入しないように）

魔力への畏敬《いけい》の念を持ちながら、己《おのれ》の内なる力を揺り起こした。

そして左手と右手に、二つの小さな魔法陣を作る。

燃える星のような形のそれが、くるくる回りながら上昇していく。

近ごろはあまり戸惑《とまど》うことなく、目的に合った魔法陣を出せるようになっている。

これが一瞬でできるようになるまで、もっともっと魔法を学び、磨《みが》いていかなくては。

空に投げた魔法陣はこの診療所に祝福を与えるものであり、同時に防御のお守りでもある。

上昇しながら回転し続けていたそれは、やがて空中でぱっと弾《はじ》け、建物の周囲に火のシャワーが降《ふ》り注《そそ》いだ。

朝の光を掻《か》き消《け》すほどのまばゆい火の粉のひとつひとつに、浄化の力がある。

リリーシュアが魔法をかけたものは守護を受け、またそれ自体が護符《ごふ》になるのだそうだ。

リリーシュアの炎《ほのお》は、魔力研究院の院長であるテアが「つくづく不思議」と首をひねるほどに長く燃え続ける。

魔法陣という正しい手順を踏めば、年単位で燃え続けるのではないか、というのがテアの見立てだ。

そしてテアの研究によって、ロイドとフラウの持つ能力も明らかになってきた。

ロイドには、人々が喜ぶ楽しい幻術《げんじゅつ》を見せる力がある。

フラウには、人々が苦悶《くもん》するような幻術《げんじゅつ》を見せる力がある。

リリーシュアとロイドとフラウが一緒にいれば、浄化魔法はさらに強さを増すのだという。

テアがそう太鼓判《たいこばん》を押してくれたから、魔法陣に幻術《げんじゅつ》を絡《から》みつかせたり、結びつけたりと毎日試《し》行錯誤《こうさくご》している。

ロイドとフラウは、ネズミの姿のほうが魔法陣の周りを駆《か》け回りやすいらしい。そういったことも、この一か月で発見したことのひとつだ。

「さあ、今日も忙しくなるぞ」

リリーシュアを後ろから見守っていたジークヴァルトが、腰に手を当ててつぶやく。

「心優しく善良《ぜんりょう》な炎《ほのお》の聖女リリーシュアの癒《いや》しと守護を求めて、人々が診療所に殺到《さっとう》するに違いないからな」

「ええと、あの、ジークヴァルト様。私は聖女じゃないので、その呼び方は……」

「時間の問題だ。正式に承認するのは聖レミアス教だが、シェファールドの他の団体もこぞって推《すい》挙《きょ》しているんだし」

「そ、それはそうなのですが……」

ジークヴァルトの言葉に、リリーシュアはあたふたする。

リリーシュアがテアの防壁を燃やした夜、多くの人々が宮殿に駆《か》けつけた。

テアと同じ魔力研究院の職員はもちろん、聖レミアス教の関係者、シェファールド帝国騎士団、国立治療院所属の治癒師《ちゆし》といった人たちが、防壁の一部をサンプルとして持ち帰り、リリーシュアの炎《ほのお》を詳細に分析したのだ。

その結果、火属性の浄化能力の稀少性《きしょうせい》が証明され、「リリーシュアをシェファールド大聖堂所属の聖女にすべきだ」という声が、日に日に高まっているらしい。

己《おのれ》の内なる力が必要とされていることは、素直に嬉しい。

でもやっぱり聖女と呼ばれるのはおこがましくて、どうしても気恥《きは》ずかしくなってしまう。

「ひとまずヴィサの屋敷に戻って、朝飯にしよう。腹が減っては戦《いくさ》はできぬだ」

ジークヴァルトに「行こう」と促《うなが》され、リリーシュアは「はい」とうなずいた。

大聖堂とシグリの診療所は隣り合っており、同じ敷地内には大主教ヴィサのために建てられた屋敷がある。

リリーシュアはすでにシグリの診療所を退院し、現在はそちらの屋敷に移ったが、時間が許す限り診療所の仕事を手伝っていた。

横を歩くロイドがぴょんぴょん跳ねて、くるっと前方宙返《ぜんぽうちゅうがえ》りをし、人型に変化する。

「リリーシュア様、今日の朝ごはんの野菜スープはアタシも仕込みを手伝ったんですよ！　とーっても美味《おい》しいから、ほっぺが落ちちゃうかもっ！」

ロイドは長い銀髪を風になびかせてはしゃいだ。

彼女は人の姿でできることはなんでもやりたいらしく、毎日エリーゼに様々な教えを乞《こ》うては、ひとつ習得するたびに喜んでいる。

フラウも高く跳《と》び上《あ》がり、一瞬で青い髪の少年の姿になった。利発そうな顔に笑顔が煌《きら》めく。

「エリーゼさんの得意な香草《こうそう》焼き、今朝《けさ》の魚は俺が川で釣ってきたやつなんです！　新鮮で、めちゃくちゃ美味《おい》しいですよ！」

「ありがとう、ロイド。ありがとう、フラウ。どっちもとっても楽しみだわ」

リリーシュアは二人の頭を撫《な》でながら、にっこり微笑んだ。

互いに己《おのれ》が兄だ、姉だと言って譲《ゆず》らず、どちらが先に生まれたか――という問題でしばしば盛大な喧嘩《けんか》をするロイドとフラウだが、二人の心はしっかりと繋《つな》がっている。

一生懸命《いっしょうけんめい》尽くしてくれる二人に、リリーシュアはいつも勇気をもらっていた。

ヴィサの屋敷の食堂に入ると、ぼさぼさ頭がさらに大爆発しているテアが、あくびをしながらテーブルを拭《ふ》いているところだった。

「おはようございます、皆さん。ふあ〜あ、当たり前の時間に起きるのが、こんなにつらいとは」

ヴィサの屋敷には空《あ》いている部屋がいくつもある。テアは現在、そのうちのひとつに勝手に転がり込んでいるのだ。

「だったらさっさとテントに帰れ。魔力研究院の院長で、主席研究者でもあるお前が、毎日さぼっているのはよくないと思うぞ」

ジークヴァルトがやれやれ、といった口調で言う。

「やだなあ、さぼってませんよ。僕の現在のお仕事は、リリーシュアさんの浄化能力の研究なんです。彼女はとんでもない速さで成熟しようとしているから、常に側《そば》で見ていないと、研究のほうが追いつかない！」

テアが大げさな身振りで反論する。

ジークヴァルトは素早《すばや》く手を洗った後、作業台に置かれたパンを切り分けながら「ああ」とうなずいた。

「たしかに、リリーシュアは急速に力を伸ばしているな。門が開いたのが十八歳と遅めだから、やるべきことをこなすだけでも、決して簡単ではないのに。決意のほどが違うというか、リリーシュアの集中力と記憶力は本当に凄《すさ》まじい」

「え、いえ、そんな。ロイドとフラウのためにも、自分の力で未来を切り開こうって、必死で頑張っているだけで……」

「リリーシュアの噂《うわさ》は、聖レミアス教の中心地であるラハルドにまで届いているそうだぞ。きっとそのうち、教皇様にも謁見《えっけん》できるに違いない」

「あまりにも恐れ多くて、想像するだけでめまいがします……」

ジークヴァルトと会話を続けながら、リリーシュアはせっせとテーブルセッティングをした。色鮮《いろあざ》やかでエキゾチックな模様《もよう》のランチョンマットと真っ白なお皿、銀のカトラリーを人数分並べていく。

その間に、寝ても覚めても魔力の研究に取《と》り憑《つ》かれているテアが、この世界で唯一教皇様のみが使えるという特殊《とくしゅ》な魔法について熱弁をふるう。

リリーシュアはそれを聞くでもなく聞きながら、ここのところ心を悩ませている問題について考えていた。

(ロイドとフラウの名前……どうしよう。やっぱり、男女が逆転しているわよね……人型になるとよけいに気になる)

八歳で塔《とう》に閉じ込められて、ほどなくして彼らに出会った時、深く考えずに活発なほうに男の子の名前を、おとなしいほうに女の子の名前をつけてしまった。

浄化能力が判明して以来、リリーシュアはその能力を人々に求められる機会が増えた。それに応じるために、ロイドとフラウを連れてあちこち飛び回っているのだが、彼らの名前を聞いて不思議そうな顔をする人が、想像以上に多かったのだ。

（ロイドとフラウが名前を気に入っているのはたしかだし、今さら変更を提案しても拒否される気がする……）

調理場から大きなトレイを持ったロイドとフラウ、両手で鍋を抱《かか》えたエリーゼが出てくる。リリーシュアは思考を中断して、彼らを手伝うために小走りで駆《か》け寄《よ》った。

「お、あと少しでヴィサの転移陣が現れるぞ」

みんなでわいわい喋《しゃべ》りながら配膳《はいぜん》していたら、ジークヴァルトが窓の外に視線をやった。

兄弟子の鋭《するど》い魔力感知能力に感心しながら、リリーシュアもそちらを見る。

ジークヴァルトの言葉通りに、すぐに芝生《しばふ》の上で水が渦《うず》を巻いて光が飛び跳ねる。

そこから静謐《せいひつ》な美しさを持つヴィサと、大きくて荒々しい見た目のシグリが現れた。

「なんかヴィサ様の顔、すごく喜んでるっぽくないですか？」

ロイドが小首をかしげた。

たしかに、彼らは大聖堂へ朝の祈《いの》りに行っただけのはずなのに、ヴィサは妙に嬉しそうに見える。

ほどなくしてヴィサは食堂に入り、満面の笑みで真っすぐリリーシュアのもとへ歩いてきた。

「神に祝福された者、リリーシュア。貴女《あなた》は本日、聖レミアス教から正式に炎《ほのお》の聖女と認定されました。天から授《さず》かった浄化能力を、人々のため、今以上に存分にふるってください」

「ええっ!?」

かつて味わったことのないほどの衝撃が身体を貫《つらぬ》き、リリーシュアは口をぱくぱくさせた。

たしかにこの一か月、ヴィサの屋敷で暮らしながら魔法の練習に励《はげ》んできた。

知識を広めるためにいくつもの書物を紐解《ひもと》いた。

魔法陣の描き方を磨《みが》くためにヴィサやテア、そしてジークヴァルトに教えを乞《こ》うた。

魔法陣はずいぶん上達したが、厳格な師であるヴィサが十分だと認めるレベルには、まだほど遠い。

それなのに、もう聖女に認定されたなんて！

（聖女になるには、ただ強大な癒《いや》しや浄化の力を持つだけでは駄目なはず……。慈悲《じひ》深《ぶか》く賢《かしこ》く、強靭《きょうじん》で恐れを知らぬ心を持ち、どんな時でも善のために行動できる人物でなければ、決して聖女とは認められないって……）

リリーシュアは驚きすぎて、心と身体がいっぺんに騒ぐのを感じた。

「類稀《たぐいまれ》な浄化能力を持つ炎《ほのお》の聖女の誕生は、すぐに世界中に知れ渡るでしょう。ですが心配はいりません」

リリーシュアの思考を読んだかのように、ヴィサが鷹揚《おうよう》にうなずく。

「リリーシュアは今、なんだって吸収できます。目に入るもの、耳に飛び込んでくるもの、手に触《ふ》れるもの、すべてが学びに繋《つな》がる。潜在能力は過去に例がないほどなのですから、聖女として実践を重ねながら、焦《あせ》らずゆっくり成長していきましょう」

ヴィサの言葉に、リリーシュアは何度も首を縦に振った。そして震える息とともに、懸命《けんめい》に言葉を紡《つむ》ぎ出《だ》す。

「はい……はい、ヴィサ様。自《みずか》らを厳しく律《りっ》し、そして人々への優しさを持ち、今日この日から炎《ほのお》の聖女として、多くの人を救うと誓います」

ロイドとフラウからわあっと歓声があがった。

次の瞬間、ヴィサとジークヴァルトが同時に窓の外を見る。

緑の芝生《しばふ》がかすかに揺れて見え、大地が小さく唸《うな》りをあげた。その途端に土属性の魔法陣が芝生《しばふ》にぐるりと描かれ、細かい砂埃《すなぼこり》が巻き上がる。

その中から、細身ですらりと背の高い、真っ赤な巻き髪の美女が現れた。

リリーシュアは目を輝かせた。

「サフィーさんっ！」

「わあ、魔力研究院の副院長、つまり僕の部下じゃないですか」

テアが両開きの窓に走り寄って、大きく開く。

「テア様、おはようございます。リリーシュアもおはよう」

サフィーは、腰まである奔放《ほんぽう》に渦《うず》を巻いた髪を払いながら、小さく微笑んだ。彼女の周りを、黒い蝶《ちょう》が薄い羽を広げて、ひらひらと舞っている。

サフィーが身につけているダークグレイのジャケットと同色のスカートは、魔力研究院の女性用制服だ。

彼女は強力な土属性の持ち主で、従魔は黒蝶《こくちょう》のライラ。

神話の戦乙女を彷彿《ほうふつ》とさせる凛々《りり》しさがある、とても賢《かしこ》くて誠実な女性であり、二十三歳の若さで研究院の副院長になるほど才能に恵まれている。

この一か月、リリーシュアは魔力研究院の人々と何度も交流したが、サフィーはとても頼れるお姉さんだ。

そういえば、年齢不詳のテアが三十八歳だと彼女から教えられた時は、ちょっとだけ驚いた。

「テア様、そしてヴィサ様。急いで報告しなきゃいけないことがあるんです。リリーシュアにも、頼みたいことが――」

「そこでは寒いでしょう。こっちに入ってきてください」

何やら緊急事態の様子だが、テアはいつもとまったく変わらない、のほほんとした声を出した。

サフィーは安心したように「はい」とうなずく。

正々堂々《せいせいどうどう》と仕事をさぼりがちなテアだが、彼は情報はすべて分かち合い、公正に振る舞うことを信条としている。職員たちはそんな彼を理解し、心から尊敬しているらしい。

サフィーも同様で、彼女のテアへの眼差《まなざ》しはいつも信頼に満ちている。

そんな彼女は食堂に入ってくるなり、焦《あせ》ったように言った。

「大変なんです、テア様。ちょっと厄介《やっかい》な案件が転がり込んできちゃって……」

ジークヴァルトが、サフィーの顔を見て眉《まゆ》を上げる。

「サフィー、研究院で何かあったのか？」

「はい、殿下……じゃなくて、ジークヴァルト様」

サフィーは、慌《あわ》てて言い直したが、ジークヴァルトは気にしていないようだ。

この屋敷では、ジークヴァルトは皇太子でなく、ヴィサの弟子ジークヴァルト・ギーアスターとして扱われることになっている。

だが、サフィーは公爵令嬢でもあるため、なかなか気楽に接するのは難しいらしい。

サフィーはこほんと咳払《せきばら》いをひとつすると、本題に入った。

「西方のイーレリオ村で、他者の魔力を吸い取る生物が発見されました。誰かが、意図的に『祝福されざる魔法』を行使していると思われます。問題の対処に乗り出した帝国騎士団から、我が研究院に調査依頼が来まして……」

ジークヴァルトの眉《まゆ》が、またはね上がった。リリーシュアの胸が、ざわざわし始める。

(『祝福されざる魔法』というのは、他者の魔力を己《おのれ》の欲望のためにむさぼる、とても邪悪《じゃあく》な魔法のことよね……)

リリーシュアは魔力と魔法に関して、非常に多くのことを学んだ。

その中でもかなり重要な事項が『祝福されざる魔法』だ。

六属性の中にある闇魔法にも、人々に身のすくむような恐怖を与える効果があるが、根本的には邪悪《じゃあく》なものではない。

サフィーの言う『祝福されざる魔法』とは、他者から奪った魔力で行使される魔法を指す。

『魔力持ち』は己《おのれ》の魔力を元にして風を呼んだり水を操《あやつ》ったり、リリーシュアなら火を生み出して活用する。

魔法でどれだけのことができるかは、魔力の属性や大きさである程度決まってしまう。これは個性のようなものだ。

己《おのれ》の力以上の魔法を使いたいと願う者は、いつの時代にも必ずいる。そういう人が悪事に手を染めることは、ままあるらしい。

しかし他者の魔力を盗んで使う行為は、『魔力持ち』の厳しい行動基準で禁止されている。魂《たましい》から漏れ出てくる魔力は、神から与えられし祝福。

それを奪った『魔力持ち』は、例外なく査問の対象となり、厳しく糾弾《きゅうだん》されることになるのだそうだ。

「今回の案件で被害者になっているのは、魔力に目覚めたばかりの子どもなんです。悪《あ》しき生物が子どもの体内に侵入し、開いた門から出てくる魔力を吸い上げている。現地の医師は、適切な治療ができずにいます」

サフィーが言うと、シグリが「ふむ」と口元に手をやった。

「魔力が発現したての子どもを狙《ねら》うとは……。まだ己《おのれ》の意思で門の扉を開閉できないため、溢《あふ》れ出《で》る魔力を容易に吸い取ることができるからだろう。これは、医師としては捨て置けない。ヴィサが許すなら診療所は職員に任せて、俺も行くとしよう」

それがいいですね、とテアがうなずく。

「ここ数年、同じような事例が何件か報告されていましたが……。外科的な手術で無理やり外に出そうとすると、その生物は煙《けむり》のように消えてしまう。攻撃されると自爆するため、どんな機関でも捕まえられなかった。でもリリーシュアさんの浄化の炎《ほのお》なら、違う結果になるかも……」

ジークヴァルトがテアの言葉を引き継いだ。

「シェファールド全土、そしてすべての属国から『魔力持ち』が集まっている帝都カルディスでも、リリーシュアのような浄化能力は類を見ないからな」

「ええ。炎《ほのお》であるのに、決して人を傷つけない。心の清《きよ》い者、罪のない者にはぬくもりを与えて、悪には容赦《ようしゃ》がない。リリーシュアさんの炎《ほのお》なら、邪悪《じゃあく》な生き物が自主的に出てくるよう仕向けられるかもしれません。ああ、もしかしたら貴重《きちょう》なサンプルがとれるかもしれないぞ！」

テアが探求心旺盛《おうせい》な子どものような顔つきで、リリーシュアを見た。

一方でヴィサは形のいい眉《まゆ》を寄せて、青い瞳に憤怒《ふんぬ》の色を浮かべ、重々しい声を出す。

「そのチャンスはあります。魔力を利己的《りこてき》な目的に悪用することは、神への冒涜《ぼうとく》。我が聖レミアス教にとってゆゆしき事態です。神から賜《たまわ》った魔力に敬意を払わず、己《おのれ》の欲望のために消費しようとする愚《おろ》か者《もの》の尻尾《しっぽ》を、必ず掴まなければ」

彼の力強い眼差《まなざ》しが、リリーシュアを真っすぐに射貫《いぬ》いた。

「リリーシュア。聖女になったばかりの貴女《あなた》に、大きな仕事をしてもらわなければならないようです」

「は、はい。私にできることなら、なんでもおっしゃってください」

リリーシュアは胸の前で両手の指を組み合わせた。鼓動《こどう》が急速に高まり、どくんどくんと耳に響く。

作業台に目をやると、エリーゼが大急ぎでサンドイッチを作っていた。

ロイドとフラウも一生懸命《いっしょうけんめい》手伝っていて、緊急事態も主人の体調を慮《おもんぱか》ろうとする優しさが伝わってくる。

「サフィー。君の古い制服を、リリーシュアに譲《ゆず》ってあげてください。布地に魔力耐性がありますから、着替えたほうがいいでしょう。テアは久々に帝国騎士団の前に出るのですから、大急ぎで着替えてきなさい」

ヴィサがそう命令する。テアは「仕方ないなあ」と頭を掻《か》き、サフィーは大きくはっきりうなずいた。

「お任せください、ヴィサ様。リリーシュアはぐっと背が伸びたから、私が一昨年《おととし》まで着ていた制服でちょうどいいと思うわ。すぐに転移陣でとってくるから」

「は、はい！　よろしくお願いします、サフィーさん」

リリーシュアは勢い込んで答えた。視界の端に、難しい顔をしているジークヴァルトが映る。彼は「帝国騎士団か」と小さくつぶやいた。

彼の様子は気になったが、今は支度《したく》を優先しなければならない。

本当にすぐサフィーが持ってきてくれた制服に、リリーシュアはあたふたと着替えた。

塔《とう》を出た時は小柄で痩《や》せっぽちだったリリーシュアの身体は、栄養が隅々《すみずみ》まで行き渡ったおかげで、十八歳らしい曲線を描き始めている。

「もう二十三歳なのに、背が伸びてしまった」と嘆《なげ》くサフィーが二年前まで着用していた制服は、今のリリーシュアにぴったりだった。

ジャケットの両胸にはポケットがついていて、ペンやメモ帳を入れやすいように大きめだ。

リリーシュアは身なりを整えると、ロイドとフラウを連れ、急いで庭に出る。

そこでは魔力研究院の数人の研究員が、いくつかの転移陣を作っていた。

すでにジークヴァルトとヴィサ、各々《おのおの》の従魔が揃《そろ》っている。テアとサフィーはひと足先に行ったようだ。

リリーシュアは用意された魔法陣を使って、早速《さっそく》目的地へ移動した。

問題のイーレリオ村は、たっぷりの日差しを浴びて黄金色《こがねいろ》に輝く農場があり、木々には果物がたわわに実っている場所だった。

誰もが静かな暮らしを楽しみ、土地の恵みを享受《きょうじゅ》していることがわかる。

見知らぬ土地なのにどこか懐《なつ》かしく、いかにも平和そうな村だ。

「きゅいいいぃ〜」

手のひらサイズのネズミに変化したロイドが、左の胸ポケットからぴょこっと顔を出し、素早《すばや》く左肩まで上ってきた。

「も、もきゅ……」

右の胸ポケットから顔を出したフラウは、目を見開いてきょろきょろする。それからやっぱり右肩に上ってきて、首筋にもふもふの身体をこすりつけた。

ロイドとフラウが驚いているのは、のどかな村の風景のせいではないだろう。

リリーシュアも二匹同様、目の前の光景を、びっくりしながら眺めているから。

「ほうほう、初動対応には問題なさそうですね。それでは現状についての確認を――」

テアが穏《おだ》やかな声で、帝国騎士団の騎士と話し込んでいる。

――けれど彼の外見は、別人かと思うほどに様変《さまが》わりしていた。

少し目尻の垂れた柔和《にゅうわ》な顔立ち、理知的で穏《おだ》やかな琥珀色《こはくいろ》の瞳を見れば、たしかにテアだとわかる。

けれど茶色い髪は真っすぐで、グレーのリボンで後ろに束《たば》ねられ、長い前髪は綺麗に横に流していた。

眼鏡《めがね》はひび割れや汚れのない、すっきりしたデザインのものに変わっていて、魔力研究院の男性用の制服である詰襟《つめえり》のジャケットを、かっちりとまとっている。

寝癖《ねぐせ》を遥《はる》かに通り越してあっちこっちにはねた髪や、茶色く変色しただぼだぼの衣服の、いつもの飄々《ひょうひょう》としたテアではなかった。

群を抜いて美しいヴィサやジークヴァルトに比べると地味な造作《ぞうさく》ではあるが、今のテアを見て魅力的だと思わない女性はいないだろう。

「きゅいきゅいきゅい～っ」

どこか優美な雰囲気すら漂《ただよ》うテアを見て、左肩のロイドがもじもじと身体をくねらせた。もこもこの毛並みが首筋に当たってくすぐったい。

（ロイドって、やっぱり年齢高めの綺麗な男性に弱いのね。宴《うたげ》の時も、皇帝陛下に可愛がられていたし……）

リリーシュアの思考に同意するように、右肩のフラウが「もきゅ」とうなずく。

すると、テアの従魔であるリスのエリンが、ロイドを見て「くるるっ」と鳴いた。

いつもはテアの髪の中にいるが、今日はジャケットの右ポケットにおさまっている。

エリンは明らかに自慢げな顔をして、見せつけるようにテアの胸に頭を擦《す》り寄《よ》せた。

「きゅいっ！」とロイドが悔《くや》しそうな声をあげ、リリーシュアの肩の上でぴょんぴょん飛び跳ねる。

（エリンちゃんは小さな女王様というか、ことあるごとに気取ってみせるけれど、根はいい子なのよね。ロイドとも仲が悪く見える割には、よく一緒に遊んでるし……）

女の子の従魔たちに苦笑しながら、リリーシュアは再びテアと騎士に目を向けた。

テアと打ち合わせをしているのは、カビーア・シタンという屈強《くっきょう》な男性だ。

彼はシェファールド帝国騎士団でも精鋭揃《せいえいぞろ》いで知られる、第一部隊の隊長だという。

突然、ヴィサがリリーシュアの目をじっと見つめる。

「リリーシュア。貴女《あなた》は長い年月をかけて魔法を磨《みが》いてきたわけではない。魔力をもっと学び、魔法をもっと知ってから実践させたかったのですが……今は、貴女《あなた》の特別な力が頼りです。私もサポートするので、どうか頑張ってください」

「はい、ヴィサ様。私の力が希望になるのなら、今できるだけのことを全力でやってみます！」

リリーシュアは胸の前で両手を組んだ。

きっと多くの魔力が要求されるだろうし、ロイドとフラウにもかなりの力を使ってもらう必要がある。

それでも、多くの人に必要とされているという事実が、泣きたくなるほど嬉しかった。

『祝福されざる魔法』に苦しめられている子どもの家は、瑞々《みずみず》しい緑に彩《いろど》られた丘の上にあった。

リリーシュアはみんなとともに、その家に入る。

外観は少々古いけれど、室内の素朴《そぼく》な雰囲気はとても感じがいい。普段は料理の匂いや、人々のぬくもりや笑い声で溢《あふ》れているのだろう。

小さなベッドの上で、ターミルという七歳の男の子が背中を丸めている。

彼は薄い金色の髪をくしゃくしゃにして、華奢《きゃしゃ》な体をくねらせながら小さな呻《うめ》き声《ごえ》をあげた。

ターミルの傍《かたわ》らには、白いローブをまとった、シェファールド帝国騎士団所属の治癒師《ちゆし》の姿がある。

シェファールド帝国の騎士団には、優秀な『魔力持ち』が揃《そろ》っている。

そこには戦闘要員だけでなく、光や水の属性を持つ治癒《ちゆ》魔法が得意な者も所属しており、医療部隊を形成しているのだ。

リリーシュアたちを見た治癒師《ちゆし》が、口を開いた。

「依然として状態は不安定です。魔力が吸い取られた分、回復魔法で少年の体力だけは補《おぎな》っているのですが……体内で蠢《うごめ》くものが、こちらの魔法すら吸い取って活性化してしまうので、かなり調整が難しいのです」

その報告を聞き、テアがターミルの背中に手を当てる。

テアはターミルの魔力を読み取ったようだが、あまりよくない結果だったらしく、むうっと唸《うな》った。

「ううむ、この生物には一定のパターンが組み込まれているようですね。回復魔法が注《そそ》ぎ込《こ》まれたら貪欲《どんよく》に吸い取り、攻撃魔法を受けたら消滅する、というわけか。転移陣の応用で、奪った魔力をどこかへ送っているんでしょうが、巧妙《こうみょう》に行き先が隠されている。これは、生け捕りにしないと解析できませんね」

「まさかターミルが『魔力持ち』だったなんて。それだけでも信じられないのに、どうしてこんなことに……昨日までは元気いっぱいに畑の手伝いをして、家畜の世話もして、森で笑いながら遊んでいたのに……っ！」

子どもの母親が泣き崩《くず》れ、傍《かたわ》らの父親がその身体を抱き締める。

ターミルの弟妹《ていまい》は現状を把握《はあく》できないようで、小さなうさぎのようにびくびくしている。

「なんとかする、なんとかするって騎士団の方はおっしゃるが、ターミルはまったくよくならないじゃねえですか。一体全体、どうなってるんだ！」

父親は声を詰まらせながら、治癒師《ちゆし》とその上司であるカビーアに食ってかかる。そこに、ヴィサが割って入った。

「お気持ちはわかります。しかしながらターミル君を苦しめているものは、医者や治癒師《ちゆし》の領分ではない存在なのです」

「じゃあターミルはどうなるんです！　このまま見殺しにされるんですか⁉」

なおも怒《いか》りを募《つの》らせる父親に対して、ヴィサは首を横に振った。

「いいえ、祝福はあります。強力な浄化能力の持ち主が、ターミル君を救うためにやってきました。だからしばらくの間、静かに見守ってくださいませんか」

ヴィサが高位聖職者であることに気付いたのか、父親が目を見開き、唇をわななかせた。

母親は「ひい」と小さく悲鳴をあげ、胸の前で両手を組んでひざまずく。すぐに父親もそれに倣《なら》った。

「さあ、心を鎮《しず》めましょう。この世に滅多《めった》に現れない聖なる力の持ち主——炎《ほのお》の聖女リリーシュアの浄化魔法が、必ずターミル君の体内から邪悪《じゃあく》な存在を追い出します」

そう言いながら、ヴィサがリリーシュアを見る。

リリーシュアは小さく息を呑んだ。必死に落ち着かせようとした心臓が大きく鳴ったが、決して顔には出さない。

聖レミアス教から正式に聖女の称号を賜《たまわ》ったとはいえ、まだ大きな実績はない。それでも今は、この夫婦に希望を与えることのほうが大切だ。

だから絶対、彼らを不安にさせるような姿は見せない。

「聖女様……浄化魔法……」

「そんな、おとぎ話みたいなことが……」

ターミルの両親の顔に驚きが浮かんだ。『魔力持ち』と縁遠《えんどお》い平民の彼らにとって、聖女は雲の上の存在なのだろう。

やや気恥《きは》ずかしくなりながら、リリーシュアは小さくうなずく。

「私には神から与えられた特別な力があります。そして私は、その役割に忠実であらねばなりません。ターミル君のために、持てる力をすべて使います」

リリーシュアは両親の目を順番に見ながら、決意を込めて凛《りん》とした声を出した。

自分の中に息づくものが、特殊系《とくしゅけい》と呼ばれる能力の中でも特に珍《めずら》しい浄化能力であることは、しっかり理解している。

特殊系《とくしゅけい》というのは、魔力があれば誰でも習得可能な、攻撃・防御・転移陣などの一般的な魔法とは一線を画《かく》す、特別な魔法のこと。個人が生まれながらにして持つ稀有《けう》な才能だ。

治癒《ちゆ》魔法が特殊系《とくしゅけい》の代表格で、ヴィサの変身能力やリリーシュアの浄化能力はそれよりもっと珍《めずら》しい。

水や光の浄化能力持ちも滅多《めった》に生まれない上、リリーシュアは変わり種の炎《ほのお》を使う。そのような力の持ち主は、有史以来初めてなのだそうだ。

(だから、自信を持とう)

リリーシュアは瞳に力を込めて、ぐっと顎《あご》を上げる。

「聖女様……どうかどうか、ターミルを救ってやってください」

父親は声を絞《しぼ》り出《だ》して立ち上がると、母親の肩をぎゅっと抱き締め、一緒に後ろに下がった。

「あの、ターミル君のお父様とお母様。この子の一番好きなものを教えていただけませんか?」

リリーシュアが問いかけると、両親は揃《そろ》って戸惑《とまど》ったような表情になった。母親が頬《ほお》に手を当てて、小さく首をかしげる。

「ええと……この子は羊の番をするのが好きで、中でもスファという羊を特別に可愛がっていたような……」

「スファははぐれ羊で、夏前にふらっとうちの群れに入ってきたんです。ターミルは草っ原に絵本を持っていっては、スファに読んで聞かせてやってたな。いえね、うちのターミルはやたら頭の出来がよくて……」

父親がぐすっと鼻を鳴らした。

リリーシュアは「ありがとうございます」と頭を下げてから、ターミルに向き直る。

ターミルの髪が、汗と涙で顔に張りついていた。

(きっと、スファは貴方《あなた》の従魔なのね。『魔力の門』が開く予兆は、夏前からあったんだわ)

平民にはごく稀《まれ》にしか生まれない『魔力持ち』が、『祝福されざる魔法』によって苦しめられている。

悪《あ》しきものが、薄く開いた門から漏れ出る魔力を我がものにしようと、貪欲《どんよく》に蠢《うごめ》いている。

魔力を吸い取り、場合によっては命まで奪う邪悪《じゃあく》な生物を、外に追い出すのは時間がかかるかもしれない。

まずは、この子の苦しみを和《やわ》らげなければ。

押し寄せる緊張をほぐすために、リリーシュアはすうっと息を吸い込んだ。

「リリーシュア、俺の手はいつも君の側《そば》にある。必要とあらば、存分に使ってくれ」

ジークヴァルトが、リリーシュアの真横に並ぶ。その口元はほころび、爽《さわ》やかな笑みが浮かんでいる。

「ありがとうございます」とリリーシュアも微笑み返した。

ジークヴァルトと手を繋《つな》ぐ必要性はぐっと減ったし、両手を使って魔法陣を作るから、彼の手を握り締めることはできないけれど。

それでもジークヴァルトの紫の目に浮かぶ力強い光を見て、ふっと肩の力が抜けるのを感じた。

「あの、これから作る魔法陣には両手を使うので……私が倒れそうになったら、背中を支えていただけますか」

「お安い御用《ごよう》だ。任せておけ」

ジークヴァルトの柔《やわ》らかな声に励《はげ》まされて、リリーシュアは目をつぶった。意識を自分の『魔力の門』に集中させる。

感覚が研《と》ぎ澄《す》まされ、ターミルの身体の中で恐ろしいものがガサガサと動いているのがわかった。

一頭の羊が主人の痛みと苦しみを分かち合おうと、毛が擦《す》り切《き》れそうなほど、家の壁にその身をこすりつけていることまで。

(可愛い子、貴方《あなた》も苦しいでしょうに。ご主人様を無事に……いいえ、無事なだけでは足りない。いつも以上に元気にしてみせるから、待っていて)

リリーシュアが両の手のひらを上に向けると、ぽっと炎《ほのお》が上がる。続いてオレンジ色の魔法陣が踊るように飛び出した。

「ロイド」

従魔であり可愛い妹でもある、銀色のネズミに呼びかける。

「貴女《あなた》の楽しい幻術《げんじゅつ》の出番よ。ターミルに、スファと遊んでいる夢を見せてあげて。痛みを忘れて、穏《おだ》やかで穢《けが》れのない眠りが得られるように」

「きゅきゅい〜っ！」

ロイドが肩の上でぴょんぴょん飛び跳ね、最後のジャンプで身体を宙に放り投げる。

ロイドは回転しながら大きくなり、丸い毛玉がベッドの上に着地した時には、枕にちょうどいい大きさに姿を変えていた。

リリーシュアは右手の人差し指をくるくる回す。すると、魔法陣も一緒に回転した。

それをそのまま、ロイドの側《そば》まで移動させる。

魔法陣の動きに合わせて、大きくなったロイドがわっさわっさと毛を揺する。自分の幻術《げんじゅつ》を押し出して、リリーシュアの魔法陣に融合《ゆうごう》させているのだ。

「この炎《ほのお》はターミルの苦しみが消えるまで燃え続けるわ。ロイド、後はお願いね」

「もきゅっ！」

リリーシュアは両手を前にかざして、燃える炎《ほのお》の中にさらに炎《ほのお》を生み出した。

完成した複雑な形の魔法陣が、ターミルの額《ひたい》の上で停止する。

ロイドは魔法陣ごとターミルの頭を包むように、もこもこの身体を張りつかせた。

「すごい……火属性は発動した魔法を維持《いじ》し続けるのが、他属性より困難なはずなのに。おまけに従魔まで能力が高い……」

ベッドをはさんで向かい側に立っている治癒師《ちゆし》が、仰天《ぎょうてん》してまじまじとリリーシュアを見つめた。

もふもふの帽子をかぶったようなターミルのこわばった身体が、少しずつほぐれていく。ふっくらした頬《ほお》に、小さなえくぼが浮かんだ。

きっと、スファと一緒に緑の丘を走り回る夢を見ているのだろう。リリーシュアはほっと肩で息をついた。

ターミルは寝返りを打つと、枕に抱きつくようにロイドの銀色の毛並みに手を伸ばす。

ターミルにぎゅうっと顔を押しつけられて、ロイドはまんざらでもなさそうに「きゅい」と目を細めた。

「フラウ、次は貴方《あなた》の出番よ。魔法陣に貴方《あなた》の幻術《げんじゅつ》を練《ね》り込《こ》んで、悪《あ》しきものを惑《まど》わせるわ」

リリーシュアが声をかけると、フラウが肩の上で「もっきゅっ！」と張り切った鳴き声をあげる。

指先でフラウの青い毛並みをひと撫《な》でし、束《つか》の間《ま》の楽しい夢で苦痛を忘れているターミルを見下ろした。

「体力をかなり失っているターミルに、浄化魔法を長い時間、それも広範囲に注《そそ》ぎ込《こ》むのは負担になるかも……そうよ、広く照らす光や穏《おだ》やかな水にはできない、火属性だからこそできる浄化をすれば……っ！」

リリーシュアの言葉を聞いて、ヴィサの瞳がきらりと光る。

「力を一瞬のうちに叩き込むという、火属性最大の特徴を活《い》かすつもりですね？」

「はい、ヴィサ様」

リリーシュアは力強くうなずいた。

魔法というのは、大まかに言えば自然界に存在する力を使うものだ。土や水、風属性ならば、その場にあるものを利用しやすい。

一方で火属性は魔力を使い、火そのものを発生させて魔法を使う。そのため他の属性よりも消耗《しょうもう》が激しく、長時間燃焼《ねんしょう》させ続けることが難しい。

だからこそ火属性の持ち主たちは、より高温でより強く激しい炎《ほのお》を、一瞬で叩き込むことに力を注《そそ》ぐ。

引火させない限り他属性に比べて効果範囲が狭いので、攻撃力を極限まで高めるために魔法を一点に集中させて、爆発的な威力《いりょく》を生み出す。

それが火の魔法の使い方のセオリーなのだ。

リリーシュアの魔力には攻撃性がないけれど、先人の知恵の結晶《けっしょう》である火の魔法陣について、たくさん学習してきた。

体内に溢《あふ》れる強大な魔力を有効に使うため、力の限りを尽《つ》くそうと決めていたから。

(火属性の特徴を活《い》かして、一点に浄化魔法を叩き込む。かなり繊細《せんさい》な制御《せいぎょ》が必要になるけれど、なんとしてもやり遂《と》げるわ)

リリーシュアはヴィサの目をしっかりと見た。

「浄化魔法を、悪《あ》しきものだけに集中して注《そそ》ぎます。フラウの幻術《げんじゅつ》を魔法陣に練《ね》り込《こ》んで、この子の体内を居心地の悪い場所だと誤認させれば、きっと自分から出てくるはずです」

「なるほど、いい判断ですね。よく効く薬も、場合によっては毒になりうる……。どれだけリリーシュアの浄化能力が優《すぐ》れていても、強力な魔法は受ける側の体力を削《けず》りますから。悪《あ》しきものが取りついている場所だけ浄化できれば、それに越したことはありません。体力が低下しているターミル君の身体に、よけいな負担をかけずに済みます」

ヴィサの声は静かだが、明らかに興奮が滲《にじ》んでいる。

彼は感じ入ったように笑みを浮かべ、うなずいた。

「ただし、貴女《あなた》の消費する魔力が跳ね上がります。体力もかなり奪われるでしょう。シグリ、いつでもリリーシュアに回復魔法がかけられるように準備を。そこの君は、悪《あ》しきものが飛び出した瞬間に、ターミル君に癒《いや》しを与えてください」

「おう、任せとけ！」

「は、はい！」

シグリは太陽のように笑い、拳《こぶし》で胸を叩いた。騎士団の治癒《ちゆ》師《し》は、緊張の面持《おもも》ちでうなずく。

「ヴィサ様、私の浄化魔法が注《そそ》がれたタイミングで、純度の高い魔力をターミルの胸の前に出していただけますか。飛び出してきた悪《あ》しきものが、そこに食らいつくように」

ターミルの体内にいづらくなった邪悪《じゃあく》な生物は、より食らいつきやすい魔力を求めるはずだ。そう思って提案する。

「いいでしょう。ターミルと同じ風属性の、まばゆい魅力を放つ魔力の結晶《けっしょう》を作ります。リリーシュアほどではないにしろ、私の魔力も比較的長く保《も》ちますからね」

「ほうほう。ならば僕は、その結晶《けっしょう》ごと悪《あ》しきものを防壁で包み込みましょう。いやあ、エサまで入れるなんて、まるで虫かごみたいですねえ。なんて素晴らしいアイデアだ。それなら悪《あ》しきものの自爆も防げるはずです！」

ヴィサがうなずき、テアが瞳を輝かせた。

ここにいる誰もが、ターミルの無事を全身全霊《ぜんしんぜんれい》で願っている。

狡猾《こうかつ》に他人の身体に入り込んで、魔力を手に入れようと躍起《やっき》になっている悪《あ》しきものに、リリーシュアが必ず打ち勝つと信じている。

(無垢《むく》な子どもを危険にさらしてまで魔力を奪うなんて、絶対に許せない……っ！)

己《おのれ》の使命とか、運命とか、この先に待ち受けるものはまだよくわからない。

それでも、目の前のことに真摯《しんし》に向き合っていれば、おのずと明らかになるに違いない。

どんな難しいことからも目を背《そむ》けてはいけない。

救いを求める人を前にして、臆病風《おくびょうかぜ》を吹かせるわけにはいかない。

リリーシュアは両手を高く掲《かか》げた。

自分を、周囲の皆を信じる気持ちを込めて火を灯《とも》す。

手のひらからぬくもりが溢《あふ》れ出《だ》し、やがてリリーシュアの身体が淡《あわ》く輝き始めた。

リリーシュアはしっかりと床を踏みしめる。

自分が炎《ほのお》そのものになるのだ――と心の中で強く念じながら。

手のひらの上で朱色《しゅいろ》に緋色《ひいろ》、青や白の炎《ほのお》が踊る。

炎《ほのお》はうねりながら魔法陣に変わり、激しい火花を散らした。

「フラウ、悪《あ》しきものの欲望は邪悪《じゃあく》で底なしよ。ターミルの体内が、瘴気《しょうき》で淀《よど》んでいるわ。魔力を吸い取ろうと、鈍《にぶ》く唸《うな》っているのが聞こえるでしょう?」

フラウが肩から飛び下り、ターミルの腹の上に見事に着地した。

「きゅふっ!」と答えるその顔は、勇気に満ちている。もこもこの身体が、みなぎる魔力で淡《あわ》く輝いていた。

リリーシュアは手の中で構築した魔法陣を固定させると、ふわりと舞い上げてから、手のひらをくるりと返した。

回転する魔法陣は白い炎《ほのお》のように燃え上がり、煙《けむり》が渦《うず》を巻いて下降していく。

やがて魔法陣はターミルの胸の上でぴたりと止まる。フラウはその上にぴょんと飛び乗ると、嬉々《きき》として顔を輝かせた。

「フラウ。貴方《あなた》の幻術《げんじゅつ》で、ターミルを苦しめている存在を混乱させてほしいの。自分のやっていることは無駄で無意味だと誤認させるのよ。甘くて美味《おい》しい魔力が溢《あふ》れる門は外にあると、できるだけ鮮《あざ》やかで克明《こくめい》な幻《まぼろし》を見せてやるの」

「もっきゅっ!」

フラウはぶるんと身体を震わせて、それから高い敏捷性《びんしょうせい》を発揮《はっき》した。手のひらサイズの身体で、魔法陣の周りを縦横無尽《じゅうおうむじん》に跳び回る。

その姿を、ターミルの枕になったロイドが目をきょろきょろさせて眺めていた。

（大丈夫、私の心は落ち着いている。驚くほど穏《おだ》やかな気持ちでいられるのは、師や兄弟子の教えを受け、学んできたから。稀少《きしょう》な浄化能力を持つからこそ、基本をおろそかにしてはいけない）

フラウが魔法陣に幻術《げんじゅつ》を融合《ゆうごう》させている間に、リリーシュアは杯《さかずき》のように合わせた手のひらに魔力を圧縮する。

（本当の魔法使いは、神から賜《たまわ》った魔力をどう使い、どう尊重するかを学ばなければならない。危害を加えるべきでない相手を、決して傷つけてはならない。守るべき掟《おきて》を破れば、必ず代償《だいしょう》を伴《ともな》う……）

神から祝福されない魔法を使った人間の魂《たましい》は、例外なく穢《けが》れてしまう。

そればかりではなく身体がぼろぼろになったり、四六時中恐怖や苦痛に苛《さいな》まれたりと、神の思《おぼ》し召《め》しにより苦しみ続けることになるそうだ。

『祝福されざる魔法』の悪影響が、他者を巻き添《ぞ》えにすることすらある。

他人の魔力を奪い取ろうとする輩《やから》が傷つくだけならまだしも、罪のない人々を苦しめるなんて許せない。

ここ数年で何度かターミルと同じようなことがあったそうだが、この悪《あ》しきもののやり口は実に巧妙《こうみょう》だ。

直接、あるいは間接的に衝撃を受けると、自爆し周囲に毒をまき散らす。寄生していた身体に大きなダメージを与え、そのもの自体は霧《きり》のように消えてしまうのだ。

他者の魔力を効率よく吸い出すことのみを目的とした生物であることは明白だ。

（悪《あ》しきものの学習能力、環境適応能力を逆手《さかて》にとる。炎《ほのお》の浄化などまだ知らないはずだから、攻撃とは認識できないはず。それなら、ターミルの体内で自爆はしない。念には念を入れて、浄化の魔法だとわからない温度に調節する。悪《あ》しきものがだんだん息苦しくなって、飛び出してくる程度の……）

低い温度で燃え続ける炎《ほのお》——『冷炎《れいえん》』を生み出せるのが、リリーシュアの強みだ。

魔法陣の完成をフラウが知らせてくれる。リリーシュアは口元をほころばせ、再びくるりと手をひねった。

「きゅきゅいっ！」

魔法陣に向けて、極限まで圧縮した魔力を投げ放つ。

朱色《しゅいろ》と緋色《ひいろ》が混ざった細い火柱《ひばしら》が、芯《しん》となっている青い炎《ほのお》の周りでぐるぐると渦《うず》を巻く。

それは魔法陣の中心を貫通して、一直線にターミルの胸の中に吸い込まれていった。浄化の炎《ほのお》が悪《あ》しきものめがけて注《そそ》ぎ込《こ》まれる。

リリーシュアは祈《いの》るような気持ちだった。

血液が全身を駆《か》け巡《めぐ》るのを感じながら、浄化魔法のぬくもりがささやかになるように、温度を調整する。

ヴィサが両手を正面にかざし、膨大《ぼうだい》な量の魔力を一気に集約させた。

テアは片手に球形の小さな防壁を展開しながら、叫《さけ》ぶように言った。

「よし、うまくいってます！　攻撃でも回復でもない、そして一般的な浄化でもないこの魔法がなんなのか、見当もつかないようですね。リリーシュアさんの慈愛《じあい》の炎《ほのお》、心からの惜《お》しみない愛は、確実に前より力を増している。ターミルの胸の奥底で蠢《うごめ》いているものが惑《まど》わされて、外に出ようとしていますよ！」

「汚《けが》らわしい欲望の持ち主め、私から生《う》まれ出《い》でた魔力に食らいつくがいい」

ヴィサの手のひらから、魔力の塊《かたまり》が飛び出した。解放された魔力の奔流《ほんりゅう》で風が湧《わ》き起《お》こって、ヴィサの黒髪を吹き上げる。

純度と濃度の高い、青白く発光する魔力の玉は、ターミルの胸の上でぴたりと止まった。

「――出てくるっ！」

テアが大声で叫《さけ》ぶ。

次の瞬間、ターミルの胸から黒い霧《きり》のようなものが現れた。

周囲の明るさを呑み込むようなそれは、妖気《ようき》の類《たぐい》だろうか。

ターミルから吸い取った魔力が邪気《じゃき》となって、空気を重く淀《よど》ませる。その中心で、一匹の蜥蜴《とかげ》が蠢《うごめ》いていた。

全身から黒い棘《とげ》が伸びている蜥蜴《とかげ》は、ターミルの胸の上を這《は》いずり、すぐに牙《きば》をむいてヴィサの魔力に飛びかかった。

ヴィサの魔力が蜥蜴《とかげ》に吸い取られ、邪悪《じゃあく》な色に変わっていく。

その様《さま》は、あまりに強烈だった。

すかさずテアの防壁が、ヴィサの魔力ごと蜥蜴《とかげ》を包み込む。

「よしっ！」

「くるるるっ！」

テアと従魔のエリンが、同時に雄叫《おたけ》びをあげた。

「シグリさん、私は大丈夫なのでターミルに回復魔法を！」

リリーシュアも叫《さけ》ぶ。

魔法を収束させようとして、身体がぐらついた。リリーシュアは必死に足を踏ん張ろうとして、大きく体勢を崩《くず》す。

その身体を、ジークヴァルトが咄嗟《とっさ》に支えてくれた。

騎士服の硬い布地が頬《ほお》に触《ふ》れ、お日様のような匂いがした。兄弟子の手が肩に添《そ》えられるのを感じて、どっと安堵《あんど》が押し寄せる。

「シグリ、リリーシュアは俺が癒《いや》す」

ジークヴァルトがきっぱりと言った。

「お、おお。じゃあそっちは任せたぞ」

シグリはリリーシュアへ発動するための癒《いや》しの魔法陣を展開していたが、すぐさまターミルを治療している治癒師《ちゆし》に助太刀《すけだち》を申し出た。

治癒師《ちゆし》がうなずき、光り輝く癒《いや》しの魔法が四方八方《しほうはっぽう》からターミルへと注《そそ》がれる。

テアは興奮の面持《おもも》ちで防壁を掴みながら、再び叫《さけ》んだ。

「ここから時間との戦いだ！　こいつを使っている輩《やから》がどこにいるのか、直《ただ》ちに研究院に戻って解析しなくてはっ!!」

テアは目を輝かせて、サフィーら魔力研究院の職員を引き連れて飛び出していく。

研究となれば目の色を変える彼らも、家の外で転移陣を展開する程度の理性は残っているらしい。

少し家の中が静かになり、リリーシュアは大きく息をついた。

「よく頑張った」

リリーシュアの耳に、穏《おだ》やかに笑うジークヴァルトの声が滑《すべ》り込《こ》んできた。背中からまばゆい光に包まれるのを感じる。

フラウが「もきゅ〜」と唸《うな》り、どさりと横向きに倒れた。

ターミルに抱き締められたままのロイドも「きゅぃ〜」と鳴き声をあげる。

きっと幻術《げんじゅつ》を見せ続けたことで、かなり精神を消耗《しょうもう》したのだろう。ぶっつけ本番だったのは、この子たちも同じだ。

リリーシュアは二匹に向けて手を振った。ぽんと魔力が飛び出し、青と銀のもこもこの身体に吸い込まれていく。

「ん、んん……」

その時、ターミルが薄く目を開け、いかにも子どもらしい頬《ほお》にえくぼが浮かんだ。

「ターミル！　ああ、ターミル!!」

「気が付いたのね！　聖女様、本当に本当にありがとうございます……っ！」

両親がベッドに駆《か》け寄《よ》り、倒れ込むように息子の顔を覗《のぞ》き込《こ》む。

ターミルがゆっくり身体を起こし、純粋な喜びの表情を浮かべた。

「もっきゅっ！」

「もきゅきゅきゅ〜！」

ロイドとフラウもリリーシュアの魔力で元気になったようで、ターミルの周りでぴょんぴょん飛び跳ねた。胸が満たされ、リリーシュアは穏《おだ》やかに微笑んだ。

ジークヴァルトに支えられながらターミルの家を出ると、一人の男が二人の前に立つ。

先に出ていたはずの、カビーアだった。

彼はじっとジークヴァルトを見つめ、かしこまった声で言う。

「我ら帝国騎士団は、殿下のお戻りを首を長くしてお待ちしております」

カビーアが恭《うやうや》しく敬礼をする。ジークヴァルトはそれに対して、ゆっくりとうなずいていた。

けれど、リリーシュアは見逃さなかった。

兄弟子が気まずそうに、視線をわずかに逸《そ》らしたことを。

カビーアは他の騎士団員を引き連れて、礼儀正しく立ち去っていく。

何か思うところがあるのだろうかと心配になるが、ジークヴァルトはどことなく触《ふ》れてほしくなさそうだ。

リリーシュアは何も聞かないことにして、帰りの転移陣に向かったのだった。

ターミルの一件から二週間という短い期間に、シェファールドとその周辺国で、同じような事件が立て続けに起こった。

狙《ねら》われるのは、いつも彼と似たような年ごろの『魔力持ち』だ。

リリーシュアは、そのたびに火の浄化魔法を用《もち》いて『祝福されざる魔法』と闘《たたか》い、被害者の救出と蜥蜴《とかげ》の捕獲に成功している。

テア率《ひき》いる魔力研究院の職員たちが、回収したすべての蜥蜴《とかげ》を隅《すみ》から隅《すみ》まで分析している最中だ。

ヴィサは聖レミアス教を代表する形で、各国に協力を依頼して懸命《けんめい》に捜査活動を続けている。見ているほうが心配になるほど、多忙を極《きわ》めているようだ。

「この二週間でかなりの実戦経験を積んで、リリーシュアの浄化魔法は急成長したな。あちこち飛び回った上に、炎《ほのお》の護符《ごふ》まで山ほど作って、魔力が覚醒《かくせい》するかもしれない子どもたちに配って。かなり魔力を消耗《しょうもう》しているだろうし、疲れを感じているんじゃないか？」

ヴィサの屋敷の一階にある談話室。

色鮮《いろあざ》やかなブルーのソファに座ったジークヴァルトが、心配そうな視線をリリーシュアに向ける。

リリーシュアは人々にお茶を運び終えると、兄弟子を見てにっこりした。

「ご心配ありがとうございます、ジークヴァルト様。でも魔力が身体の中で沸々《ふつふつ》と湧《わ》き続《つづ》けているのを感じるんです。浄化魔法はいくらでも出せそうなので、大丈夫です」

現在談話室では、テアとサフィー、それから数人の研究者たちがミーティングの真っ最中だ。

彼らの邪魔にならないように、リリーシュアはロイドとフラウに目配せをした。ジークヴァルトも一緒に談話室を出て、エリーゼのいる食堂に向かって歩き出す。

ロイドは軽《かろ》やかな足取りで廊下を歩き、宙を見ながらふうっと息を吐いた。

「みんな、すごく忙しそう。ヴィサ様も最近疲れた顔してるけど、大丈夫かなあ」

いかにも心配げな口調に、リリーシュアは小さく微笑んだ。

ロイドはヴィサの大ファンだから、彼の体調が気になるらしい。大主教で大魔導士という恐るべき存在なので、大丈夫に違いないのだが。

ヴィサは忙しい合間を縫《ぬ》って、ロイドに新しい名前を授《さず》けてくれた。

リリーシュアがロイドという名前が男の子のようだと、悩んでいるのを知ったからだ。

シェファールドの神話に出てくる勇敢《ゆうかん》な女神と同じ『ロイドリアナ』という名前を、ロイドはいたく気に入っている。

「ヴィサ様って、若いんだかお年寄りなんだか、よくわかんないな。なあ、ジーク。ヴィサ様って本当は何歳なんだ？」

フラウが、親しげな口調でジークヴァルトに尋ねた。

フラウは最初のころ、ジークヴァルトに対してなぜかライバル心があったようだが、今ではすっかり懐《なつ》いている。

フラウいわく「ずっとかっかし続けるのは疲れる」そうだ。

だがきっと大きな理由は、ジークヴァルトがフラウに新たな名前を与えてくれたことだろう。

ジークヴァルトが古典をひっくり返して見つけ出した『フラウロス』という勇者の名をもらい、フラウはまんざらでもなさそうなのだ。

近ごろでは男同士で悩みを相談したり、知恵を出し合ったりしているらしい。

ジークヴァルトはフラウの問いに対し、首をひねる。

「それが、俺にもよくわからないんだ。長寿のエルフ族の血が混じっているらしいから、もしかしたら本当は、シワシワの爺《じい》さんなのかもしれない……」

「やだあ、そんなの想像したくない！」

ロイドがぷんぷんと肩を怒《いか》らせた。フラウが「やれやれ」と首を横に振る。

リリーシュアは愛《いと》しい従魔たちと頼れる兄弟子を眺めながら、胸がじんわりとあたたかくなるのを感じた。

塔《とう》の中ですすり泣いていた幼い自分の姿が、脳裏《のうり》によみがえる。

母を早くに亡くし、父から愛情を注《そそ》いでもらえなかった心の傷は、完全に癒《いや》されることはないだろう。

それでも、リリーシュアはちゃんと自分の居場所を見つけた。

自分をひたすら愛し、信じてくれる仲間たちを守りたい。

そして彼らが愛するシェファールドを、炎《ほのお》の聖女として守り続けたい。

今のリリーシュアの腹の底には、そんな信念と決意があった。

食堂に入ると、調理場でエリーゼが忙しく立ち働いていた。

屋敷の使用人がせわしない足取りで、食料貯蔵庫からたっぷり食材を運んでくる。どうやら今夜も大勢の来客があるらしい。

最近は、ヴィサの屋敷で蜥蜴《とかげ》の調査結果の報告や様々な仮説について議論することが多いため、聖レミアス教の関係者や魔力研究院の職員、帝国騎士団の面々が昼夜問わず出入りしているのだ。

ロイドとフラウが助太刀《すけだち》を買って出て、リリーシュアも「お手伝いします」と袖口《そでぐち》をまくり上げた。

「ありがとうございます。でも、こういったことはお仕《つか》えする者の仕事でございますから。おちびちゃんたちをお借りする間、リリーシュア様はうちの坊ちゃんの話し相手になっていただけますか？　坊ちゃんにとっては、リリーシュア様の言葉は癒《いや》しそのもの、まさしく天上の音楽——」

「リリーシュア！　エリーゼもこう言っていることだし、少し休もうか！」

ジークヴァルトにぐっと手を掴まれて、リリーシュアは食堂の椅子へと導かれた。

兄弟子が引いてくれた椅子に、素直に腰を下ろす。

この二週間が忙しかったのは事実で、少しは身体を休ませるのも大切かもしれない。

いい機会なので、リリーシュアはテーブルをはさんで向かい側に座ったジークヴァルトにお礼を言うことにした。

「あの、ジークヴァルト様。私の人生を色々な意味で切り開いてくれて、本当にありがとうございました。思いやりと敬意、学ぶ楽しさ、走り続ける勇気まで与えていただきました。心から感謝しています」

「な、なんだ、改まって。それを言うなら、俺のほうこそ君を心から尊敬している。そもそも助けられたのは、こっちのほうというか……」

「前々から不思議に思っていたのですが……。助けていただかなかったら死んでいたか、死ぬよりひどい目に遭《あ》っていたのは私なのに、どうしてジークヴァルト様を助けたことになるのかなって……」

ジークヴァルトは、たびたびリリーシュアに「助けられた」と言う。

しかし、リリーシュアにはまったく心当たりがなかったので、ずっと疑問に思っていたのだ。

やはりいい機会だと、リリーシュアは彼を見つめた。ジークヴァルトの紫の瞳が、ほんの一瞬暗く陰《かげ》る。

「いや、それはその。前も言ったと思うが、俺には生まれつき魔力がありすぎて、これまで様々なトラブルがあったというか……」

しどろもどろにそう言った後、ジークヴァルトは「君にはすべて話そう」と姿勢を正した。

「リリーシュアも知っての通り、『魔力持ち』の心——つまり魂《たましい》には、魔力の源《みなもと》と繋《つな》がる門がある……俺は、『魔力の門』が開きっぱなしで生まれた」

ジークヴァルトは、リリーシュアから視線を逸《そ》らして目を伏《ふ》せる。

え、と小さくつぶやいて、リリーシュアはじっとジークヴァルトを見た。

「ただ開いているだけならば、なんとかして閉じればいい。でも、俺の『魔力の門』には、そもそも扉がついていなかった」

「そんな……」

リリーシュアは呆然《ぼうぜん》とした。ありふれた感想すら思い浮かばなかった。

ジークヴァルトが出生時に置かれた状況が、どれほど危険だったのか、想像することさえできない。

神から与えられし魔力は、持ち主の魂《たましい》にある門を通過することで、属性や大きさといった能力が異なってくる。

『魔力の門』の扉は、魔力に耐《た》えうる身体の準備ができた、十歳前後に開き始めることが多い。

そして完全に開ききるまでに、ふさわしい師のもとで己《おのれ》の『魔力の門』と向き合い、力の引き出し方、制御《せいぎょ》する方法を習得していくのだ。

しかし、門に扉がないということは、生まれた瞬間からすべての魔力が放出されていたということ。

無垢《むく》な赤ん坊に、五属性という驚異的な魔力を制御《せいぎょ》する術《すべ》があるはずもない。

「そういう生まれ方をする『魔力持ち』は少ない。そして、生き永らえる者はもっと少ない……いや、恐らく俺が初めてだったんじゃないだろうか。普通そのような状況だと、身体のほうが保《も》たずに命を落とす」

ジークヴァルトの目が、ひたとリリーシュアを見据《みす》える。

「俺は、テアの防壁の中で育った。俺の魔力はとても活発だったから……あの球体の中に閉じ込めていないと、物理的にも精神的にも人を傷つけてしまう。中に入ることができたのは、従魔のエリーゼだけ。俺が自分で魔力を制御《せいぎょ》できるようになるまで、長い長い時間がかかった」

ジークヴァルトの言葉が胸に突き刺さり、心臓が動きを止めた気がした。

リリーシュアは息をするのもほとんど忘れて、じっとジークヴァルトの声に耳を傾ける。

「俺は努力したよ。いつか防壁を出て、誰かと深い繋《つな》がりを持つんだって心に誓った。十歳を過ぎたころ、外に出られるようになった。そして十五の時に、帝国騎士団に入団した。しかし魔力の制《せい》御《ぎょ》を覚えたとはいっても、俺の門には扉がない。どうしても微量の魔力が漏れ出て、大抵の人間は長い時間俺の側《そば》にいると、気分が悪くなってしまった。強靭《きょうじん》な肉体と精神を持った騎士団の精鋭《せいえい》も、全員は耐《た》えられなかったくらいだ。これが、相手がか弱いご令嬢となると……」

ジークヴァルトは言葉を濁《にご》し、顔をしかめた。

「つまり、婚約者選びもうまくいかなかったんだ。夫婦になるってことは、こう……身体的な接触が必要になるだろう。その、手始めにワルツを踊るというところから始めて……」

「え、ええっと。はい、概念《がいねん》としてはわかります」

リリーシュアは頬《ほお》が熱くなるのを感じながら小さくうなずき、話の続きを促《うなが》す。

「しかし俺と手を繋《つな》ぐだけで、令嬢たちが気絶するありさまでな。それでも両親は俺を愛し、守ってくれたが……あまりにも大きく他人と異なるというのは、つらいことだった」

ジークヴァルトの目に、深い苦悩の跡が見える。

大帝国シェファールドの皇太子として生まれながら、彼のこれまでの人生は決して華やいだものではなかったのだ。

(私、何も知らなかった……ジークヴァルト様は、皇太子という立派すぎる身分でありながら、幸せとは縁遠《えんどお》い幼少期を過ごしていたのね……)

たしかにジークヴァルトには、何から何まで恵まれた暮らしを送ってきたような雰囲気がない。レティングの第二王子マンフレートの押しの強さや、居丈高《いたけだか》な態度、無邪気《むじゃき》なほどの傲慢《ごうまん》さを知っているだけに、ジークヴァルトが皇太子だとはまったく気付かなかった。

彼の端整な顔を見ながら、リリーシュアは胸が痛むのを感じた。

「一部の貴族たちからは、俺を廃嫡《はいちゃく》すべしという意見が出ていたくらいだ。『魔力が大きいのは結構だが、これでは化け物だ』とさんざん言われたよ。その上、俺には兄弟がいない。父上に対しても、やれ次の夫人を、やれ愛妾《あいしょう》をと、それは煩《うるさ》かったらしい」

「そんなことが……」

リリーシュアが言葉を失うと、ジークヴァルトは鼻にしわを寄せていたずらっぽく笑う。

「それで一年前、大魔導士ヴィサに弟子入りすることになった。父上はヴィサにかなり頭を下げたらしい。でも俺はいつもむすっとしていて、この上もなく扱いにくくて、やさぐれてる感満載《まんさい》で。修業をさぼってあっちにふらふら、こっちにふらふらしていた。特定の誰かとずっと一緒にいるよりは、そっちのほうが気楽だったんだ。ヴィサにとっては、頭痛の種だったろうな」

ジークヴァルトは苦笑してから、小さくため息をついた。

「リリーシュアに初めて会った日の俺は、人込《ひとご》みに紛《まぎ》れて食事を楽しむくらいなら問題ない程度に、魔力を制御《せいぎょ》できていた。広い世界のどこかに、生涯《しょうがい》の愛を捧《ささ》げる相手――お互いを愛し、ずっと側《そば》にいて、深く繋《つな》がれる生涯《しょうがい》の伴侶《はんりょ》がいるんじゃないかと、半分以上諦《あきら》めながらも探し回っていたんだ。それであの日は、レティング王国を訪《おとず》れた」

人差し指で頬《ほお》を掻《か》きながら、ジークヴァルトはさらに続けた。

「俺は火以外の五つの属性を持っているが、一番強かったのは闇属性だと思う。だからリリーシュアが、俺を見て『天使様？』って言った時、驚いたし、嬉しかった。君を救うために手を握り続けたあの日、清純なぬくもりが俺に流れ込んできた。それで俺の魔力は急激に落ち着いて、おまけに光属性が強く出るようになったんだ」

ジークヴァルトの口元が嬉しそうにほころぶ。彼は力強い眼差《まなざ》しで、リリーシュアをじっと見つめた。

「守るものがあると、人は変わるな。君に出会って、俺は生きることを心から謳歌《おうか》できるようになった」

「守るもの……」

どくんどくんという胸の拍動《はくどう》が、妙に熱っぽく感じられる。

（私たちはもしかして、お互いに対して特別な影響力を持っているの……？）

リリーシュアの心臓が、きゅんと音を立てて縮んだ。

ジークヴァルトが照れたような、嬉しそうな声で「えーっと」と言う。

「それで、だな。リリーシュアに対して感じる尊敬や友情は、俺にとっては心の支えで、いつしかなくてはならないものになっていたんだ。俺たちの間には魔力の相性のよさだけではなく、名状しがたい強烈な引力があるんじゃないかと――」

ジークヴァルトが意味ありげな視線を向けてきた瞬間、ロイドがはしゃいだ大声をあげた。

「あ、ヴィサ様、おかえりなさいっ！」

リリーシュアがはっとして食堂の出入り口に顔を向けると、ヴィサが重い足取りで入ってきたところだった。

「ただいま帰りました」

「おかえりなさいませ、ヴィサ様」

リリーシュアは慌《あわ》てて立ち上がって、ヴィサに駆《か》け寄《よ》った。ジークヴァルトも後ろからついてくる。

ロイドは興奮のあまり大きいネズミに変身して調理場から飛び出し、礼装に包まれたヴィサの長い脚に突進した。

ヴィサはしゃがみ込むと、指先でもこもこした銀色の毛玉の喉元《のどもと》をくすぐる。ロイドは信頼しきった態度で「きゅうぅ」と鳴き声を返した。

つられて青いネズミになったフラウも駆《か》けていく。

ヴィサは目を細めてもう一方の手を伸ばし、青色の毛玉をもしゃもしゃと撫《な》で回《まわ》した。

「すみませんが、貴方《あなた》たちのご主人様をお借りします。用事はすぐに終わりますから、エリーゼを手伝っていてあげてくださいね」

「きゅふ？」

「もきゅ？」

ヴィサの極《きわ》めて優美な微笑みに、ロイドとフラウが同時に首をひねる。

リリーシュアは鼓動《こどう》が速くなるのを感じた。

ヴィサの静謐《せいひつ》な青い瞳に、不穏な何かがくすぶっている気がしてならない。

「リリーシュア、少し話があります。静かで落ち着いた場所……今なら遊戯室《ゆうぎしつ》がいいですね、そちらへ移動しましょう。ジークも一緒に来なさい」

同時にうなずく弟子たちを見て、ヴィサが優雅に踵《きびす》を返した。

皇帝スヴァインが、宗教国家ラハルドからシェファールドの大聖堂に来たヴィサのために建てたという屋敷は、とても豪華な造りをしている。

一階には大きな暖炉《だんろ》がある居間、本で埋《う》め尽《つ》くされた書庫、台所に食堂、たっぷり詰め込める食料貯蔵庫、遊戯室《ゆうぎしつ》や広いテラスがある。

広い玄関ホールから左右に伸びる対《つい》の階段を上ると、二階の右側が男性、左側が女性のためのプライベートスペースだ。それぞれ入り口に魔法で鍵がかけられているため、男女の行き来はできなくなっている。

つまりこの屋敷には、男女が共同生活を送る上で必要な設備が整っているのだ。近ごろはサフィーや、魔力研究院の他の女性職員が宿泊していくこともある。

三人は黙ったまま廊下を歩いて、ビリヤード台やダーツボード、チェスやカードゲームを楽しめる広々とした遊戯室《ゆうぎしつ》に入った。

ヴィサは「さて」とつぶやき、リリーシュアを見ながら紫檀《したん》のテーブルの椅子を引く。

リリーシュアは「ありがとうございます」とその椅子に腰かけた。

ヴィサがテーブルをはさんで向かい側に、ジークヴァルトは右隣の椅子に腰を下ろす。

「ヴィサ。蜥蜴《とかげ》の調査で、何か進展があったのか」

「ええ、ありました。それも少々、判断の難しいことが……」

口火を切ったジークヴァルトに、ヴィサは唸《うな》るように答えた。

「『祝福されざる魔法』――その全容解明のためならば、聖レミアス教は相手が誰であっても容赦《ようしゃ》なく切り捨て、しかるべき裁《さば》きを下す。その基本姿勢は、何があっても変わらないのですが……」

ヴィサは小さく息をつき、澄《す》んだ青い瞳でリリーシュアをじっと見つめる。

「リリーシュア。我ら聖レミアス教、並びに魔力研究院に帝国騎士団、そして各国の協力で得られた調査結果から、この件にアッヘンヴァル家が関わっていることが明らかになりました」

「え……」

リリーシュアは大きくあえぎ、左手で自分の喉《のど》を掴んだ。

恐ろしさのあまり全身が氷結し、感情すらも凍《い》てつく。

ぱっと伸びてきた大きな手が、リリーシュアの右手をぎゅっと握った。

指先が絡《から》み合《あ》い、ジークヴァルトの光がリリーシュアの炎《ほのお》と結びつく。

心と身体を優しく包み込まれ、リリーシュアはようやく息を吸い込んだ。

それでも胸を切《き》り裂《さ》く失望感が消えることはなかった。

(お父様が、『祝福されざる魔法』に関与している……?)

全身の骨がきしみ、心臓から血が噴《ふ》き出《だ》したような気がした。

かつて慣れ親しんでいた感情――絶望が一気に襲ってきて、リリーシュアの全身を貫《つらぬ》く。

頭がくらくらして、胃がねじれた。

汗が細い筋を作って、背中を流れ落ちるのを感じる。

(お父様は『祝福されざる魔法』を……蜥蜴《とかげ》が奪った他者の魔力を己《おのれ》の中に取り込んで、魔法を使っていたの……?)

記憶の底に閉じ込めようとしていた父、義母、そして義妹マリーベルの顔が、リリーシュアの頭の中をくるくると回った。

ヴィサが痛ましげに目を細めて、リリーシュアを見る。

「実際に悪事に手を染めているのは、ドミニクの実家であるフライホルツ商会の可能性が高いと思われます。しかしはっきりしたことは現時点ではわかりません。ただひとつ伝えられるのは、クリストハルト・アッヘンヴァル侯爵……貴女《あなた》の父親が、蜥蜴《とかげ》が体内に入った状態で発見されたということ。蜥蜴《とかげ》が発するまがまがしい瘴気《しょうき》のせいで、会話すらままなりません」

ジークヴァルトが歯を食いしばり、ヴィサを睨《にら》みつける。

「それで、リリーシュアに浄化しろとでも言うのか？　たしかに聖女としてのリリーシュアは、寛《かん》大《だい》で慈悲《じひ》深《ぶか》い。とはいえ彼女個人には、素直な気持ちを出す権利がある。忘れられないこと、許せないことを、無理に呑み込んでまで——」

「ジーク、先走りすぎです」

ヴィサがぴしゃりと言い、青い目を鋭《するど》く光らせて言葉を継《つ》ぐ。

「事情聴取をするだけならば、治癒《ちゆ》師《し》に回復魔法をかけさせ続ければ事足りる。しかし、リリーシュアには選ぶ権利があるでしょう。彼女の感情は、彼女のもの。父親を浄化するかどうかを決めるのは、お前でも私でもなく、リリーシュア本人です」

ヴィサとジークヴァルトの視線が絡《から》み合《あ》い、火花を散らした。

リリーシュアはほとんど無意識に、ポケットのハンカチを左手で探《さぐ》る。愛を込めて母が刺繍《ししゅう》したそれを握り締め、一度目を閉じた。

（お父様に向き合う心の準備は、まったくできていない。でも……）

いつかのヴィサの言葉を思い出す。

『会う必要のある人間ならば、必ず道が用意されている……ひと回りもふた回りも大きくなった貴女《あなた》なら、その時にきっと、違うものが見えるはずです』

今がその時なのだ、という気持ちが急速に湧《わ》き起《お》こった。

自分の身体を流れる血は、自分の中で息づく鼓動《こどう》は、半分は父からもらったものだ。父のしでかしたことがなんであれ、逃げずに向き合わなければ。

リリーシュアは目を開けて、毅然《きぜん》とした声を出した。

「ヴィサ様、ジークヴァルト様。お二人とも私を心配してくださって、本当にありがとうございます。今、私は自分の意思で決めました。すぐに父の体内にある『祝福されざる魔法』を浄化します。この先何が判明しようとも、全部、自分の目でたしかめたいから」

「リリーシュア……」

酸素が足りなくなったようにジークヴァルトは声を詰まらせ、口を何度か開閉した。

「わかった。現地がどんな状況であれ、リリーシュアは俺が守る。だから安心して、アッヘンヴァル侯爵と向き合ってこい」

「ジークヴァルト様……ありがとうございます」

リリーシュアはふいに泣きたくなった。もちろん悲しいからではなく、嬉しかったからだ。すぐ側《そば》に自分を理解してくれ、丸ごと受け入れてくれる人がいる。なんて幸せなことだろう。

父の眼差《まなざ》しや投げつけられた言葉の数々を思い出すだけで、どうしても振り払えない苦しみに心を揺さぶられる。

けれどジークヴァルトの紫の瞳を見つめていると、無限の勇気が湧《わ》いてくる気がした。

ヴィサが大きく息を吐き、リリーシュアを見る。

「貴女《あなた》の父親が加害者側であるのか、人生を狂わされた被害者のひとりなのか。それを目の当《ま》たりにするのは、つらいことかもしれませんよ」

リリーシュアは尊敬を込めてヴィサを見つめ、笑みを浮かべた。

「大丈夫です。私はもう、アッヘンヴァル家から逃げません。これから起こるすべてのことを、しっかりと目を開いて見るつもりです」

「そうですか。ならば私も、この後の展開に対処するために全力を尽《つ》くしましょう」

ヴィサの顔から、喜びと誇《ほこ》らしげな気持ちが伝わってくる。

リリーシュアたちはほとんど同時に立ち上がり、足早に食堂に向かった。


「俺、リリーシュア様があいつを浄化するのは絶対絶対絶対、反対ですっ！」

リリーシュアが事情を説明すると、フラウは思いっきり眉間《みけん》にしわを寄せて、強く拳《こぶし》を握り締めた。

「アタシも嫌です。絶対、絶対、絶対に嫌です！　リリーシュア様、塔《とう》を出てから罵倒《ばとう》の言葉も恨《うら》み言も、ひと言だって口にしてないけど。アタシ、今だってお腹の底が煮《に》えくり返ってますっ！」

ロイドも鼻から荒々しい息を吐き出す。

リリーシュアは可愛い二人の愛嬌《あいきょう》のある、くるくるとよく動く目を見つめた。

「もちろん、お父様にされた仕打ちを忘れることなんて、できるはずがないわ。悔《くや》しいとか憎《にく》いとか、そんな言葉では簡単に言い表せないもの」

「だったら！　あいつのことなんて放っておけば――」

身を乗り出すフラウを微笑みで制して、リリーシュアは胸中《きょうちゅう》を明かす。

「お父様が……アッヘンヴァル家が事件に関わっていたのは悲しいけれど、驚くことでもない。マリーベルや義母《はは》だけが悪いんじゃないと思うの。どんな事情があれ、お父様は疑う余地なく、取り返しがつかないほどに愚《おろ》かな人だった」

リリーシュアは喋《しゃべ》りながら、ロイドとフラウに向かって手を広げた。

胸に飛び込んでくる愛《いと》しい子たちを、ぎゅうっと抱き締める。

「それでも聖女として、胸を張って生きると決めたの。一時《いっとき》も同じところで足踏みはせず、一日一日を懸命《けんめい》に生きていくって。だから、お父様と一度話したい。すべてをはっきりさせるために」

二人の気持ちが少し落ち着いたことを確認し、リリーシュアは身体を離して微笑んでみせた。

彼らは互いに顔を見合わせると、くるりと一回転してネズミの姿に戻る。

二匹はポケットサイズになって「きゅうっ」「もきゅっ」と肩まで駆《か》け上ってきた。もこもこと柔《やわ》らかい毛並みが首筋に当たって、くすぐったい。

「つまりね、きっちりお別れしたいの。いつまでも実家の影を引きずって、怯《おび》えてばかりはいられないでしょう？　浄化するのは聖女の役目だけど、私個人の目的は、痛みと苦しみに彩《いろど》られた過去との決別」

「炎《ほのお》の聖女様は、一度決めたら引かないからな。リリーシュアがどんな決断を下そうと、俺はそれを尊重する」

ジークヴァルトがいたずらっぽい顔で笑いかけてくるから、リリーシュアもにっこりと笑顔で返した。

ロイドとフラウはやっぱり納得がいかないようだが、ぽんぽんと交互に頭を撫《な》でてやると、やがて「きゅふ～」「もきゅ～」と声をあげる。やれやれ、といった感じだ。

そして二匹は「どこまでもついていきます」と言わんばかりに、素早《すばや》く左右のポケットに入り込んだ。

彼らから深い愛情とぬくもりが伝わってきて、リリーシュアの心をじんわりとあたためてくれた。

第七章

父が『祝福されざる魔法』に関わっているかもしれないと知ってから、数時間後。

エリーゼが用意してくれた食事で必要なエネルギーを補給し、リリーシュアは転移陣を使ってアッヘンヴァル領に飛んだ。

今回の件で調査を主導するのは聖レミアス教だが、シェファールドも国を挙げて協力することになった。

聖レミアス教の代表としてヴィサとシグリ、魔力研究院の代表としてテアとサフィーがリリーシュアと行動をともにする。

ジークヴァルトはヴィサの弟子としての参加で、彼の肩には白い鷹《たか》の姿に戻ったエリーゼがいる。

今にも崩《くず》れてしまいそうな、石造りの粗末《そまつ》な塔《とう》の前でジークヴァルトが「ここか」と小さな声でつぶやく。

リリーシュアはうなずいて、目の前の塔《とう》を見上げた。

ここに閉じ込められて過ごした十年間の嘆《なげ》き、悲しみ、やるせなさが胸によみがえってくる。

「ため息しか出ない。時間を遡《さかのぼ》れるものなら、幼い君をここから救い出したい」

兄弟子の憤《いきどお》った声を聞きながら、リリーシュアはゆっくりと首を横に振った。

「ジークヴァルト様には、これ以上望めないほどのことをしてもらっています。この中で何年も孤独な日々を送ったけど、今の私は、あの時夢見たすべてを手にしている」

ロイドとフラウがドレスのポケットから飛び出し、宙を舞いながら大きく膨《ふく》れ上《あ》がる。

そして「きゅいっ！」「もけっ！」と喚《わめ》きながら、短い手足で石壁を殴《なぐ》ったり蹴《け》ったりし始めた。

この子たちがリリーシュアの代わりに怒ってくれるおかげで、じくじくと痛む心が癒《いや》されていくのを感じる。

しばらくすると、レティング王国の騎士たちが恐縮しながらヴィサに挨拶《あいさつ》しに来て、慌《あわ》ただしくアッヘンヴァル侯爵の屋敷に入っていった。

国同士の対立、思惑《おもわく》などはあれども、聖レミアス教主導の大がかりな調査に協力しないわけにはいかないのだ。

先行して屋敷内にいたシェファールド帝国騎士団第一部隊の面々が、報告のために外へ出てきた。

ターミルの事件の時も一緒だった屈強《くっきょう》な騎士、カビーア・シタン隊長が前に進み出る。

「レティングの王宮から派遣されていた役人たちが、悪寒《おかん》や発熱、嘔吐《おうと》などの症状を訴えています。後妻のドミニクと義理の娘マリーベルの姿はありません。アッヘンヴァル侯爵の体内では蜥蜴《とかげ》が暴れ回っており、複数人の治癒師《ちゆし》たちが大量の回復魔法をかけ、なんとか会話が可能な状態に持っていこうとしています」

ヴィサがうなずき、鋭《するど》い視線を送る。

「レティングの役人たちは、アッヘンヴァル侯爵から漏れ出た穢《けが》れた魔力に触《ふ》れ、中毒症状を起こしたのでしょう。『祝福されざる魔法』は最強の毒薬、ないしは麻薬ですから」

テアが「ううむ」と唸《うな》った。

「これまで回収した蜥蜴《とかげ》は、すべて一匹の蜥蜴《とかげ》から分裂したものだということが判明しています。分裂した蜥蜴《とかげ》は他者から魔力を吸い取る装置であり、魔力を留《とど》めるための器《うつわ》であり、本体への転送手段でもある。分裂させることで必要量だけ譲渡《じょうと》する手段にもなるし、本当によくできたシステムです」

「アッヘンヴァル侯爵は蜥蜴《とかげ》が吸い取った魔力を使おうとしたのか、それとも蜥蜴《とかげ》に殺されようとしているのか。いずれにしろ、彼から事情を聞くことができれば、調査は大きく進展するだろう」

ジークヴァルトは力強い瞳で仲間たちを見回す。リリーシュアはうなずき、気力を奮《ふる》い立《た》たせた。

魔力研究院の人々が必死に調査しているが、蜥蜴《とかげ》が吸い取った魔力の転送先は巧妙《こうみょう》に隠されており、悪党どもの本拠地の特定は難航していた。

今も世界のどこかで、蜥蜴《とかげ》の魔力に苦しめられている人がいるのかと思うと、心が切《き》り裂《さ》かれるようにつらい。

「リリーシュア、まずはレティングの役人たちを浄化してやりましょう」

「はい、ヴィサ様」

ヴィサがアッヘンヴァル家の制裁に動いた後、国から派遣されてきた役人たちは、荒れ果て、腐りかけていた領地を立て直すために必死で働いてくれたらしい。

リリーシュアの脳裏《のうり》に、マリーベルとドミニクの顔が思い浮かぶ。

蜥蜴《とかげ》の一件には恐らくアッヘンヴァル家が――いや、正しくはフライホルツ商会が関与していた可能性が高いという。

悪党たちの資金源のひとつか、それとも上得意の客なのか。もしかしたら蜥蜴《とかげ》を操《あやつ》っている悪党そのものであるかもしれない。

気を引き締め、屋敷に一歩足を踏み入れて――リリーシュアは驚愕《きょうがく》した。

家具調度の類《たぐい》はほとんど持ち去られて、殺風景《さっぷうけい》どころの騒ぎではない。

こんな屋敷には、悪魔だって寄りつかないと思えるほどの荒れようだった。

玄関ホールからは大理石が剥《は》ぎ取《と》られ、優美だった螺旋階段《らせんかいだん》からは真鍮《しんちゅう》の手すりが消え、精巧《せいこう》な文様《もんよう》が彫《ほ》り込《こ》まれていたマホガニーの扉は、どの部屋にも見当たらない。

銀製の枝つき燭台《しょくだい》、クリスタルのシャンデリア、壁を飾《かざ》っていた大鏡、精緻《せいち》な芸術作品がいくつも置かれていた飾《かざ》り棚《だな》、そのすべてがなくなっている。

ジークヴァルトがリリーシュアの手を取って、しっかり握り締めた。優しい光が体内に流れ込んでくる。

「リリーシュアがヴィサに保護されてから、レティングの国王が動いて、フライホルツ商会の主《おも》だった連中が逮捕《たいほ》されたからな。後妻も義妹も資金繰《ぐ》りが苦しくなったんだろう。贅沢三昧《ぜいたくざんまい》を続けるために売り払ったか、すべて抱《かか》えて逃げたのか……」

広い窓がいくつもある居間に入ると、レティングの役人たちが床に敷《し》かれた布の上に横たわり、治癒師《ちゆし》に回復魔法を注《そそ》ぎ込《こ》まれていた。

大きなソファも跡形もなく消え失せているから、他に寝かせる場所がないのだ。

リリーシュアは慌《あわ》てて駆《か》け寄《よ》って、治癒《ちゆ》師《し》に交代してほしいと申し出る。ターミルの時とは違う治癒《ちゆ》師《し》だが、すんなりと場所を譲《ゆず》ってくれた。

役人のひとりが、切れ切れに息を吐き出しながらリリーシュアを見る。

「貴女《あなた》は、どなたです……？」

「私は炎《ほのお》の聖女リリーシュアです。そしてアッヘンヴァル侯爵の娘でもあります。大丈夫です、心配ありません。私の浄化魔法が体内に入れば、すぐに心も身体も落ち着いてきます。あと少しの辛《しん》抱《ぼう》です」

リリーシュアが内包する浄化能力が膨《ふく》れ上《あ》がり、解《と》き放《はな》てと要求しているのを感じる。彼らを救いたい一心で、手のひらから魔法陣を放出した。

「ロイド、フラウ。私たちは三人でひとつ。力を合わせればもっと強くなれる」

ポケットから誇《ほこ》らしげな顔を出したロイドが、肩まで移動してきた。フラウも負けじと出てきて、反対の肩によじ上る。

「きゅふっ！」

「きゅいっ！」

二匹が同時に宙に飛び出し、魔法陣の周りを縦横無尽《じゅうおうむじん》に駆《か》け巡《めぐ》った。

（魔法は武器……けれど弱い者、罪のない者を苦しめるために使ってはならない。私の炎《ほのお》は、必ず邪悪《じゃあく》を打ち負かす）

リリーシュアは『魔力の門』を開放し、全身が輝くまで炎《ほのお》を溢《あふ》れさせた。

それは火花を散らしながら魔法陣に注《そそ》ぎ込《こ》まれ、何本もの筋を生み出し、役人たちの身体へ一気に吸収されていく。

治癒師《ちゆし》が目を見開き、呆然《ぼうぜん》とつぶやいた。

「すごい……『祝福されざる魔法』の影響が、炎《ほのお》に溶かされて体外に流れ出ている……」

青白かった役人たちの顔に健康的な赤みが戻ったことを確認し、リリーシュアは治癒師《ちゆし》に深々と頭を下げた。

「ここからは癒《いや》しの力の出番です。後はよろしくお願いします。回復を速めるために、私の作った護符《ごふ》を置いていきます」

「は、はい！　炎《ほのお》の聖女リリーシュア様、後はお任せくださいませ！」

治癒師《ちゆし》が勢いよく返事をし、早速《さっそく》回復魔法をかけ始める。

『祝福されざる魔法』に阻害《そがい》されなくなったおかげで、それはするすると役人たちの身体に吸い込まれていった。

「彼らが喋《しゃべ》る力を取り戻したら、事情聴取をしなくては。カビーア、騎士団員を何人か残してくれ」

ジークヴァルトが威厳《いげん》のある声で言う。カビーアは嬉しそうに顔を輝かせ「は！」と短く答えた。

「次はアッヘンヴァル侯爵の浄化です。リリーシュア、大丈夫ですね？」

ヴィサに問われて、リリーシュアは力強くうなずく。

「はい、ヴィサ様。私は大丈夫です。ご心配ありがとうございます」

リリーシュアは毅然《きぜん》と顎《あご》を上げ、二階へ続く階段を上った。

父の寝室には表情を険《けわ》しくした治癒師《ちゆし》が何人もいる。

そのうちのひとりがリリーシュアたちを見て「どうぞ奥にお入りください」と促《うなが》した。

ジークヴァルトの手が背中に置かれ、もう一方の手で指先を包み込まれる。

彼に導かれて父の寝台に歩み寄りながら、一度目を閉じた。

ひとつ大きく息を吸う。それからゆっくりと目を開けて、父を見る。

(お父様……っ！)

蒼白《そうはく》な顔、こけた頬《ほお》に無精《ぶしょう》ひげ、落ちくぼんだ目の下の隈《くま》――

明らかに瀕死《ひんし》の状態で横たわる父を見て、リリーシュアは身震いをした。

「体内の蜥蜴《とかげ》が暴走し、内側から毒を撒《ま》き散《ち》らしています。この状態では回復魔法も焼け石に水……アッヘンヴァル侯爵は死の淵《ふち》に立っていると言っていいでしょう。リリーシュア様の浄化が成功したとしても、生存の確率は……」

突然父のまぶたがぴくりと動き、乾《かわ》いた唇から細い声が漏れる。

「リリーシュア……？」

意識が混濁《こんだく》しているはずなのに、父は指先が白くなるほど上掛《うわが》けを握り締め、ゆっくりと起き上がった。

「……炎《ほのお》の聖女様のご活躍は耳にしておりました。しかし、私に許しを乞《こ》う資格はありません。今さら懺悔《ざんげ》をするつもりもありません。私の魂《たましい》は穢《けが》れ、遠からず命も尽《つ》きる。地獄の炎《ほのお》に焼かれて初めて、神は私の罪を許《ゆる》し給《たま》うでしょう」

父はぜいぜいと荒い息を繰《く》り返《かえ》し、唇からそう絞《しぼ》り出《だ》した。

フラウが肩から飛び下りて、回転しながら人型に変じた。ふん、と鼻を鳴らして父を睨《にら》みつける。

「それはずるいだろ！　そんなこと言われたら、もうリリーシュア様、何も言えなくなっちゃうじゃないかっ！」

ロイドも同様に人型に戻った途端、身体を震わせて叫《さけ》んだ。

「貴方《あなた》がひとりで苦しむのは勝手だけど！　自業自得《じごうじとく》だって思うなら、せめて自分の口からちゃんと懺悔《ざんげ》しなさいよっ！」

父がぴくりと肩を震わせる。しばらくほったらかしていたのだろう、伸びすぎた前髪のせいで顔はよく見えなかった。

「アッヘンヴァル侯爵。たしかに、救いを求める小さな声を無視し続けた罪は重い。それが正当化される理由などないと考えるのもわかる。だが、罰《ばつ》を受ける覚悟があるのなら、悲しみと苦悩の中でうずくまっている場合ではないぞ」

ジークヴァルトの言葉に、父が顔を上げた。

彼は両手で胸を押さえて背筋を伸ばし、リリーシュアたちを見つめる。前髪が流れて、綺麗な緑色の瞳があらわになった。

父と視線がぶつかる。

目に感情の扉があるのなら、父のそれは、十年以上ずっと閉まっていた。

眼差《まなざ》しにぬくもりはなく、そこから感情が読み取れることはほとんどなかったと思う。

だが、今の父の瞳には様々な感情が秘められていることに、リリーシュアは気が付いた。

罪悪感、驚き、苦悩、悲しみ、安堵《あんど》――

頭の中で光が弾《はじ》ける。

リリーシュアの心の底に沈《しず》んでいた幼いころの記憶が、奔流《ほんりゅう》のように押し寄せてきた。

（あれは小さいころの私……そしてお母様とお父様……）

日の光に満ちて、笑い声が絶《た》えなかった屋敷の居間。

レティングきっての名花と謳《うた》われた、美しく優しい母。

そして、その傍《かたわ》らに立つ賢《かしこ》そうな男の人――それは領民の暮らしをよくしようと、全力を尽《つ》くしていたころの父の顔だ。

脳内でくるくると時間が遡《さかのぼ》り、ドミニクやマリーベルの言葉で黒く塗《ぬ》り潰《つぶ》された記憶が、本来の姿を取り戻していく。

そうだ、本当の父は寛大《かんだい》な人で、特にリリーシュアにはずいぶん甘かったのだ。

リリーシュアが小さな手を伸ばすと、どんな時だってぎゅっと抱き締めてくれた。

たくましい腕の中で「賢《かしこ》く、正しく、懸命《けんめい》に自分の人生を生きなさい」と言われたことが、たしかにあった気がする。

（……心も頭も、痛い……）

同時に色々な感情が押し寄せてきて、一気に処理しきれず身体が悲鳴をあげている。

リリーシュアは一瞬、唇を噛《か》んだ。

「……六歳でお母様が亡くなって、すぐにドミニクとマリーベルが屋敷に来ました。フライホルツ商会の、それまで見たこともなかった荒々しい人たちまで出入りするようになって……。私は何度も何度も、お父様は愚《おろ》かな浪費家で、ろくでもない賭博師《とばくし》で、壊滅的に領地経営の才能がないのだと聞かされた……」

リリーシュアは自分の中に溢《あふ》れ返《かえ》る記憶を、そのまま口に出した。

父の痩《や》せ細《ほそ》った身体に、震えが走ったのがわかる。その口から低い呻《うめ》き声《ごえ》が漏れるのを聞いて、リリーシュアは思わず父に手を伸ばした。

「お酒と賭《か》け事《ごと》……お父様がそういうものに明け暮れたと聞かされて、小さな私は戸惑《とまど》い、傷つきました。もしもフライホルツ商会の援助を受けられなかったら、土地も家宝も何もかも売らざるを得なかったって……」

もしかしてそれは、ドミニクの汚い策略のひとつだったのだろうか。父はフライホルツ商会が紡《つむ》いだ、色と欲にまみれた罠《わな》にかかっただけなのだろうか。

父は痛みに耐《た》えるように、神に祈《いの》るように、両手の指を組み合わせてぎゅっと握り締めている。

リリーシュアは自分の両手を、父の手に重ねた。

自分の中で生まれたあたたかい炎《ほのお》が、父の中へと流れ込んでいく。

「私は塔《とう》で暮らすことを余儀《よぎ》なくされ、お父様にもほとんど会えなかったから、マリーベルとドミニクの言葉をすべて信じてしまいました。私を助けてくれる人はいない、私が死のうがどうしようが、お父様は気にしない。そんな絶望の中で十年も生きていました。教えてください、お父様は蜥蜴《とかげ》の魔力に操《あやつ》られていたのですか……？」

リリーシュアはベッドの脇に膝《ひざ》をついて、じっと父を見つめた。

「……私に強い魔力があればと、何度思ったかしれません」

しばらくののち、父は声を絞《しぼ》り出《だ》して話し始めた。

「アッヘンヴァル家は、その昔は『魔力持ち』を数多く輩出《はいしゅつ》していた血筋です。しかし私は魔力を発揮《はっき》することができなかった。亡くなった妻――アンネリーエにも魔力はなかった。困難を助けてくれるはずの親族とは、ゆえあって疎遠《そえん》です」

そこで父は言葉を切り、大きく息を吐き出す。

「この世界で『魔力持ち』は特別で、優秀な存在。しかし、私は魔力があろうがなかろうが誰もが生きやすい領地にしたいと考えていた。だから私はあえて、己《おのれ》に魔力がないことを大っぴらにしていたのです。領民と同じ目線に立ちたいと。愚《おろ》かでした。そのせいで、フライホルツ商会に目をつけられたのですから」

リリーシュアは息を詰まらせた。氷のように冷たい恐怖が、全身を駆《か》け巡《めぐ》るのを感じる。

魔法を使う職業に就《つ》く場合を除《のぞ》いて、社交界では魔力の有無や大きさを詮索《せんさく》しないのがマナーなのだと、以前ジークヴァルトから教えられた。

貴族が人々から敬《うやま》われ、畏怖《いふ》されるのは、もちろん領主として領民を導いているから。

しかし、太古《たいこ》の昔から高貴な血筋には『魔力持ち』という稀有《けう》な存在が生まれることも、決して無関係ではない。

だが『魔力持ち』の数は、理由は不明ながら徐々に減ってきている。

それでも次世代に可能性を繋《つな》ぐため、貴族たちは『魔力持ち』を輩出《はいしゅつ》してきた家同士で縁組《えんぐみ》をするのが一般的だ。

とはいえ、そうまでして生まれた子どもが『魔力持ち』として開花するとは限らない。

領民に対して、魔力の有無や大きさを決して口外しない――貴族たちは己《おのれ》の身を守るため、致命的な弱みを握られないため、それを徹底《てってい》しなければならないのだ。

「なるほど。魔力による反撃ができないせいで、冷酷《れいこく》で容赦《ようしゃ》がないフライホルツ商会に最大限利用される羽目《はめ》になったのか」

リリーシュアの気持ちを読み取ったように、ジークヴァルトが口を開いた。父はまぶたを閉じて、深く息を吸う。

「どんな噂《うわさ》も聞き逃さないようにしている連中です。自分のうかつさを悔《く》やんでも、後の祭りでした。フライホルツ商会の首領は、札付きの賭博師《とばくし》からのし上がった人物です。私は魔力にまったく耐性がなかったため邪悪《じゃあく》な魅了《みりょう》魔法に操《あやつ》られ、やつらの経営していた賭博場《とばくじょう》に足を踏み入れてしまいました……」

父のしゃがれた声に、ヴィサが素早《すばや》く反応する。

「その魅了《みりょう》魔法には、蜥蜴《とかげ》が吸い取った魔力が使われましたか？」

ヴィサの視線を受け止め、父は「はい」とうなずいた。

「分裂能力のある蜥蜴《とかげ》を従魔に持つカジブという男を、フライホルツ商会は支援し続けていました。カジブと商会は他人から奪った魔力を蜥蜴《とかげ》の体内に保存し、それを売ることで金儲《かねもう》けをしている。ドミニクはその蜥蜴《とかげ》の魔力を利用して、私に魅了《みりょう》魔法を使ったのです……とはいえ蜥蜴《とかげ》は稀少《きしょう》ですから、私も毎日使われていたわけではない。だから十年以上影響を受けてはいても、正気《しょうき》に戻る瞬間だってあった」

過去を思い出すように、父は宙を眺める。リリーシュアの口から、声が零《こぼ》れ落《お》ちた。

「お父様……」

「私に力がないと確認すると、やつらはどんな手段でも躊躇《ためら》わずに使いました。蜥蜴《とかげ》の魔力が切れて、意識が冴《さ》えている時には、脅迫《きょうはく》、恐喝《きょうかつ》、もっとひどいことも――ほんの一瞬だけ希望を抱《いだ》かせておいて、それから地面に叩きつけるような真似《まね》を、何度もされた」

無理やり作ったような笑みを浮かべ、父はリリーシュアを見た。

「結局私は、負けたのです。やつらは人の命を奪うなど朝飯前。脅《おど》され、逃げる意欲を削《そ》がれ、それ以上の無力感や恐怖を味わうことが怖くなりました。とんでもないことをしているという思いに蓋《ふた》をして、リリーシュアの存在を意識の中から追い出した……たったひとつ幸いだったのは、子殺しという人生最悪の過《あやま》ちを犯さずに済んだこと。しかしそれすらも、結果論でしかありません」

父の表情が険《けわ》しくなる。そんな父の顔を、リリーシュアは真っすぐに見つめた。

父には何も期待しない。何も望まない。そう自分に言い聞かせていた。

望んだら傷つくから。期待したらいっそう悲しくなるから。

そうしてすっかり諦《あきら》めることに慣れて、マリーベルやドミニクからぶつけられる怒《いか》りや憎《にく》しみを、ただ黙ってじっと受け止めていた。

（お父様は、悪巧《わるだく》みを日常的にしている連中に狙《ねら》いをつけられ、大きく人生を狂わせた……）

アッヘンヴァル家の財政が逼迫《ひっぱく》し、落ちぶれたのは、侯爵として父が無能だったせいではなかったのだ。

それは大きな衝撃だった。

父はドミニクが与えてくれる金のためならば、実の娘を迫害していることに対して、良心の呵責《かしゃく》など毛ほども感じない人なのだと思い込んでいた。

父が蜥蜴《とかげ》に操《あやつ》られていた話を聞き、理解しても、すべてを許せるか。

今のリリーシュアには「わからない」としか答えられない。

あの塔《とう》での長い苦難の道のりを、小さなネズミたちと一緒に耐《た》えた記憶を、簡単に拭《ぬぐ》い去《さ》ることはできそうにない。

ジークヴァルトがリリーシュアの隣にひざまずき、父に向かってぐっと身を乗り出した。その目が怒《いか》りに染まっている。

「ひとつ聞きたい。マリーベルという娘も蜥蜴《とかげ》を使って、レティングの第二王子に偽物《にせもの》の魅了《みりょう》魔法をかけたのか？」

父は黙って彼を見つめ、ややあってから静かに答えた。

「……その通りです」

「間抜《まぬ》けぶりに反吐《へど》が出るな。仮にも王族でありながら、何ひとつ見抜けなかったどころか、偽物《にせもの》の魅了《みりょう》に引っかかるとは」

軽蔑《けいべつ》に唇を歪《ゆが》め、ジークヴァルトが吐き捨てる。

「聖レミアス教が国を動かし、我が家が制裁を受けた後、ドミニクは蜥蜴《とかげ》を用意することが難しくなったようで……私はいよいよ正気《しょうき》に戻り、役人たちにすべてを打ち明けようとしました。そしてこの有様です。侯爵夫人、侯爵令嬢の立場を失うのであれば、私になど用はないということ……彼女たちの逃げた先までは、申し訳ないがわかりません」

苦渋《くじゅう》に満ちた表情で話し続ける父を見ていられず、リリーシュアは思わず目を伏《ふ》せた。

「私は長い間リリーシュアから目を背《そむ》け、事態を改善させる努力を怠《おこた》ってきた。命があるだけましだと自分に言い聞かせていた。過《あやま》ちに気づいても、己《おのれ》をごまかして過《あやま》ちとともに生きることにした。私の弱さがすべての元凶……今のリリーシュアは、可能性に溢《あふ》れている。私が生きていては、人々の詮索《せんさく》の対象になるでしょう。私の命はここで尽《つ》きるべきなのです。娘の幸せを思うなら、それが唯一、最善の方法だ」

父が深く息を吐き出す。その瞬間、リリーシュアの胸にぱっと怒《いか》りが閃《ひらめ》いた。

「それは違います。お父様……独りよがりなことを言わないでください」

胸の奥から、これまでにないほど強い感情が湧《わ》いてくる。

リリーシュアは目に力を込めて、毅然《きぜん》と口を開いた。

「私のためを思うなら、一日一日にしがみつくように生きてください。ありったけの勇気を掻《か》き集《あつ》めて、死に物狂いで生きてください」

顔が赤くなっているのがわかる。体温がどんどん上がっていくのを感じる。

息切れするほど心臓が苦しくて、リリーシュアはひとつ深呼吸をした。

アッヘンヴァル家から解放されて、新しく出会った人々と関係を築く中で、父との縁《えん》など綺麗さっぱり断ち切ったほうが、すっきりするとも考えた。

未来だけ見るために過去を切り捨てたって、誰もが仕方がないと認めてくれるに違いないと。

それでも父を失うことが現実として迫《せま》ってくると――腹の底から、不思議なくらいに寂しさが湧《わ》いてくる。

「どの子どももそうであるように、私はお父様を無条件に愛していた。だから、塔《とう》に追いやられたのがとても悲しかった。わけがわからなくて、傷ついて、泣いて……。寂しさとか絶望とか、驚きや恐怖、ありとあらゆる感情が一緒くたになって、私はお父様のことを憎《にく》みました」

父の色の悪い唇が、小さく動いた。

自分の顔は母に生き写しだと思っていたけれど、口元は父に似ているかもしれないと、初めて気付いた。

ずっと言いたかったことを口に出してみると、心が軽くなる。自分がどれほど傷ついていたのかが、よくわかった。

「私から奪われた無邪気《むじゃき》な子ども時代は、もう戻ってこない。過去に戻ってやり直すこともできない。だからこそ私は、この胸に抱《かか》えている痛みや悲しみに、振り回されたくない。それが私の記憶に永遠に残っても、思い出すたびに立ち直りたい」

父が声を詰まらせた。その疲れ果てた顔に、涙が伝う。彼は両手で顔を覆《おお》った。

背中を丸めてうなだれている父の、くしゃくしゃに乱れた蜂蜜色《はちみついろ》の髪を見ながら、リリーシュアは言葉を続ける。

「……大切な仲間たちがこうして側《そば》にいてくれるから、何も怖くなくて。両親の愛情に飢《う》えたまま大きくなったけれど、今はすごく幸せで。親子の絆《きずな》も取り戻せていないうちに、お父様も被害者だったと知って……でも、十年以上お父様を見失っていたから、この感情がよくわからないんです。お父様に対する複雑な思いが塊《かたまり》になって、胸の中に居座っている」

本当は許したい。でもまだ許せない。二つの気持ちが、頭の中でくるくると回る。

「塔《とう》でのことを思い出すと、息が苦しくなって……どうしても泣きたくなる。お父様は私よりよほどひどい目に遭《あ》っていたに違いないって、頭ではちゃんと理解しています。それなのに……私は聖女なのに、お父様への恨《うら》めしい気持ちを消化できないんです」

リリーシュアの視界が歪《ゆが》む。父のベッドの上掛《うわが》けに、ぽたり、ぽたりと涙のしずくが落ちていく。

「それでもいつか、お互いを理解し合える日が来ればいいと……そう、願います。だから生きることで償《つぐな》ってください。よりよい人間になってください。自尊心を取り戻してください。そして、まずは自分を愛せるようになってください」

父が顔を上げた。大きく肩を震わせながら、それでも真っすぐにこちらを見ている。

リリーシュアと同じ色の瞳からは、善良《ぜんりょう》な魂《たましい》が感じられた。

本当は、もっときちんと尋ねたいことがある。

母の死後も、手入れされていた裏庭の花壇《かだん》。

塔《とう》の中で病気になるたびに差し入れられた薬。

野盗に襲われないように顔に布を巻けと言った時の気持ちや、伝書鳥に託《たく》した手紙で、リリーシュアの背丈《せたけ》をはっきり伝えなかったこと。

でも、何ひとつ言葉にならない。

嬉しいのか悲しいのか、つらいのか痛いのか、よくわからない涙が溢《あふ》れて止まらないのだ。

リリーシュアは大きく胸を膨《ふく》らませて、ふう、と息を吐き出した。

父と娘の絆《きずな》を取り戻すには、長い時間がかかるだろうと思う。取り戻せないかもしれない、とも思う。

それでも目の前に伸びる道を、自分の足で、しっかり歩んでいくしかない。

今すぐに、父の愛を受け入れることはできないけれど。

だからといって、すべてを諦《あきら》めるのはまだ早いはずだ。

父の嗚咽《おえつ》が胸にしみる。今は、この涙だけで十分だ。

父が自分の人生に立ち向かう力を取り戻してほしいと、心から願っている。

リリーシュアは父の目をしっかり見返した。

「重荷を背負いながら生きていくのは、大変なことだってわかってるけど。私がお父様の愛を、もう一度受け入れられるようになるか、まだわからないけど。でも、どうか死なないで……」

自分の言っていることは、父にとっては残酷《ざんこく》な仕打ちに他ならないのかもしれない。

それでも遠い未来で、父と自分の道が交《まじ》わる可能性に、一縷《いちる》の望みをかけずにはいられなかった。

「邪悪《じゃあく》な意図から我が子を守れなかった私を……人生をともに歩むこともできず、未来を与えることもできなかった私を……生かそうとしてくれるのか、リリーシュア……」

「はい……はい、お父様。私はお父様に生きてほしい」

リリーシュアは立ち上がり、目がくらむほどまぶしい白い炎《ほのお》を、手のひらから溢《あふ》れさせた。

「私の炎《ほのお》が、お父様の身体から忌《い》まわしきものを追い出します。ロイド、フラウ、お願い。貴方《あなた》たちの魔力を、深く強く結合させて」

「きゅいっ！」

「きゅきゅいっ‼」

煌々《こうこう》と輝く魔法陣が宙に浮かび上がる。それは、リリーシュア自身が圧倒されるほど強い浄化力を帯びていた。

ロイドとフラウの幻術《げんじゅつ》を繋《つな》ぎ、しっかりと結合させる。

リリーシュアは持てる力をすべて掻《か》き集《あつ》め、魔法陣が父の希望となるよう祈《いの》りながら、それを邪《じゃ》悪《あく》なものめがけて一直線に放った。

父の浄化が無事に終わり、後のことを治癒師《ちゆし》に託《たく》して、リリーシュアたちは屋敷を出た。

ジークヴァルトが一度塔《とう》を見上げ、大きな息を吐く。

「君の父親だろうがなんだろうが、正直、息の根を止めてやるくらいの気持ちでいたんだ。しかしまさか、十年以上も『祝福されざる魔法』によって操《あやつ》られていたとは。だからといって、彼のやったことが許されるわけではないんだが……」

ロイドとフラウが塔《とう》の壁を軽《かろ》やかに登っていく。二匹は小さな窓をこじ開けようと奮闘《ふんとう》し、やがてするりと中に吸い込まれていった。

(私はあそこで苦しんでいた。身も心もぼろぼろだった。でも、もう二度と過去の記憶で悩んだりしない)

ジークヴァルトが顔を寄せてきて、リリーシュアの瞳をじっと覗《のぞ》き込《こ》む。

「リリーシュア。俺は騎士団に戻ることにするよ」

リリーシュアは「え」と声を漏らした。

兄弟子の口元がほころび、爽《さわ》やかな笑みが浮かぶ。

「さっきの浄化魔法は、本当にすごかった。君は凛々《りり》しく強く、確実に前に進んでいる。炎《ほのお》の聖女はこれから先、善良《ぜんりょう》な者も邪《よこしま》な者も含めて、数多くの民を救うだろう。だから俺も、君の側《そば》にいて恥《は》ずかしくない男にならなければ」

「え、あの、そんな」

強い決意を秘めた紫の瞳に吸い込まれそうになって、急激に頬《ほお》が熱くなるのを感じた。

彼と交《か》わす眼差《まなざ》しには、二人だけに通じ合う何かがある。

ふいにそんな気持ちが湧《わ》き上《あ》がってきて、心臓がうるさいほどに高鳴った。

ヴィサが薄く笑い、からかうような目で弟子たちを交互に見る。

「私もちょうど頃合いだと思っていたところです。これから先も炎《ほのお》の聖女を支え続けられるよう、皇太子にふさわしい場所に戻って彼女を鼓舞《こぶ》しなさい」

「ありがとう、ヴィサ。貴方《あなた》には本当に世話になった。『祝福されざる魔法』を操《あやつ》っている愚《おろ》か者《もの》どもの一斉検挙には、騎士団員として参加する」

ジークヴァルトの力強い返答に、ヴィサが鷹揚《おうよう》にうなずいた。

その時、塔《とう》の扉がぎい、と音を立てて開き、人型になったロイドとフラウが勢いよく飛び出してくる。

「ああ、陰気臭《いんきくさ》かった、やっぱりこの塔《とう》は大っ嫌いっ！」

「もう二度と入ることはないさ、必要なものは取ってきたから！」

リリーシュアは目を見開いた。

彼らの手には、幼いころに母がくれた、算術書と歴史書が握られていた。

リリーシュアの浄化魔法で一命をとりとめたアッヘンヴァル侯爵は、知っていることを洗いざらい話した。

そのおかげで、邪悪《じゃあく》な蜥蜴《とかげ》の調査は一気に進展した。

ジークヴァルトが、かつて「レティングでは『魔力持ち』が見つかった際の処遇に、きな臭い噂《うわさ》がある」と言っていたが、それは『魔力持ち』の子どもの間で、謎《なぞ》の不審死が続いたせいだった。

もちろん、裏で糸を引いていたのはフライホルツ商会だ。

彼らは王宮内で賄賂《わいろ》をばら撒《ま》き、『魔力の門』が開き始めた子どもの情報を手に入れると、魔力を吸い取るためにカジブの蜥蜴《とかげ》に襲わせていた。

しかし、ドミニクのリリーシュアへの虐待《ぎゃくたい》が聖レミアス教の知るところとなり、慌《あわ》てふためいたレティング国王がアッヘンヴァル家の制裁に乗り出したため、フライホルツ商会も大っぴらに動けなくなった。

レティング国内で魔力の調達がしにくくなったカジブたちは、シェファールドなど他の国々に触手を伸ばしたらしい。

父を浄化した翌々日、ついに一斉検挙作戦が遂行《すいこう》されることになった。

作戦に参加する者たちが、ヴィサの屋敷の中庭に集合する。

「ジークヴァルト殿下が、騎士団へ戻ってこられた。我らにとって、これほど嬉しいことはございません。二度目となりますが、我ら一同、誠心誠意《せいしんせいい》お仕《つか》えすることを誓います」

シェファールド帝国騎士団第一部隊の面々と、彼らを率《ひき》いるカビーアが揃《そろ》って敬礼をした。

ジークヴァルトを見つめる騎士たちの目には、誇《ほこ》らしげな光が宿っている。

ジークヴァルトは彼らの視線を受け止め、力強くうなずいた。

「カビーア、心配をかけてすまなかった。そして、勇敢《ゆうかん》で寛大《かんだい》な我が騎士団の全員に感謝する。俺はずっと、心の底から人を信頼することができずにいた。何もかもを、ひとりで行《おこな》うことが習慣化していたせいもあるが……」

「わかっております。聖女様との間に流れる信頼という純粋な感情のおかげで、殿下はずっと強くなられた。そして今では、ご自分の魔力に自信と誇《ほこ》りを持っておられる」

カビーアの視線が、ジークヴァルトの傍《かたわ》らに立つリリーシュアへと流れる。その目に称賛の色が浮かぶのを見て、リリーシュアの心臓は跳ね上がった。

「誰かと深く関わってはいけないと、俺は一度騎士団から逃げた。より高度な魔力制御《せいぎょ》を覚えるという名目があったからな。だがヴィサの弟子になっても……どこにいてもはみ出している気がして、居心地が悪かった」

「ジークヴァルト殿下……。これは何度も申し上げますが、殿下がご自分を責める必要はないのです。殿下のお側《そば》にある騎士は常に最高でなくてはならない。魔力も、剣の腕前も、精神力も、品格も、すべてが。耐《た》えきれず脱落した者たちは、端《はな》から能力がなかっただけのこと」

カビーアの言葉に、ジークヴァルトが少し遠くを見つめる。

そんな彼を見て、ヴィサが低く笑い声をあげた。

「まあ、ジークは若いので未熟な己《おのれ》が許せなかったのでしょう。私のもとへ来ても、非常に扱いづらい弟子でしたよ。勝手に未来を恐れて、勝手に卑屈《ひくつ》になっていましたから。こちらの言うことは聞かない。普段は部屋に引きこもっているくせに、気まぐれに街に繰《く》り出《だ》して何時間でも帰ってこない。本当に、何度放り出そうと思ったことか……」

ヴィサの瞳がいたずらっぽく輝き、ジークヴァルトがわずかに頬《ほお》を紅潮《こうちょう》させる。

「リリーシュアに出会えて、ジークは本当に運がよかった。炎《ほのお》の聖女の強く前向きな、ぐらつかない気持ちを目《ま》の当《あ》たりにして、己《おのれ》を見つめ直すことができましたからね」

ジークヴァルトはヴィサの言葉にうなずくと、リリーシュアの手を取り、握り締めた。

「俺の心も、魂《たましい》も、炎《ほのお》の聖女の魔力で浄化された。今後はどんな人生の局面にも狼狽《うろた》えず、しっかりと自分を持っていられるだろう。先祖の教えを胸に刻み、祖父や父のような立派な君主になるつもりだ。その第一歩として、悪巧《わるだく》みに長《た》けた卑怯《ひきょう》な者どもを必ず捕まえねばならない。カビーア、素晴らしい働きを期待しているぞ」

「お任せください。悪党どもが身を潜《ひそ》めている場所は、すでに特定しております。中心人物であるカジブの魔力はそう大きくありませんが、従魔である蜥蜴《とかげ》の分裂能力にだけは注意が必要です。しかし、炎《ほのお》の聖女様の浄化能力の前には手も足も出ないでしょう」

カビーア、そしてジークヴァルトやヴィサから信頼のこもった視線を向けられ、リリーシュアは頬《ほお》が赤らむのを感じた。

一斉検挙作戦を前に、しっかりと身支度《みじたく》を整えたテアが眼鏡《めがね》を押し上げる。

「悪党どもが利用している施設には、付近の住人たちが使用人として出入りしています。長期間邪《じゃ》悪《あく》な魔法の影響を受けて、体調や精神に異常をきたしている者もいるようです。貧しい人たちを食い物にし、使い捨てる狡猾《こうかつ》さを許すことはできません」

リリーシュアは誇《ほこ》り高《たか》く顎《あご》を持ち上げた。

「はい。彼らに極力被害が出ないように、私の浄化魔法で一気に眠らせます。そして私の従魔であるロイドリアナ、フラウロスが作り出す複数の幻影が悪党どもを惑《まど》わせる。騎士団の皆さんには私の護符《ごふ》を配ってありますし、剣にも祝福を与えてあります。邪悪《じゃあく》な魔法が襲ってきても、恐れることはありません」

「これまで回収してきた蜥蜴《とかげ》は、魔力研究院の職員が適切にエサを与え続けている。こちらの動きが察知されている様子はない。悪党どもを一網打尽《いちもうだじん》にし、やつらの資金源と取引先をすべて暴く。

リリーシュアの炎《ほのお》と、己《おのれ》の力を信じるんだ」

ジークヴァルトが力強く言い、騎士団全員が「は！」と再び敬礼した。

悪党どもの本拠地は、大陸西部の島国アスリブのヤラード村にある。

かつてはいくつもの部族が覇権《はけん》を争い、二十年前にやっとシェファールド帝国の後押しを受けたレダ族が統一した、まだ歴史の浅い国だ。

そのため、まだ経済の基盤が整っているとは言いがたく、困窮《こんきゅう》している民が少なくない。

リリーシュアたちは転移陣を使い、まずアスリブ王の城に飛んだ。そこには、ヤラード村の代表者たちも待っていた。

ひとりの老人が前に進み出て、村の現状を説明する。

小さな村にあるのは、痩《や》せた土地と枯《か》れた林、風に煽《あお》られ今にも吹き飛びそうな粗末《そまつ》なあばら家ばかり。

そんな中に、ひときわ目を引く二階建てのレンガ造りの建物が一軒あるという。

それが十三年前に完成してからというもの、老若男女《ろうにゃくなんにょ》問わず多くの労働力を求められた。

その建物は高い塀《へい》に囲まれており、周囲のあちこちに監視塔《かんしとう》がそびえている。

見晴らしのいい塔《とう》の上から村中を見渡し、来客や不審者を逐一《ちくいち》報告しているのは老人たちだ。

動きの軽《かろ》やかな若い男は建物内の力仕事を引き受け、女たちは掃除や洗濯《せんたく》、炊事《すいじ》などを請《う》け負《お》っている。

ところが、しばらくすると、その建物で働く村人たちが体調不良を訴え始めた。原因はわからず、村人たちは苦慮《くりょ》しているらしい。

建物内にいる『魔力持ち』は十名ほどだという。

カジブ以外は本名も出身国も不明だが、いずれもフライホルツ商会が探し出してきた人材であることは間違いない。

「……なるほど。村長殿、建物内での仕事に従事した者にはどんな症状が出ているか、詳しく教えてもらえるか」

ひと通りの話を聞き終わり、ジークヴァルトが口を開く。村長は恐る恐る震える声を出した。

「は、はい。最初は単なる疲労だと思ったのですが、悪寒《おかん》や発熱、嘔吐《おうと》などの症状が現れまして。ひどい時は息をするのもつらい有様で、薬草茶も高い薬も効かないのです。建物での仕事から離れると、徐々に回復するのですが……中には精神を病《や》んでしまい、まともな日常生活を送れなくなった者もおります」

テアがうむ、と唸《うな》って眉《まゆ》を顰《ひそ》めた。

「やはり、典型的な魔力酔《よ》いからの中毒症状ですね。建物の中では、おそらく本体が集めた魔力を、分裂させた蜥蜴《とかげ》に吸収させせていると思われます。その際に、微量の魔力が漏れ出るのでしょう。穢《けが》れた魔力は、触《ふ》れた者をかなり衰弱《すいじゃく》させますから……」

テアの言葉を引き継《つ》ぐように、ヴィサが口元を歪《ゆが》めた。

「そうですね。『魔力持ち』であれば耐《た》えられる量でも、一般の人々には恐ろしい毒となる。魔力で弱い者、罪のない者を虐《しいた》げれば、その罪は何倍にもなって跳ね返ってくる。やつらに神の慈悲《じひ》などありません。我が主《あるじ》レミアスの名のもとに、正義を執行しましょう」

「ああ、大主教様！　貧しさゆえに犯罪の片棒を担《かつ》いでしまった、我らをお許しください……！」

土着の神を信仰しているはずの村長が、胸の前で手を組み合わせてひざまずく。アスリブ王もそれに続いた。

村長が言うには、その建物の中ではきっと恐ろしく罪深いことが行《おこな》われているに違いない——という。

薄々感じてはいたものの、貴重《きちょう》な働き口を失うことはできないと、村人全員が口を閉ざしていたという。


特に建物が完成する以前は、年ごろの娘のほとんどが貧しさゆえに村の外へ売られていたらしい。

彼女たちもそんな目に遭《あ》うよりは、体調が悪くなろうと今の仕事をしたいと思ったのだろう。

それに、しばしば他国の貴族や富裕層が建物を訪《おとず》れることがある。

彼らが建物の外で気まぐれに買い物をすれば、それも村にとって大きな収入源になる。

その上アスリブ王を輩出《はいしゅつ》したレダ族と、ヤラード村の部族はかつて対立していたから、村人はよけいに勇気ある告発ができずにいたらしい。

「大主教様、そして皇太子殿下。すべての責任は、国内の隅々《すみずみ》にまで目が届かなかった私にあります。咎《とが》を免《まぬか》れないとしたら、罰《ばつ》はどうか私一人にお与えください」

うなだれるアスリブ王に、ヴィサは穏《おだ》やかな声をかけた。

「もちろん、公正な調査はさせていただきますが、我が神はヤラード村の人々に、寛大《かんだい》なお心を持っておられますよ。弱みに付け込まれ、心臓を握られたも同然であったのですから。そしてアスリブ王。貴方《あなた》はこれから、ヤラード村の生活水準の向上に尽力《じんりょく》しなくてはなりませんね」

「大主教様……ご慈悲《じひ》に感謝いたします。必ず、最善を尽《つ》くすとお約束いたします。図々しくお尋ねいたしますが、村人たちの身体は、どんな薬でも祈《いの》りでも癒《いや》せないのでしょうか……？」

「いいえ、村人は救われます。ここにいる炎《ほのお》の聖女リリーシュアの浄化魔法ならば、彼らの中に蓄積した穢《けが》れを消し去ることができる」

リリーシュアを見て、ヴィサが顔をほころばせた。

「はい」と誇《ほこ》り高《たか》く返事をして、リリーシュアは一歩前に出る。

「すべてのことが終われば、必ず村の皆さんを浄化します。長く燃え続ける護符《ごふ》もたくさん作りますから、それを身につけていただければ精神も回復するでしょう。風を避《よ》け、痩《や》せた土地にいい土や水を定着させるお守りとしても利用できるはずです」

凛《りん》とした声でそう言うと、アスリブ王と村長、そして周囲の騎士団員からも感嘆《かんたん》が漏れ出た。

「では早速《さっそく》、第一陣に馬で出発してもらう。ヤラード村でテア・アストリッドが建物の外に結界防壁を完成させたタイミングで、第二陣以下は転移陣を使用し防壁内に飛ぶ。悪党どもに、決してこちらの動きを察知させてはならない。リリーシュアが屋敷内の一般人を眠らせるまでは、全員防壁内で待機しろ」

ジークヴァルトの声には鋼《はがね》のような強さがあった。威厳《いげん》に満ちたオーラに、騎士団員たちが勇《いさ》ましく返事をする。

テアがきらりと目を光らせ、魔力研究院の制服の胸ポケットをぽんぽんと叩いた。

「魔力の遮断性《しゃだんせい》はもちろん、音漏れナシ、快適空調の防壁を作ってお待ちしています。隠密性《おんみつせい》もバッチリのめちゃくちゃ手間暇《てまひま》かかるヤツなので、エリンちゃん、魔法陣を描く補助をお願いしますね。スピードアップはエリンちゃんの働きにかかってます。今日もめいっぱい走り回ってくださいよ！」

「くるるっ！」

リスのエリンがきらきらと目を輝かせながら顔を出し、テアの胸板に頬《ほお》を擦《す》りつけた。

周囲の意識が、一気にヤラード村へと向き始める。

リリーシュアは身につけた魔力研究院の制服のポケットから、母の形見のハンカチを取り出す。

そして、ぎゅっと握り締めた。

ジャケットの胸ポケットから、ロイドとフラウがひょこっと顔を出した。

二匹は「きゅう?」「きゅきゅい?」と同時に声をあげ、競《きそ》うように肩まで上ってくる。

左右の首筋から顎《あご》にかけて、もふっとした感触を感じた。

リリーシュアを慰《なぐさ》めるように引っついてくるふんわりとした毛玉は、ものすごく肌触《はだざわ》りがいい。

「リリーシュア、もしかして緊張しているのか?」

ふいにジークヴァルトがリリーシュアの手を掴み、自分のほうへ引き寄せる。

思わず「ひゃ」と声が漏れ、次の瞬間には至近距離で向き合っていた。

ジークヴァルトの紫の瞳が、じっとリリーシュアの顔を覗《のぞ》き込《こ》んでいる。

「ご、ご心配ありがとうございます。でもあの、大丈夫なので……っ!」

「きゅい、きゅぃい~っ!」

「もけっ!　もけっ!」

自分たちまでジークヴァルトと急接近してしまったロイドとフラウが、しきりに鼻をぴくぴくさせながら抗議の鳴き声をあげた。

「これから先、何があっても、俺が必ずリリーシュアを守る。君を失ったら、俺は永遠の苦しみの中で生きることになるからな」

「ジークヴァルト様……」

頬《ほお》が燃えるように熱くなって、リリーシュアは言葉を詰まらせた。

騎士団に戻ると決めてから、兄弟子の様子はちょっと変わってしまった。わりと照れ屋だったはずなのに、今のジークヴァルトは周囲の注目を浴《あ》びても気にならないらしい。

「本当に、君は見たこともないくらい美しい女性に成長した。伝説の美女たちも、今の君を前にしたらひどく見劣《みおと》りするだろう。出会った時は弱々しく無防備で、儚《はかな》く見えたものだが。もうすっかり、なんでも自《みずか》ら対処できる女性になったな」

「ええと、それはジークヴァルト様がいてくれたからです。私が傷ついた時、怯《おび》えている時、不安な時に、必ず来てくれるってわかっていたから。だから、強くいられただけで……」

リリーシュアが答えると、ジークヴァルトは口元をほころばせた。

「いや、君はひとりでも、ちゃんと勇敢《ゆうかん》だ。大事な時に、しっかりと自分を持っていられる。でも、忘れないでほしい。君にはたくさんの仲間がいる。そして君の未来は、シェファールドにある。それについてだけは、迷わないでくれ」

喜びが太陽のようにリリーシュアの心を照らす。

ああ、この人は私を必要としてくれる、理解してくれる。

心からの笑みが漏れ、リリーシュアはジークヴァルトのたくましい指先を握り返した。

繋《つな》がった指先から信じられないほどの勇気が溢《あふ》れ、幸福感に満たされる。ジークヴァルトの紫色の瞳から目が離せなくなる。

（そう、私の居場所は、シェファールドにある。どんな未来が待っていようと、安心して突き進んでいける）

「いや〜、若いっていいなあ！　じゃあ、サフィー。僕ら第一陣はさっさと行きましょうか」

テアが面白がっている。サフィーも声を弾《はず》ませた。

「はい、テア様。じゃあ、リリーシュア、後でね！」

「シグリ、私たちも行きますよ。屋敷の中に入ったら、従魔の姿に戻って存分に暴れていいですからね」

「おお、そりゃ久しぶりだ。腕が鳴るぜ！」

ヴィサの穏《おだ》やかな声に、シグリが勇《いさ》ましく応じる。

リリーシュアたちが見つめ合っている間に、みんなそそくさと行ってしまった。

気が付くとカビーアをはじめとする護衛の騎士たちだけが、顔色ひとつ変えずに残っている。

リリーシュアはぼんっ！　と弾《はじ》けるように、顔じゅうが真っ赤に染まるのを感じた。

ヴィサをはじめとする聖レミアス教関係者とテアを含む魔力研究院の精鋭《せいえい》、そしてジークヴァルトが率《ひき》いる騎士団は、これまで培《つちか》ってきた迅速《じんそく》さと手際のよさで、すべてを予定通りに実行した。

計画を阻《はば》む要素はどこにもなかったが、彼らは常に油断なく警戒《けいかい》し、自分たちの存在を敵に悟《さと》られずに襲撃準備を整える。

「テア、ここから先のリリーシュアの警護は任せた。くれぐれも気を抜くなよ」

ジークヴァルトが言うと、テアが顔を上げていたずらっぽく瞳を輝かせる。

「お任せください。リリーシュアさんは炎《ほのお》の聖女であると同時に、僕ら魔力研究院の大切な研究材料ですからね～。必ず守るっていう決意と闘志《とうし》で満《み》ち溢《あふ》れてます！」

「お前の研究馬鹿ぶりは、本当に清々《すがすが》しいな。まあ、テアはそこがいい。信頼しているぞ」

テアはうなずいて、照れたように笑った。

「よしヴィサ、カビーア、予定通りにいくぞ」

ジークヴァルトは表情を引き締め、ヴィサがうなずく。

「は！」と返事をするカビーアたち騎士団員の瞳には、若き主人への期待と信頼が宿っている。

「さあリリーシュア、いよいよ君の炎《ほのお》の出番だ」

「はい」

兄弟子の言葉に、リリーシュアはしっかりと答えた。

心を落ち着かせるために息を吸い込み、腹に力を込めて言葉を続ける。

「ジークヴァルト様、ヴィサ様、テア様、カビーアさん、それから皆さん。どうかよろしくお願いします。それでは今から、浄化魔法を一気に注《そそ》ぎ込《こ》みます」

リリーシュアは一度目をつぶった。

再びまぶたを開《ひら》いた瞬間、『魔力の門』を一気に開放する。

左右の肩にいるロイドとフラウが「きゅふっ！」「きゅいっ！」と同時に叫《さけ》び、空中へ飛び出した。

罪のない者には穏《おだ》やかな夢を、罪を犯した者には容赦《ようしゃ》ない痛みを――リリーシュアの意思の通りに、ロイドとフラウが魔法陣の周囲を縦横無尽《じゅうおうむじん》に動き回る。

次々と魔法陣を連続して描き、解放された魔力の奔流《ほんりゅう》で空へと打ち上げる。

緋色《ひいろ》の火柱《ひばしら》は螺旋状《らせんじょう》の渦《うず》となり、空中で花のように大きく開《ひら》いた。噴水《ふんすい》のように流れ落ちる火花が、屋敷全体を包み込む。

凄《すさ》まじい勢いで解《と》き放《はな》たれた浄化魔法が、監視塔《かんしとう》にいる見張り番を瞬時に眠らせる。ジークヴァルトたちが素早《すばや》く行動を開始した。

屋敷の警備のためにかけられている魔法には、ジークヴァルトとヴィサが解除魔法をかけることになっている。

もし誰かが目を覚ましても、幻術《げんじゅつ》を練《ね》り込《こ》んだ炎《ほのお》によって、こちらが見せる偽《にせ》の情報しか見えないはずだ。だから、屋敷に侵入しようとしているところを、敵に知られる心配はない。

建物の間取りは事前に把握《はあく》しているため、彼らは正門と裏口から一斉に押し入り、足音高らかに踏み込んだ。

「リリーシュアさんは、もうしばらく防壁内にいてくださいね。今から僕の水鏡《みずかがみ》に、中の様子を映しますから」

微笑みかけてくれるテアに、リリーシュアは「はい」とうなずいてみせた。

五属性持ちのジークヴァルト、四属性持ちのヴィサに比べると地味に思えるが、テアの水と風の二属性持ちも十分すぎるほど稀有《けう》な才能だ。

防壁の強度が世界随一《ずいいち》を誇《ほこ》るのは、二属性のどちらも精密な魔力操作ができるおかげなのだ。それには、魔力の大きさもさることながら多くの訓練も必要で、容易なことではない。

テアが魔法陣を描き、空中に水を張った。

穏《おだ》やかに澄《す》みきった水面に、小さなさざ波が走った。

いくつかの波紋《はもん》が広がり、また静止する。

「見えました。皆順調に、どんどん先へ進んでいますね」

「は、はい！　すごいです、テアさん。こんなにはっきり視覚情報を取得できるなんて」

「いやあ、魔力の強い協力者がいないと無理なんですけどね。今回は、ジークヴァルト殿下に力をお借りしました」

ジークヴァルトの視覚から得られた映像が、風魔法による音声付きで流れ出す。映し出されたのは、思わず息を呑む光景だった。

侍女や従僕として働いている村人はそこかしこで眠っており、暖炉《だんろ》にくすぶる熾火《おきび》のような炎《ほのお》が、彼らの全身を包み込んで守っていた。

悪党たちは、ふいに襲ってきたリリーシュアの浄化魔法で朦朧《もうろう》としながらも、どうにか攻撃魔法を使おうとする。

炎《ほのお》の守りをつけたジークヴァルトの剣がその魔法を薙《な》ぎ払《はら》い、彼らは無様《ぶざま》によろめいた。

『下手《へた》に逆《さか》らえば、すぐさま命がなくなるぞ。この炎《ほのお》は邪悪《じゃあく》な魔法を寄せつけず、決して破られない。素直に投降すれば、法にのっとった公正な罰《ばつ》を受けるだけで済む』

ジークヴァルトの堂々とした声に、ひとりの悪党がへなへなと床に座り込む。

『く、くそ！　どうせ殺されるんだ、どうしたって許されるはずがねえ！』

ひとりが壁にかけてある剣に飛びついた。罵《ののし》りながらそれを振り下ろすが、もちろんジークヴァルトには当たらない。

白い鷹《たか》が矢のごとく猛然《もうぜん》と降下してきて、鋭《するど》い鉤爪《かぎづめ》で悪党の手を引《ひ》き裂《さ》いた。

痛烈な一撃に、剣を弾《はじ》き飛《と》ばされた悪党が四《よ》つん這《ば》いになる。

ジークヴァルトが顔面に剣を突きつけると、悪党は激しく震え出した。

ひとり二人と降伏し、残った数名も、もはや防戦一方だ。

浄化魔法と幻術《げんじゅつ》で弱っているところに、ヴィサが放った白い閃光《せんこう》が炸裂《さくれつ》し、その衝撃で方向感覚を失ったようだ。

ふらつく彼らを、騎士団員たちが取り押さえにかかる。

辛《から》くも逃げ出したひとりを、毛むくじゃらの手が掴んで思いきり投げ飛ばした。

獰猛《どうもう》で恐ろしげな鳴き声が響き渡る。

天井《てんじょう》までゆうに届くほどの巨体の、二本足で立つ熊——シグリを前にして、もはや悪党たちに戦う意思がないのは明白だった。

全員が床にがっくりと膝《ひざ》をつく。

『お前たちの完敗だ。敗北を認めて大人しくしていれば、命だけは保証する』

ジークヴァルトが厳しい声で宣言した。

ロイドとフラウはリリーシュアの肩の上に戻り、ぴょんぴょん跳ねながら「きゅきゅっ！」「きゅふふっ！」と鳴く。

すっかり気分が高揚《こうよう》しているようで、人型だったら拍手喝采《はくしゅかっさい》したいところなのだろう。

『ジークヴァルト殿下、蜥蜴《とかげ》を分裂させている部屋を押さえました！　それと、屋敷の裏手から顧客と思われる女性がやってきまして。我らに気づいて逃走を図《はか》ったため、捕らえて縛り上げてあります』

ジークヴァルトの視線が、別動隊として裏手から突入した騎士たちを捉《とら》える。

『そうか。ご苦労だった』

『ちょっと、離しなさいよ、私はただの一般人よっ！　こんな手荒なことをして、許されると思ってるのっ⁉』

憤怒《ふんぬ》のあまり、完全に理性を失っている声がした。

激しい叫《さけ》びを喉《のど》から絞《しぼ》り出《だ》している姿が、水鏡《みずかがみ》に映る。

「マリーベル……」

リリーシュアの口から、ぽろりとその名前が転がり落ちた。

『お前たち、正しく法の裁《さば》きを受けたいなら正直に答えろ。もし嘘をつけば、直《ただ》ちに拷問《ごうもん》部屋行きだ』

ジークヴァルトの目が悪党どもに向けられる。

『この女はお前たちの客か？　それとも仲間か？』

自分を押さえつける騎士に必死で抵抗しながら、ひとりの男が『くそっ！』と悪態をついた。

狡猾《こうかつ》そうな顔立ちに、荒々しくぎらつく目、獰猛《どうもう》な雰囲気——恐らくこの男が首謀者であり、分裂能力のある蜥蜴《とかげ》を従魔に持つカジブだろう。

『ち、違うわっ！　私は今日、初めてここに来たの。義父が病気だから、ここでよく効く薬が手に入ると聞いて——』

マリーベルが慌《あわ》てて言うと、それにカジブの声がかぶさる。

『ああ、そうさ！　そのお嬢さんは、あらゆる犯罪行為に手を染めた、恐ろしく危険な商会の首領の孫だよ。レティング王国のフライホルツ商会っていやあ、飢《う》えた狼《おおかみ》のように貪欲《どんよく》な連中で、長いこと俺たちの支援者だった』

マリーベルの金切り声を無視して、カジブは言葉を続けた。

『とはいえ、近ごろは金回りがよくないらしくてな。タダで蜥蜴《とかげ》をくれと喚《わめ》き立《た》てるから、来たら追い返していたんだが……』

『ちょっと、顧客の秘密は守るって誓約はどこへ行ったのよっ！』

『諦《あきら》めるんだな、マリーベルお嬢さん。シェファールド帝国の皇太子直々《じきじき》のお出ましなんだ。逃げられるわけがねえ。呼んでもねえのに、今日ここへ来たのが運の尽《つ》きだ。俺らは正直に言わなきゃ、死ぬよりもっとひどい目に遭《あ》うんだよ！』

カジブが噛《か》みつくように叫《さけ》んだ一方で、後ろ手に縛られたマリーベルは、ぴんと背筋を伸ばす。

『シェファールドの皇太子？』

マリーベルはジークヴァルトに熱っぽい視線を注《そそ》ぎ、睫毛《まつげ》をぱちぱちさせて、艶《なま》めかしい笑みを浮かべた。

『いやだ、それなら私と無関係ではないじゃない。はじめまして、皇太子様。お会いできて光栄です。わたくし、リリーシュア・アッヘンヴァルの義妹《いもうと》のマリーベルですわ。シェファールドで大切にされている炎《ほのお》の聖女の身内なのですから、わたくしを尊重してこの縄《なわ》を外《はず》してくださいな』

『尊重されたければ、自力でそうされてしかるべき人間になることだ』

ジークヴァルトがきっぱりと言った。

『リリーシュアはアッヘンヴァルの名を捨てた。今は聖レミアス教の保護下にあり、すでにお前とは無関係の存在だ』

マリーベルが顔をしかめる。彼女のドレスの装飾はあちこち剥《は》がれ、しわだらけで色あせ、みすぼらしくさえ見えた。

『そうは言っても、家族の縁《えん》を完全に切るなんて不可能ですわ。ご存じでしょうけれど、我が家は困窮《こんきゅう》しておりますの。慈《いつく》しみ深い聖女様の家族が、こんな哀《あわ》れな姿をしているなんて、世間はどう思いますかしら』

『あいにくだが、道徳心の欠片《かけら》もないお前にかけてやる情《なさ》けなどない。リリーシュアは、お前たちのためにひどい目に遭《あ》った。中でも一番ひどい仕打ちをしたのが、お前だ。性根《しょうね》の腐った人間に言っても無駄だろうが、少しは恥《はじ》を知るがいい』

あまりに厳しい、容赦《ようしゃ》ないジークヴァルトの声に、リリーシュアは息を呑んだ。彼がここまで怒った声を初めて聞いた。

テアの水鏡《みずかがみ》に映るのはジークヴァルトの見ている光景だから、その表情はわからないけれど——きっと精悍《せいかん》な顔に激しい感情をみなぎらせ、冷酷《れいこく》な目でマリーベルをひたと見据《みす》えているのだろう。

『言っておくが、今さら初心《うぶ》で慎《つつし》み深《ぶか》い娘のふりをしても無駄だ。ああ、お前が第二王子を魅了《みりょう》してくれたおかげで、リリーシュアが解放されたことだけは礼を言う。しかし見たところ、新しい命を宿《やど》している身体でもないようだが』

マリーベルの顔から血の気が引く。

『お前がなんのためにここへ来たかは、すでに明らかになっている。今後は俺の優秀な部下たちが、すべての真相がわかるまで徹底的《てっていてき》に調査する。第二王子との関係がどうなったかなど知ったことではないが、身の程知らずに高望みした結末は、大方ろくなものではないのだろう』

ジークヴァルトは皮肉っぽい声で言い、喉《のど》の奥で笑った。

マリーベルの瞳に、強い怒《いか》りが燃え上がった。激しく顔を歪《ゆが》め、大声で喚《わめ》き散《ち》らす。

『何よ、馬鹿にしてっ！　私はリリーシュアのせいで、ドレスも宝石も売り払わなくてはならなかったのよ!?　あの女が聖レミアス教に保護されたせいで、美しい馬も四頭立ての馬車も、何もかも失ったわ！　マンフレート様との婚約だってなかったことにされて……あんな女、一生恨《うら》んでやるんだから。しつこく付きまとって、せいぜい悪評をばら撒《ま》いてやるわっ！』

『それはただの自業自得《じごうじとく》でしょう』

ヴィサが、たまりかねたように声をあげる。

『貴女方《あなた》は財産を浪費し、領地の民に対して何もしてこなかった。遠からず、領民たちが暴動を起こしていたに違いありません。レティング王が手を打たなければ、絞首刑は免《まぬか》れなかったはずです』

ヴィサは重々しく言った。これほど険《けわ》しい顔のヴィサを、リリーシュアは見たことがない。

『いずれにしろ、犯罪の事実は近いうちに明らかになる。おい、娘。ひとつ言っておく。俺はリリーシュアを守るためならば、どこまでも非情になれる男だ。こいつらと同じ牢《ろう》にぶち込まれたくなければ、二度とリリーシュアの名前を口にするな』

ジークヴァルトはそう告げると、マリーベルを拘束《こうそく》している騎士たちに視線を移した。

彼らはひとつうなずき、マリーベルに歩くよう促《うなが》す。

彼女は聞くに耐《た》えない悪態をつき、反抗的に身をよじった。

「ヴィサ様、ジークヴァルト様。私にほんの少しだけ時間をください」

テアの風の魔法陣に近づき、リリーシュアは決然と言う。

『この娘と話したいのか？　よせ、君が傷つくのはわかりきっている』

ジークヴァルトが硬い声で答え、彼の視線の先でヴィサが眉間《みけん》にしわを寄せた。

「あの、リリーシュアさん。僕も、やめておいたほうがいいと思います」

傍《かたわ》らのテアが痛ましげな表情を浮かべた。

けれど、リリーシュアは小さく微笑み、首を横に振る。

「過去のつらい記憶に、人生を牛耳《ぎゅうじ》られたくないんです。マリーベルの言う通り、この先一生、アッヘンヴァル家の醜聞《しゅうぶん》は私に付きまとうでしょう。でも、私は絶対に負けない。どんどん先へ進むために、あの子ときちんと決別しておきたいんです」

『嫌だ、と言いたいが……。わかった、君の思う通りにしてくれ。だが俺が我慢しきれなくなったら、すぐにこの娘の喉《のど》を絞《し》めつけるからな』

ジークヴァルトがため息とともに声を絞《しぼ》り出《だ》す。彼の優しさと思いやりが、リリーシュアの心を満たした。

緊急事態なので、建物内ではあったが、リリーシュアはテアと一緒に転移陣で即座にジークヴァルトたちのもとへ飛ぶ。

「あら。健気《けなげ》でお優しい聖女様ではないの」

マリーベルは鋭《するど》い目でリリーシュアを見つめ、忌々《いまいま》しげにふん、と鼻を鳴らした。

「見違えたわ、もうすっかりお姫様ね。誠実で献身的な聖女様、シェファールドの民を救うついでに、私も助けてくださらない？」

リリーシュアは怖《お》じ気《け》づくことなく、真っすぐ彼女に視線を重ねる。

「それはできないわ。貴女《あなた》は軽はずみな行動の対価を支払う必要がある。マリーベル、貴女《あなた》はここで何を手に入れて、何に使うつもりだったの？」

「なんだっていいじゃない。必要だから取りに来ただけよ！　たっぷりと愛情をもらって、宝石もドレスも地位も権力も、人が羨《うらや》むものをすべて持っていた私が、どんなに頑張っても自力では手に入れられないものをっ！」

マリーベルの目に、激しい恨《うら》みが宿る。

「自分にも魔法が使えたらって、アンタだって考えたことがあるでしょう？　貴族と平民では大きな差があるのに、その上貴族は魔力でどこへでも、どこまでも行ける。あまりにも不公平すぎるじゃないのっ！」

「だから、人から奪った魔力を使ったというの？　向こう見ずな行動がどんな危険を伴《ともな》うか、カジブたちは教えてくれなかったようね。マリーベル、貴女《あなた》の心も身体も、かなり邪悪《じゃあく》に汚染《おせん》されているわ」

マリーベルの頬《ほお》がぴくりと引きつり、目に動揺の色が浮かんだ。

『魔力持ち』には、危険と重責が伴《ともな》う。皆それを自覚しているから正義感を持ち、知識を深め、正しくあろうとする。魔力でずるをしたり、何かを盗んだり、嘘をつくことは許されない。ルールを逸脱《いつだつ》した『魔力持ち』は、必ず罰《ばっ》せられる。強い魔力の持ち主たちが、勝手気ままに生きていると思わないで」

「えらそうに！　ついこの間まで魔力なんて欠片《かけら》もなかったくせに！」

怒《いか》りで醜く顔を歪《ゆが》め、マリーベルはすっかり逆上して叫《さけ》んだ。

「この皇太子様、頭の軽いマンフレートよりもずいぶん上等そうね。ねえ、お義姉様《ねえさま》？　素敵な人から守られてお幸せそうですこと。それもこれも強い魔力を持っているおかげだって、せいぜい忘れないことね！」

ロイドとフラウが肩の上でぷるぷる震えている。主人の意を汲《く》んで大人しくしているが、本当はマリーベルに噛《か》みつきたいに違いない。

「ええ、忘れないわ。たしかにこの魔力のおかげで、ずっと願っていた愛や幸福を知ることができた。でもね、マリーベル。私はそれでいいの。人々を救い、癒《いや》すためなら持てる力のすべてを使うし、この身を引きかえにしたって構わない」

リリーシュアは瞳に力を込めた。マリーベルがぐっと息を呑む。

「何よ何よ、はらわたが煮《に》えくり返るわ！　幸運は私のためだけにあるべきなのに、どうしてリリーシュアなんかが聖女なのよっ！」

マリーベルがそう叫《さけ》んだ瞬間、彼女の身体からゆらりと邪気《じゃき》が立ち上り、空気を重く淀《よど》ませた。

「見てなさい。リリーシュア以上の地位を、権力を、富を手に入れてやるんだから。私は誰より幸せになるべきなの、何がなんでも埋《う》もれたりしないわ。必ず運命を切り開いてやる……っ！」

マリーベルの身体が、煙《けむり》のようにねじれた。

首を仰《の》け反《ぞ》らせ「あははは」と高笑いをほとばしらせる。

彼女の水色の瞳が、獰猛《どうもう》に光った。

そこから感じとれるのは、憎《にく》しみと怒《いか》りと底なしの欲望だ。

「私には魔力が必要よ！　魔力、魔力が欲しくてたまらない……っ！」

マリーベルの皮膚《ひふ》が黒ずみ、悪臭を放つ黒い煙《けむり》が上がる。

彼女の体内で、忌《い》まわしい穢《けが》れた魔力が膨《ふく》れ上《あ》がるのを感じた。

リリーシュアは咄嗟《とっさ》に両手を高く掲《かか》げて魔法陣を放った。

炎《ほのお》が何本もの筋となって舞い上がり、その場にいる全員の頭上に守護の炎《ほのお》が降《ふ》り注《そそ》ぐ。

同時にテアが防壁を前方に盾のように展開する。炎《ほのお》で燃える剣を握り締めたジークヴァルトが、
リリーシュアを背後にかばうように飛び出した。

ヴィサの放った風が、マリーベルから発せられる瘴気《しょうき》を薙《な》ぎ払《はら》う。

黒い煙《けむり》が、ものすごい勢いでマリーベルを取り囲んだ。

「お前たち、一時的に下がれっ！」

彼女を捕縛《ほばく》していた騎士団員が、ジークヴァルトの命令と同時に後ろに飛《と》び退《すさ》った。

「マリーベル、己《おのれ》の中に存在するものに身を委《ゆだ》ねないで！　貴女《あなた》自身が邪悪《じゃあく》なものに変えられてしまうわっ！」

「ふふ、お義姉様《ねえさま》。ご心配ありがとう。でも私、お義姉様《ねえさま》と同じように神に選ばれた人間みたいよ。

ほら見て、蜥蜴《とかげ》の本体が私の希望に応《こた》えて、魔力をたっぷり送ってくれるようになった！」

マリーベルが両腕を上げた。暗色が混じって濁《にご》った魔力が、蛇《へび》のように彼女の腕に絡《から》みついている。

リリーシュアたちの背後で絶叫《ぜっきょう》が響き渡った。

複数の騎士団員に取り押さえられながら、カジブが取り乱している。

「う、嘘だ！　俺の蜥蜴《とかげ》は、俺の従魔は、俺が命じてもいないのにそんな真似《まね》しないはずだっ！」

「ふふふ。私、この十年の間、誰よりも蜥蜴《とかげ》を体内に取り込んでいたもの。他人の魔力を盗んでく

る可愛い子、私のものになりなさいって何度も言ったわ。だから、私を真の主人に選んだのよ。うふふふ、絶対にそうに違いないわ！」

マリーベルは笑い声をあげた。

彼女の頭のてっぺんから爪先《つまさき》まで、蛇《へび》のような黒い魔力が這《は》い回《まわ》る。

不気味なほど嬉しそうに笑う彼女の水色の目が、あっという間に血のように赤く染まった。

やがて、マリーベル自身が蜥蜴《とかげ》になるかのように、全身に黒い棘《とげ》が生《は》えてきた。指先が割れて鋭《するど》い鉤爪《かぎづめ》が伸びる。

背中がメリメリと割れ、禍々《まがまが》しい瘴気《しょうき》をまとった漆黒《しっこく》の翼が飛び出た。

その時ばかりはマリーベルの口から、もがき苦しむような絶叫《ぜっきょう》があがる。

「貴女《あなた》が魔力だと思っているものは、もはや呪《のろ》いよ！　すぐに浄化しないと取り返しのつかないことになる。邪悪《じゃあく》を炎《ほのお》で洗い流せば痛みはおさまるから、ほんの少し我慢を――」

「我慢なんて大嫌い！　私は自分が一番欲しいものを手に入れたの、どんな苦痛だって耐《た》えてみせるっ！」

「マリーベル、正気《しょうき》に戻って！　蜥蜴《とかげ》が他者から吸い取った穢《けが》れた魔力が、貴女《あなた》の魂《たましい》を黒く染めあげようとしている……っ！」

リリーシュアの胸に、言い知れぬ恐怖と怒《いか》りが込み上げた。

『祝福されざる魔法』を使えば、必ず厄災《やくさい》が跳ね返ってくる。それは魔法書にも記《しる》されていることだ。『祝福されざる魔法』にしがみついたマリーベルに、蜥蜴《とかげ》本体が己《おのれ》の中で増幅された災《わざわ》いを注《そそ》ぎ込《こ》んでいるに違いなかった。

蜥蜴《とかげ》の主《あるじ》であるカジブの魂《たましい》が穢《けが》れていないところを見ると、蜥蜴《とかげ》はこれまで『祝福されざる魔法』の反動を一身に引き受けてきたのだろう。

カジブは他者から盗んだ魔力を自分では決して使わずに、従魔である蜥蜴《とかげ》を分裂させて譲渡《じょうと》することで、魔力を持たない人々に売ってきた。

それは過去に例のないことであり、あまりにも大きすぎる罪だ。

そんな主人であっても、従魔は身を尽《つ》くし、守ろうとしたのだろう。

「結界防壁よ、立ち上がってマリーベルを包み込んでください！」

テアがぱんと両手を打ち鳴らすと、半透明の球体が一気にマリーベルを包み込んだ。

かろうじて人ひとりを包み込める大きさだが、世界随一《ずいいち》の耐久力を誇《ほこ》るテアの結界防壁は、マリーベルから生まれる邪悪《じゃあく》な瘴気《しょうき》の拡散を食い止める。

「急ごしらえなので、そう長くは抗《あらが》えませんよ……っ！」

テアの足元で、リスのエリンがぐったりしている。魔法陣の作成を補助するために、猛スピードで駆《か》け回ったからだ。

リリーシュアの肩から、ロイドがぴょんっと飛び下りた。

「きゅふっ！」

「くるる～」

疲れきったエリンを、ロイドが鼻先でつついて励《はげ》ます。

「やだ、痛い、痛い、痛すぎるわ！　ちょっとやめてよ、たしかに魔力は欲しいけど、こんな痛みはいらないわ……っ！」

マリーベルが防壁の中で、かなり激しくもがき始めた。

赤い目が血のようにどろりと流れ、黒く染まった全身が霧《きり》のように揺らぐ。

マリーベルはへなへなと座り込んだ。

彼女を浄化するなら今しかないと、リリーシュアはテアのほうを向く。

「ありがとうございます、テア様。すぐに浄化魔法をマリーベルに注《そそ》ぎ込《こ》みます」

「待つんだ、リリーシュア！」

持てる力のすべてを解《と》き放《はな》とうとした瞬間、ジークヴァルトがリリーシュアの手をぎゅっと握り締めた。

「あそこまでいったら、もう駄目だ。マリーベルは蜥蜴《とかげ》もろとも消滅させる。自《みず》ら邪悪《じゃあく》を受け入れ、異形《いぎょう》となった輩《やから》を、救済する必要がどこにある」

「でも！　マリーベルは想像を絶する痛みに苦しんでいます。邪悪《じゃあく》なものがあの子の呼びかけに応《こた》えたのだとしても、全身全霊《ぜんしんぜんれい》で浄化するのが聖女の使命です！」

「あの娘がいくら苦しもうが、同情の念は抱《いだ》けない！」

優しく寛大《かんだい》な彼らしからず、突き放すようにジークヴァルトは言いきる。

ジークヴァルトが、握り締めた手に力を込めた。強い光が流れ込んできて、自分の炎《ほのお》ときつく結びつくのを感じる。

「マリーベルの放つ禍々《まがまが》しさは尋常ではない。あれだけ穢《けが》れたものを浄化するとなると、君の身体が魔力に食われるかもしれない。君に危険を冒《おか》させるわけにはいかないんだ。リリーシュアを失ったら、俺の心は死《し》に絶《た》える。頼むから、ここは引いてくれ」

光と一緒に、激しい感情がリリーシュアの中に入ってきた。

それがいわゆる恋や愛という類《たぐい》の感情であることを、震える心で理解する。

けれど、己《おのれ》を愛し続けてくれる男性など、この世にいないと思い込んでいた。ましてや、ジークヴァルトがそんなふうに思ってくれているなんて。

ジークヴァルトはずっと側《そば》にいて、ずっと支えてくれて、誰よりも親近感を抱《いだ》いた。

だから、自分の中にもある感情と向き合わなければならない。

リリーシュアは毅然《きぜん》と顔を上げて、ジークヴァルトの紫の瞳をじっと見つめる。

「ジークヴァルト様。私のすべてを懸《か》けて、貴方《あなた》に誓います。この手の中に必ず帰ってきます。だから、一度だけチャンスをください」

ジークヴァルトも、リリーシュアの緑の瞳の奥を覗《のぞ》き込《こ》んできた。

尊敬がだんだんと愛情に変化していたことに、今さらながら気付く。

気付いた途端に、これまでに感じたことのない力が湧《わ》き上《あ》がるのを感じた。

強く、気高《けだか》く、激しい熱気がこもっているのに、信じられないほど穏《おだ》やかな力だ。

また、ひとつ求めていたものが得られたのだと、心があたたかくなる。

『魔力の門』の奥の奥で、さらに何かが花開いたように感じた。

「リリーシュア……。わかった、本当に一度だけだ。危険を感じたら、俺が即座にマリーベルの息の根を止める。いいな」

リリーシュアは、はい、とうなずく。

そして、強い使命感を持ってマリーベルに向き直った。

背中からヴィサに穏《おだ》やかな声をかけられる。

「マリーベルが放つ瘴気《しょうき》は、すべて私が引き受けましょう。リリーシュア、自分を信じて存分におやりなさい」

「ヴィサ様、ありがとうございます」

目頭《めがしら》が熱くなる。ヴィサの揺るぎない弟子への愛情が、痛いほど心にしみる。

「マリーベル、私の力を……いいえ、私自身の心を受け取って。激しい憤《いきどお》りをすべて水に流して、何事もなかったように振る舞うことはできないけれど、私は貴女《あなた》を救いたい……っ！」

絶望の淵《ふち》に追い込まれている人がいれば、分《わ》け隔《へだ》てなく浄化するのが聖女の役目。なすすべなく邪悪《じゃあく》に取り込まれたマリーベルを正しい道へ連れ戻し、公正な法の裁《さば》きを受けさせる。そうすることで己《おのれ》を見つめ直し、新たな人生を歩んでほしいと強く願う。

「ロイド、フラウ、私たちのすべての魔力を集結させるわ。大いなる力で邪悪《じゃあく》を突き刺し、引《ひ》き裂《さ》き、蹴《け》散《ち》らし、マリーベルの身体から一掃する！」

ここで全力を尽《つ》くさなかったら、リリーシュアはきっと後悔する。

救済への望みがあるのなら、決して諦《あきら》めない。

「きゅきゅきゅいっ！」

エリンの側《そば》にいたロイドが弾《はじ》けるように飛んで、回転して、流れるように幻術《げんじゅつ》を紡《つむ》ぎ出《だ》す。

「もっきゅううううっ！」

フラウは肩から飛び下りると、着地した後即座に後方宙返りを決め、ものすごい勢いで幻術《げんじゅつ》を放出した。

リリーシュアの手のひらの魔法陣に、二匹の幻術《げんじゅつ》が吸い込まれていく。

魔法陣に、ありったけの力を注《そそ》ぎ込《こ》んだ。

手のひらの中で、聖なる炎《ほのお》がぎゅっと凝縮《ぎょうしゅく》されていく。

極限まで魔力を絞《しぼ》り出《だ》したせいで、身体を揺さぶるほどの衝撃が襲ってきた。

骨が軋《きし》むような痛みに歯を食いしばる。

突然、リリーシュアの意識は急激に心の奥底にある『魔力の門』に引っ張られた。

実体がないはずの『魔力の門』が、頭の中でくっきりと像を結ぶ。まるで、実際に目に見えているように。

(あれは何？　見たことのない炎《ほのお》が燃えている……。あの模様《もよう》、お母様のハンカチの刺繍《ししゅう》と同じ……？)

『魔力の門』の奥の奥で、目にも鮮《あざ》やかな七色の火が燃えていた。

波打つように柔《やわ》らかく燃える虹のような炎《ほのお》は、それ自体が強い意志を持つように、美しくまぶしく輝いている。

炎《ほのお》が、リリーシュアを守ろうとするように伸びてくる。

輝きの中には疑いようもないほどはっきりと、母が形見として残した刺繍《ししゅう》と同じ模様《もよう》が浮かび上がっていた。

リリーシュアは、必死になって虹色の火に手を伸ばした。

奇跡よりも美しい炎《ほのお》が、優しくリリーシュアの指に巻きつく。

「魔法陣は完成しました。後は自分を信じるだけです。私の炎《ほのお》よ、マリーベルを救って……っ！」

マリーベルが苦悶《くもん》の声をあげて身をよじっている。

鋭《するど》い鉤爪《かぎづめ》で防壁を引《ひ》っ掻《か》き、牙《きば》をむき出しにする異形《いぎょう》めがけて、リリーシュアは魔法陣を放った。

虹色の光が防壁を包み、貫《つらぬ》き、炸裂《さくれつ》した浄化魔法がマリーベルの心臓めがけて飛び込む。

持てる力以上のものを絞《しぼ》り出《だ》した反動が一気に襲ってきて、リリーシュアは膝《ひざ》から頽《くずお》れた。

ジークヴァルトの腕がぱっと伸びてきて、倒れかけた身体を後ろから抱き締める。

リリーシュアの全身を、熱っぽい拍動《はくどう》が満たしていた。

立ち上がる力さえなくて、ジークヴァルトのたくましい胸に寄りかかる。

彼の腕の中に、自分の本当の居場所に戻ってこられた。

そんな実感が湧《わ》き上《あ》がってきて心が軽くなる。身体のほうは疲れきって、鉛《なまり》のように重いけれど。

「きゅいいいっ！」

「もきゅううっ！」

ロイドとフラウの高揚《こうよう》した鳴き声がする。

「なんて力だ……あらゆる魔法をしのぐ力が宿っていた……一瞬、神の姿が見えたような……」

ヴィサの呆然《ぼうぜん》としたつぶやきが耳に届いた。

目の前が揺れて、冷や汗がどっと噴《ふ》き出《だ》す。どうやら魔力を使いすぎたらしい。

リリーシュアは霞《かす》む視界の中、必死に前を見ようとした。

「リリーシュア、大丈夫だ。あの娘は救われた。君の力は素晴らしかった、凄《すさ》まじい浄化魔法だった」

大切な宝物を抱き締めるように、ジークヴァルトが腕に力を込める。

大切な人のぬくもりが全身に伝わり、この上ない安らぎを与えてくれる。

ジークヴァルトの唇が、リリーシュアの頬《ほお》をそっとかすめた。

恥《は》ずかしさに頭がくらくらしたのは一瞬で、すぐに眠気が襲ってくる。ジークヴァルトが、癒《いや》しの光を注《そそ》ぎ込《こ》んでくれたからだ。

「これから先、何があっても、俺はリリーシュアを離さない。君が全力で使命を果たすなら、俺が守り抜くし、支え続ける。これは戯《たわむ》れの恋じゃない。俺の愛に終わりはない」

だんだんジークヴァルトの声が遠くなる。

リリーシュアは目をつむり、ゆっくりと意識を手放した。

第九章

ヤラード村の人々を浄化し、必要な措置《そち》を施《ほどこ》してから一週間後、宮殿で皇后ナーディア主催の祝賀会が開かれることになった。

今回の作戦に従事した人々へのねぎらいと、リリーシュアの聖女就任のお祝いを兼ねているらしい。

そのため、リリーシュアは現在、ヴィサの屋敷にて身なりを整えているところだ。

「うーん、リリーシュアったら唖然《あぜん》とするほど綺麗。まるで神話の女神様みたい」

サフィーが大きなため息をついた後、感心したようにうなずいた。その隣で、エリーゼもにこにこと微笑む。

リリーシュアは気恥《きは》ずかしさで真っ赤になった。

ナーディアが仕立ててくれた白いドレスには、金糸銀糸《きんしぎんし》で繊細《せんさい》な刺繍《ししゅう》が施《ほどこ》されている。

シェファールドで最も腕のいい職人による洗練《せんれん》されたデザインで、贅沢《ぜいたく》な刺繍《ししゅう》だけでも値が想像できないほどだ。

襟元《えりもと》や袖口《そでぐち》、腰回りに真珠《しんじゅ》や水晶《すいしょう》、珊瑚《さんご》などが絶妙にあしらわれ、以前よりずっとめりはりのついたリリーシュアの身体を引き立ててくれる。

すっかり艶《つや》やかになった蜂蜜色《はちみついろ》の髪を飾《かざ》るのは、ナーディアが先祖伝来の家宝として母親から引き継いだという、大きく粒《つぶ》が揃《そろ》った蒼玉《そうぎょく》の髪飾《かみかざ》りだ。

ナーディアはその他にも、ネックレスにイヤリング、ブローチやブレスレットといったアクセサリーを「聖女として認められたお祝いに」と、何セットも贈《おく》ってくれた。

(髪飾《かみかざ》りひとつとっても、一体どれほどの歴史的価値があるのかしら……)

正直なところリリーシュアが抱《いだ》いた感情は、歓喜ではなく恐怖に近かった。

「祝賀会に出席する誰もが、そのまばゆい美貌《びぼう》に目を奪われるに違いないわ。瑞々《みずみず》しくて清楚《せいそ》で、妖精《ようせい》の世界から抜け出してきたみたいだし、おまけに聖レミアス教が認めた本物の聖女様。シェファールドの貴公子は皆、貴女《あなた》の足元にひれ伏《ふ》すに決まってるわ！」

「そ、そんなことはないと思いますけれど……。それにサフィーさんのほうが、よっぽどお綺麗です」

リリーシュアはサフィーの全身をまじまじと見つめた。

美貌《びぼう》と魔法の才能を持っている上に、シェファールドでも有数の公爵家の娘である彼女は、はっと目を見張るほどのオーラがある。

背中まで垂れた真っ赤な髪と、真珠《しんじゅ》の飾《かざ》りがいくつもついた檸檬色《れもんいろ》のドレスが目にまぶしくて、美しいなんて言葉ではとても言い表せない。

しかしサフィーは「とんでもない」と首を左右に振った。

「私が着飾《きかざ》ったのは『リリーシュアは誰にも負けてない』ってことを、シェファールドの貴族たちに触《ふ》れ回《まわ》りまくるためなの。どーんと任せてちょうだいね！」

サフィーはそう言って、茶目《ちゃめ》っけたっぷりににやりと笑った。

彼女の赤い髪には黒蝶《こくちょう》のライラが羽を休めていて、まるで髪飾《かみかざ》りのようだ。

「いえ、その……私はどなたとも、争うつもりはないというか……」

ネズミ姿のフラウが、サフィーの腕の中で「きゅいっ！」と声をあげた。

主人の身支度《みじたく》が終わるまでは、男である自分はネズミの姿であるべきだと思っているらしい。

フラウは廊下のほうを見ると、ぴくぴくと鼻を動かした。

そしてサフィーの腕の中からするりと抜け出し、くるっと回転して人型に戻る。

「エリーゼさん、ジークのやつが廊下でずーっとうろうろしてます。うざったいのを通り越して可哀想なんで、部屋に入れてもいいですか？」

エリーゼが「ええ」とうなずいた。

「リリーシュア様の美しさを、まずは坊ちゃんに見ていただかなくてはね」

はーい、というフラウの軽快な返事の後に、扉が開く音と革靴《かわぐつ》が床を踏み鳴らす音が響いた。

すぐに姿を現したジークヴァルトが、目を見開く。

「これは……惚《ほ》れ惚《ぼ》れするほど愛らしいな……」

ジークヴァルトは、リリーシュアを凝視《ぎょうし》しながら頬《ほお》を赤くして、そんなことを言う。

そういう彼こそ、肩幅《かたはば》の広いすらりとした身体にシェファールドの礼装がよく映《は》えて、自信に満ちた王子様そのものだ。

彼は腿《もも》までの長さの黒いチュニック、細身の白い脚衣《ズボン》という姿で、腰には銀のサッシュを巻いている。

腰回りが絞《しぼ》られているためか、すらりとした長身が際立っていた。

チュニックには鷹《たか》をモチーフにした刺繍《ししゅう》が施《ほどこ》され、端整な顔立ちに華を添《そ》えている。

まるで彼自身が極《きわ》めて精緻《せいち》な芸術品のようだ。

「ジークヴァルト様も、めまいがするほど素敵です……」

二人で目を合わせたまま、どぎまぎして息もできずにいると、小さな咳払《せきばら》いが聞こえた。

はっとそちらを見ると、そこには愛情のこもった笑顔のヴィサが立っている。

「きゃー！　ヴィサ様、激烈にカッコいいっ！」

ロイドがはしゃぎながらお尻を振り、勢いあまってネズミに戻ってしまった。

ヴィサは微笑みながらロイドを抱き上げる。

彼が身につけているのは聖レミアス教の礼装ではなく、控《ひか》えめな黒いジャケットと脚衣《ズボン》だ。白いシャツがまぶしく、襟《えり》には刺繍《ししゅう》入りのクラバットを結んでいる。

聖職者がかぶる角帽子を外《はず》し、艶《つや》やかな漆黒《しっこく》の髪を緑色のリボンで緩《ゆる》くまとめた姿は、優美極《きわ》まりない貴公子だ。

ロイドはヴィサの肩まで駆《か》け上ると、きゅふきゅふ鳴きながら身悶《みもだ》えている。

ヴィサは口元をほころばせて、リボンで束《たば》ねられた花をリリーシュアに差し出した。

その花には非常に見覚えがあり、リリーシュアの心臓が跳ね上がる。

「ありがとうございます、ヴィサ様。もしかして、これは……アッヘンヴァル家の花壇《かだん》の……？」

「ええ。アッヘンヴァル侯爵――もう先代、と呼んだほうがいいのでしょうが、療養先での様子を見に行くついでに摘《つ》んできました。つらい気持ちが完全に消え失せたわけではないでしょうが、いつかまた恥《は》ずかしくない姿で貴女《あなた》に会いたいと、一縷《いちる》の望みをかけて頑張っておられます」

ヴィサの心遣《こころづか》いが胸を満たす。

リリーシュアは可憐《かれん》な花束をまじまじと見つめた。

ジークヴァルトの大きな手が、花束ごとリリーシュアの手を包む。そして、笑みを浮かべる。

「俺もヴィサと一緒に行ってきたんだ。終わったことは、もう取り返しがつかないが……自分にできるのは、これ以上リリーシュアが傷つかないようにすることだって、ずいぶん前向きになっておられたぞ」

リリーシュアは泣き出したい気持ちを必死で抑《おさ》えながら「ありがとうございます」と微笑んだ。

ヴィサとジークヴァルトの支えを、心から嬉しく思う。

ドミニクと離縁した父は、爵位を先々代の従兄弟《いとこ》の息子に譲《ゆず》ることにしたそうだ。

彼はレティング王国の外交官で、今は仕事でオルスダーグ帝国にいる。急にアッヘンヴァル侯爵家を継《つ》ぐことになって、大急ぎで帰国の準備を進めているらしい。

父は今、レティング王国の救護施設に入っている。病人や怪我人《けがにん》のための施療院と、生活困窮《せいかつこんきゅう》者《しゃ》の扶助《ふじょ》や更生《こうせい》を行《おこな》う施設がひとつになったものだ。

十年以上も蜥蜴《とかげ》の影響を受けていたから、完全に回復するまで時間がかかるだろう。

かつての父は、領地に住む者たちへの責任はしっかり果たしていたのだそうだ。人々から敬《うやま》われる領主としての資質を、すべて備えていたらしい。

本来は誰に対しても優しく、好んで重荷を背負うような慈悲深《じひぶか》さがある人で、救護施設の職員や入所者は「以前のお優しい領主様がお戻りになった」と喜んでいるという。

まだ父の愛を受け入れることはできないけれど、彼の心の奥底にある気持ちは理解できた。

自分の選択は間違いではなかったのだと確信している。父から目を逸《そ》らし続けていたら、一生悔《く》いが残ったに違いない。

「母方の親戚とは、本当に連絡を取らないでいいのか？」

ジークヴァルトに問われて、リリーシュアはこくんとうなずいた。

「お母様は子爵家の実の子ではなく、養女だったそうなんです。亡き娘に似ているという理由で、幼いころに孤児院から引き取られたと聞いています。家を継いだ義理の兄からは嫌われていたらしくて、先代の子爵夫妻が相次いでお亡くなりになった後、お母様は実家とは没交渉になったと……。あちらもきっと、私とは関わりたくないと思います」

「そうか。リリーシュアは本当に、レティング王国とは縁《えん》がなかったんだな。だがその分を補《おぎな》って余りあるほど、シェファールドが君をあたため、幸せをもたらすだろう」

「殿下ったら。そこは国じゃなくて、『俺が』と言うべきだと思いますわ」

サフィーが穏《おだ》やかに言った。まるで、幼い子どもを教え諭《おしさと》すかのような目つきだ。

なぜかうなずいたヴィサの目に、いたずらっぽい光が輝く。

「そうですね。二人揃《そろ》って、その手の感情に慣れてないのはわかりますが……。この前の一件で、お互いに自覚したのかと思ったんですけどね」

ジークヴァルトの顔が真っ赤に染まった。きっと、リリーシュアも同じだろう。

一斉検挙後の処理に追われていたのと、改めて話題にするのが気恥《きは》ずかしくて、一緒にいてもそういった雰囲気にはならなかったのだ。

「みんなが頑張ってくれて、とりあえず一区切りつきました。まだまだ問題は山積みで、明日からものんびりしてはいられませんが……」

それでも肩の荷が下りたように、ヴィサはふう、とひとつため息をついた。

「すべての取引を明らかにするのは、長い時間がかかるでしょう。カジブたちはともかく、購入者全員を明確な罪状で逮捕《たいほ》するのは難しい。国をまたいだ犯罪は、各国の王の裁断を待つしかないですしね。しかし、邪悪《じゃあく》な魔法を使った人間が、何の罰《ばつ》も受けずに済むはずがない」

ヴィサは厳しい顔をして聖印《せいいん》を結び、言葉を続ける。

「カジブとその一味、フライホルツ商会の首領、そしてドミニクは一生牢屋《ろうや》から出ることはないでしょう。マリーベルには治療が必要ですし、もはや研究材料にもなっているので、レティングの国立医療院に入りましたが。回復すれば、己《おのれ》の罪を償《つぐな》うことになります」

「あの娘も哀《あわ》れだな。危険性を何ひとつ知らずに、母の助言に従って蜥蜴《とかげ》を使い、第二王子を邪悪《じゃあく》な魔法で魅了《みりょう》した。妊娠したというのも嘘ならば、王子の妃《きさき》になどなれるわけがないだろうに」

ジークヴァルトの目には、未だ衰《おとろ》えぬ怒《いか》りがありありと浮かんでいる。

「何も見抜けなかったどころか、偽物《にせもの》の魅了《みりょう》に引っかかったマンフレートの間抜《まぬ》けぶりに、レティング王も怒髪天《どはつてん》を衝《つ》いたらしい。王位継承権を剥奪《はくだつ》され、宗主国であるオルスダーグ帝国の一兵卒からやり直しだそうだ」

リリーシュアは黙ったまま、小さくうなずいた。

ヴィサがわずかに表情を曇《くも》らせる。

「『祝福されざる魔法』がどれほど重大かつ深刻な影響を及ぼすか、知らずに使った者は相当数いるようです。一度使えば、使用者の魂《たましい》には消えない傷跡が残る。自業自得《じごうじとく》としか言いようがありませんし、斟酌《しんしゃく》など無用とは思いますが……邪悪《じゃあく》な魔法で、多くの人が人生を狂わされたことでしょう」

ヴィサの眼差《まなざ》しが、しっかりとリリーシュアに据《す》えられた。

「リリーシュア、貴女《あなた》にひざまずいて慈悲《じひ》を乞《こ》う者が、きっとたくさん出てきます。カジブの顧客の中には、同情の余地などひと欠片《かけら》もない連中もいるでしょう。そういった人々を浄化するのは、愉快《ゆかい》な気持ちとは程遠いに決まっています。だが聖女の奇跡に救われるとなれば、捜査に協力する者がたくさん出てくる」

「はい、ヴィサ様。わかっています。絶望の淵《ふち》に追い込まれている人がいれば、分《わ》け隔《へだ》てなく浄化するのが私の役目ですから」

リリーシュアは瞳に決意をみなぎらせた。

これから先も忙しいだろうが、決して弱音は吐かない。

調査が進むにつれ、カジブの蜥蜴《とかげ》を使った人々、そして魔力を盗まれた数多くの人々が、未だに原因不明の病《やまい》で苦しんでいることがわかった。

蜥蜴《とかげ》に苦しめられた被害者を浄化し、回復を早めるために作った護符《ごふ》には、楽しい夢が見られるようロイドの幻術《げんじゅつ》を込めた。

そして誤った行《おこな》いを償《つぐな》うべき者たちに配った護符《ごふ》には、自分の愚《おろ》かさを見つめ直させるために、フラウの幻術《げんじゅつ》が練《ね》り込《こ》んである。これに関しては、聖レミアス教の意向だ。

ジークヴァルトが微笑みながら、リリーシュアの手を取った。

「あの蜥蜴《とかげ》と同じように分裂能力を持つ従魔は、恐らく他にもいるだろう。今後、同様の事件が発生しないとは言えない。アスリブはシェファールドの属国だから、カジブたちは俺たちがきっちり懲《こ》らしめる。これを教訓にして、同じようなことを考える連中を出さないためにも」

その場にいる全員が力強くうなずいた時、扉からテアがひょっこり顔を覗《のぞ》かせた。

「あの、入ってもよろしいですか？」

「もちろんどうぞ」とリリーシュアが答えると、テアは両手を大きく振りながら、興奮の面持《おもも》ちで近づいてきた。

サフィーがテアを見て淑《しと》やかに微笑む。

「うわあ。リリーシュアさん、綺麗ですねえ。ジークヴァルト殿下も、ピカピカしてまぶしいくらいです」

サフィーが急にからかうような顔つきになって、「うふふ」と笑った。

「殿下も、うかうかしていられませんわね。こんなに魅力的な上に聖女様なんですもの。甘い言葉で言い寄ってくる愚《おろ》か者《もの》に、ちゃんと目を光らせておかないと」

ジークヴァルトはサフィーを見て、にやりと口元を歪《ゆが》めた。

「サフィーこそ、さっさと自分に正直になるべきだな。少しくらい大胆に誘惑しないと、自由気ままに生きている想い人には気づいてもらえないぞ」

「な、なんのことだかわかりません……っ！」

サフィーは赤い巻き毛が大きく揺れるほど動揺し、扇《おうぎ》をさっと開いて赤くなった顔を隠した。

今日は小綺麗でシンプルな装《よそお》いに身を包んでいるテアが、小首をかしげる。

彼のジャケットの胸元からエリンが顔を覗《のぞ》かせ、くるりと目玉を回した。

そのエリンの頭の上に、黒蝶《こくちょう》のライラがとまる。

（ああ、そうなんだ。サフィーさんはテア様のことが……）

もしも将来的にテアとサフィーがそういうことになるのなら……とリリーシュアは想像してみた。

とても好ましい光景だ。正直、テアの面倒を見るサフィーはかなり骨が折れるだろうけれど。

「そろそろ移動しないとな。母上がリリーシュアに会いたがって、首を長くして待っている」

ジークヴァルトが、繋《つな》がっていた手を優しく離し、改めて腕を差し出してくる。

リリーシュアはちょっと躊躇《ためら》った後、素直に腕を絡《から》めた。

そしてヴィサが出してくれた転移陣で、祝賀会の会場である宮殿の大広間へと向かった。

「皆さん、ご紹介するわ。こちらが炎《ほのお》の聖女リリーシュアです。機会があれば会いたいと思っていた方は、きっとたくさんいるわね。噂《うわさ》にたがわぬ、際立って美しいお嬢さんでしょう？　思わず何度も見てしまうほど可憐《かれん》だけれど、彼女は美貌《びぼう》以上の魅力を備えているの。聡明《そうめい》で勇敢《ゆうかん》で、まさしく聖女にふさわしい心の持ち主よ」

皇后ナーディアがあまりに大仰《おおぎょう》に褒《ほ》めるので、リリーシュアは息を呑んだ。

そして、素早《すばや》く言うべき言葉を探す。

「皆様、はじめまして。聖レミアス教から聖女の称号を賜《たまわ》りました、リリーシュア・アッヘンヴァルと申します。炎《ほのお》の聖女として、大主教ヴィサ・ペテリウス様の弟子として、日々研鑽《けんさん》を積んでおります」

リリーシュアは小さく腰を落とし、淑女らしい挨拶《あいさつ》をした。

アッヘンヴァルという名前からは、もう逃げないと決めていた。

（やっぱり緊張する……。エリーゼさんから、そしてサフィーさんから受けた特訓の成果が、今試されようとしているんだもの……）

シェファールドで最高の淑女に変身するためのカリキュラムは厳しく、リリーシュアは聖女の務《つと》めと並行して相当な猛特訓に耐《た》えてきたのだ。

「おお、聖女様……なんとお美しい。私はカルファーニ侯爵家当主、ユーセフ・カルファーニと申します。以後、お見知りおきを」

「妻のマリアムですわ。ええ、ええ、聖女様にお会いできるなんて夢のよう。これほどお綺麗な上に、強大な魔力をお持ちだなんて……こうして見ているだけで、心が洗われます。わたくし、きっと天国へ行けますわね」

「私はラドウェイ伯爵家当主のシャオフ・ラドウェイです。聖女様の魔力には、不思議な力がおありとか。魔法をかけたものは護符《ごふ》となり、悪《あ》しきものは近寄れず、持ち主には素晴らしい夢を見せてくださると……。リリーシュア様、どうか私の持ち物にも祝福を与えてくださいませんか」

「まあ、抜け駆《が》けはよくありませんわ。ここにいるみんなが、聖女様の祝福をいただきたいと、やきもきしているのですから！　聖女様、どうかわたくしの家宝の宝石に祝福を——あら、ほほほ、申し遅れました。わたくしはルカイヤ・イルーハ女伯爵ですわ」

祝賀会に招《まね》かれた貴族たちが、リリーシュアと話そうと躍起《やっき》になって、入れ代わり立ち代わり挨《あい》拶《さつ》にやってくる。

彼らの顔に好意的な笑みが輝くのを見て、リリーシュアはいくらか緊張をほどいた。

社交の場では、従魔は控《ひか》えめにするべきなのだが、ロイドとフラウは一斉検挙で活躍した英雄《えいゆう》ということもあり、ネズミの姿でちょこんと肩にのっている。

珍《めずら》しい双子である上に人型になれる二匹を、貴族たちは盛《さか》んに褒《ほ》めそやした。

リリーシュアは浄化魔法への期待に、できる限り誠実に対応した。

炎《ほのお》の燃焼《ねんしょう》時間は飛躍的《ひやくてき》に延びていて、小さな祝福でも四、五年は保《も》つだろう。

「皆さん、リリーシュアさんをそろそろ解放してあげなくては。ここからは美味《おい》しいワインと、ダンスの時間にしましょう」

ナーディアが一同を見回して、優雅に微笑んだ。紳士《しんし》が美しく着飾《きかざ》った淑女の手を取って、ダンスフロアへと導いていく。

皇太子として貴族たちと歓談していたジークヴァルトが、こちらに歩いてくる。

サフィーはきらりと瞳を輝かせてすっと寄ってくると、リリーシュアの背中を優しく押した。

「殿下がダンスに誘いたいのは、リリーシュアだけよ。エリーゼさんから厳しい手ほどきを受けてきたんだもの、自信を持って行ってらっしゃい」

「は、はい」

サフィーに微笑み返してから、リリーシュアは大きく息を吸って前に進み出た。

「ああっと、その。リリーシュア、俺は貴女《あなた》に伝えなくてはならないことがたくさんある。だがその前に、貴女《あなた》と踊る栄誉《えいよ》を授《さず》けてもらえるだろうか」

ジークヴァルトが手を差し出してくる。

とても力強くて大きな手のひらに、リリーシュアは自然に手をのせていた。ジークヴァルトの指先は、驚くほど優しい。

「喜んで」

二匹の従魔は、それぞれリリーシュアのドレスのポケットに飛び込む。

フラウがにやにやする気配と、ロイドが身をよじって興奮している気配を感じながら、リリーシュアは頬《ほお》を熱くしてうなずいた。

ジークヴァルトに身を預け、ダンスフロアへ歩を進める。

少人数の楽団が、軽快なワルツを演奏し始めた。

ジークヴァルトの大きな手が軽く腰に添《そ》えられ、リリーシュアを巧《たく》みにリードしてくれる。

ステップを合わせながら、身体の力を少し抜く。

ジークヴァルトの手の導きに従えば、驚くほどなめらかに踊ることができた。

ステップを間違えたらどうしよう、ぎこちなく見えたらどうしようという不安が、あっという間に雲散霧消《うんさんむしょう》する。

「さっき貴族たちから、嫌というほど見合いを勧《すす》められた。魔力の問題がなくなった今こそ、皇太子としての務《つと》めを果たすべきだと。たしかに皇統を繋《つな》ぐことは、俺に与えられた最も大切な役割だ」

「そう、なのですか……」

胸に鋭《するど》い痛みが走って、リリーシュアは思わず目を伏《ふ》せた。

今のジークヴァルトならば、由緒《ゆいしょ》正しい家柄の美しく洗練《せんれん》された淑女を、好きなように選べるだろう。

申し分のない教育を受け、健康で子どもをたくさん産めるような――

「甘いと言われるかもしれないが、結婚がもたらす実利や恩恵よりも、俺自身を愛してくれる女性と結ばれたいと、ずっと思っていた」

腰に添《そ》えられた手に力が宿り、適切な距離よりももっと近くに引き寄せられる。

「だが、どうやって見つければいいいか、見当もつかなかった。リリーシュアに出会うまでは」

リリーシュアの心臓が跳ね上がった。

ジークヴァルトに身をゆだね、穏《おだ》やかに踊りながら、彼の紫の瞳を見つめ続ける。

いつの間にか音楽が終わっていた。

ジークヴァルトがリリーシュアの手を取って恭《うやうや》しく顔を近づけ、手の甲にかすめるような口づけを落とす。

「リリーシュアを前にすると、俺の顔には率直に感情が出てしまう。なのに、ずっと言葉にするのが怖かった。俺の望みと、リリーシュアにとっての最善は違うのではないかと思っていた」

ポケットの中のロイドとフラウが、はっと息を呑んだ。

「だが今初めて、心の声を言葉にする。リリーシュア、俺は貴女《あなた》のことを愛している」

力強くそう言ったジークヴァルトの顔が、気の毒なくらい真っ赤に染まった。

自分の鼓動《こどう》以外は、何も聞こえない。ダンスフロアも、水を打ったように静寂《せいじゃく》に包まれている。

「私で……いいのですか？　ちゃんとした教育も受けてないし、家柄だって……」

「リリーシュアしか欲しくない。俺は立場的に、いつでも好きな時に、欲しいものを奪うことができた。でも、絶対にそれをしちゃ駄目だと思っていた。心から貴女《あなた》を大切に思っていたから」

「でも皇太子妃に必要なのは、やはり家柄と教養で……。私の育ちでは、第二夫人でも荷が重い——」

改めて事実を口にしてみると、リリーシュアの心臓はぎゅっと縮み、切なさが広がった。

「俺の生涯《しょうがい》に、妻は一人でいい」

ジークヴァルトのきっぱりした声が、鞭《むち》のように空気を切り裂《き　さ》く。

「聖女の称号は、心の正しい者だけに許される。リリーシュアは名誉《めいよ》ある役目に恥《は》じぬよう、人々を守《まも》り慈《いつく》しみ、魔力に最大限の敬意を払った祝福を与えている。俺が貴女《あなた》に出会えたのは、きっと神の思《おぼ》し召《め》しだ。どうか俺に、リリーシュアの一生を支えさせてくれ！」

胸が激しく高鳴り、息もまともにできない。

でも、リリーシュアは無意識のうちに恐れや不安を振り払い、ごく自然にジークヴァルトとの未来を受け入れていた。

ジークヴァルトの地位や責任、この国の未来にまで直接影響を及ぼす皇太子妃には、ふさわしくないかもしれないけれど。

「ジークヴァルト様……私今、すごく嬉しいです……」

周囲から、わっと歓声があがる。楽団が祝福の曲を演奏し始めた。

けれどもリリーシュアの顔は燃えるように熱く、頭もぼんやりとしていて、ちっとも耳に入ってこない。

「私はこれまで、多くの弟子たちがそれぞれの人生に向かっていくのを見送ってきましたが……娘を嫁に出す父親の心境になったのは初めてですね」

ヴィサが拍手をしながら近づいてくる。

その青い瞳が、何かを堪《こら》えきれずにきらりと光った。

そこから滲《にじ》み出《で》ているのは驚きや喜び、そして弟子二人への特別な愛情だろう。

その後ろにいるシグリが腕を組み、豪快に笑った。

「ジークがいつ思いを打ち明けるかと、みんなでじりじりしながら待っていたが。まさか、いきなり公衆の面前で告白とはなあ。極端から極端に走りすぎてびっくりだ！」

テアが微笑みながら、薄汚れた眼鏡《めがね》を押し上げる。

「男女の機微《きび》に疎《うと》い僕でも察しがついていたくらいですからねえ。お二人にとって良縁《りょうえん》であることは間違いないです。いやあ、おめでたい！」

サフィーが胸の前で両手の指を組み合わせ、歓喜の声をあげる。

「誰もが見守りたい気持ち半分、じれったい気持ち半分でしたもの。結ばれるまであと二、三年はかかるんじゃないかとヒヤヒヤしていたけれど、本当によかったわ！」

「い、いえあの。まだ何も決まったわけではなくて……」

リリーシュアは羞恥《しゅうち》のあまり叫《さけ》び出《だ》したい気持ちを無理やり抑《おさ》え、蚊《か》の鳴くような声で答えた。

ヴィサは、鋭《するど》い眼差《まなざ》しでジークヴァルトを射貫《いぬ》く。

「ジーク。これだけ肝が据《す》わり、真面目で責任感の強い聖女を娶るのならば、生涯《しょうがい》をかけて愛し、守り、信じ抜きなさい。私はリリーシュアの父代わりを自認していますから、へまをやらかしたら即座に私が出てくることを、ゆめゆめ忘れてはなりませんよ」

もちろんだ、とジークヴァルトがうなずいた。

「私の役目は、弟子たちが自由に花を咲かせるための土壌《どじょう》を整えること。あくまでも見守る立場であって、あれこれ口を出すべきではありませんが……貴方《あなた》たち二人のために、できることはすべてしましょう」

「ヴィサ様……ありがとうございます」

身体の芯《しん》までぬくもりが広がるのを感じながら、リリーシュアは小さく頭を下げた。

「さすがに皇太子妃となると、これから先の道は険《けわ》しく、つらい出来事も待っているかもしれません。しかしリリーシュアは聡明《そうめい》ですし、教えられたことをやみくもに受け入れるだけではなく、ちゃんと疑問を呈《てい》することもできる。未来に対して、必要以上に身構えることはありません。そのままの貴女《あなた》でいれば、それで十分」

ヴィサが寛大《かんだい》に微笑む。彼の中に本当の父のような愛情を発見して、リリーシュアの心は喜びに震えた。

それから貴族たちがやってきて、次々と祝福の言葉を口にする。

「わたくし、聖女様ほど魅力的な淑女に出会ったことはございません。どんなに辛辣《しんらつ》な貴族も骨抜きにするほど愛らしく、折り目正しく、優雅でいらっしゃいました。この場で聖女様の悪評など、囁《ささや》きほども聞こえませんわ」

「聖女様は人生の半分以上の歳月、苦しい状況にあったとは信じられない立ち居振る舞いをなさいましたよ。短期間でここまで習得なさったことに、私は感動しています。今や周囲の庇護《ひご》を必要としないほどの力をお持ちなのに、大変な努力家でいらっしゃる」

「聖女様、これからはもっと社交界にお顔を見せてくださいな。誰もが貴女様《あなたさま》の、熱狂的なファンになるに違いないわ」

大勢の貴族たちが同意を示すように、しきりにうなずき合っていた。

「皆さん……ありがとうございます」

リリーシュアは口元に笑みを浮かべてお礼を言った。

ヴィサが二人の弟子を誇《ほこ》らしそうに、愛《いと》おしそうに眺める。

「ジークヴァルトとリリーシュアが出会ったのは、まったくの偶然。そして、幸運でした。運命というものを信じるならば、二人は愛で結ばれる運命だったのでしょう。人間の残酷《ざんこく》さや欲望の犠牲《ぎせい》になるのは、いつだって弱い者たちです。どうか、民の言葉を丹念《たんねん》に拾い集めて、素晴らしい国を作ってください」

「ああ。これから学ぶべきことは多いが、全力を尽《つ》くすと約束する。リリーシュアが俺に必要な力を与えてくれるから、どこまででも頑張れるさ」

「わ、私も頑張ります。皆さんの助けで、暗い絶望が胸をふさぐばかりだった人生から抜け出せました。本当にありがとうございます」

周囲の人々の、空気さえ明るく染めるような笑顔に後押しされ、リリーシュアはジークヴァルトと一緒に玉座《ぎょくざ》の前に進んだ。

「リリーシュア……天国のお母様も、きっと喜んでおいでよ」

ナーディアは目を潤《うる》ませて、リリーシュアの手を取った。

その横の皇帝スヴァインは、笑《え》み崩《くず》れそうになる顔を必死で引き締めているように見える。

「スヴァイン、その顔をなんとかしなさい。だらしないですよ」

ヴィサがため息交《ま》じりに言うと、スヴァインは眉《まゆ》を跳ね上げる。

「仕方ないだろう、こんなに可愛い娘が嫁に来てくれるんだから。こんなおとぎ話みたいな大恋愛、滅多《めった》にあるもんじゃない！」

たしかに、とヴィサがうなずく。

とても思いやり深く、理解に満ちた未来の義父母に、リリーシュアは親愛の情を込めて微笑んだ。

ナーディアが母のように慈愛《じあい》に満ちた顔をする。

「リリーシュア。皇太子妃教育では一気にいろんなことを学び、すぐさま対応しなくてはなりません。厳しい講師たちからあらゆる欠点を見抜かれて、泣きたくなる日もあるでしょう。でも、負けてはいけませんよ」

「はい、ナーディア様。わたくしはこの地を、自分の故郷だと思っています。だから……」

一生懸命《いっしょうけんめい》頑張ります、と言おうとして、喉《のど》が詰まった。

ナーディアを見るとやはり母を思い出す。

リリーシュアの目に浮かんだ涙を見て、ナーディアは「あらあら」と微笑んだ。

「いや、リリーシュアは日ごとに輝きを増していくな。どんどん華やかになって、天使のように飛び立ってしまいそうだ。人生など、どこでどうなるかわかったものではないが……リリーシュアが我が息子を、最高に幸せな男にしてくれることはたしかだろう」

「たしかに、そうですね」

スヴァインの言葉に、ヴィサが小さく声をあげて笑った。

「可能性や希望、ありとあらゆる明るいものが、この二人の手の中にある。とはいえ、壁にぶつかることもあるでしょう。弟子たちの幸せは、私にとって重要なこと。お前たちの心が望む場所へ行けるよう、私も頑張らなければ」

ヴィサの笑顔を見て、リリーシュアは鼓動《こどう》が速まるのを感じた。

ジークヴァルトも同じなようで、深く息を吸い込んでから、ヴィサの肩を掴む。

大広間は楽しげな声で溢《あふ》れ、誰もがにこやかな顔をしていた。

参加者たちにひとしきり可愛がられていたロイドが戻ってきて、リリーシュアの身体を駆《か》け上る。

フラウはジークヴァルトによじ上った。

二匹がそれぞれ、二人の頭の上におさまる。それは、まるで小さな王冠のようだ。

ジークヴァルトが満ち足りた表情で、穏《おだ》やかな視線をくれる。

「年を取って二人が白髪《しらが》になるまで、時間はたっぷりある。これからずっと、ともに生きていこう。人々の心を喜びで彩《いろど》れるように、子どもたちの無邪気《むじゃき》さを守れるように、手を取り合って頑張っていこうな」

ジークヴァルトはそこで、すうっと息を吸い込んだ。

「愛してる、リリーシュア。自分でも驚くほど深く、強く」

彼はリリーシュアの手を再び引き寄せ、口づけを落とす。

それからゆっくり背筋を伸ばしたジークヴァルトの顔は、やっぱり気の毒になるほど赤く染まっていて。

「はい。私も貴方《あなた》を、愛しています」

リリーシュアはにっこり微笑んだ。

こんなに素敵な人に愛されるのは、最高に贅沢《ぜいたく》なことに違いない。

「きゅふっ」「きゅいっ」とロイドとフラウが照れたように鳴き声をあげる。

孤独はもはや過去のものとなり、人生の新しい幕が開いたのだ。

リリーシュアは瞳を煌《きら》めかせて大広間を見渡す。

強い絆《きずな》で結ばれた人たちのいるこの国に、リリーシュアの未来がある。だから生涯《しょうがい》をかけてみんなの期待に応《こた》えよう。

リリーシュアは強く固く、そう心に誓った。

新＊感＊覚ファンタジー！

Regina レジーナブックス

どん底令嬢、
竜の番《つがい》になる!?

婚約破棄された目隠れ令嬢は白金の竜王に溺愛される

高遠《たかとお》すばる
イラスト：凪かすみ

義理の家族に虐げられている伯爵令嬢リオン。その上、初恋の君である第一王子を義妹に奪われ、婚約破棄された挙句に国外追放も告げられてしまう。──だれか、助けて。そう呟いたリオンを救ってくれたのは、世界最強の竜王。彼はリオンを「愛しい番《つがい》」と呼び、大きすぎる愛情を向けてくる。それから、絶望だらけだったリオンの人生が変わり始めて──？

詳しくは公式サイトにてご確認ください。
https://www.regina-books.com/
携帯サイトはこちらから！

RC Regina COMICS
自称 悪役令嬢な婚約者の観察記録。
1~4
シリーズ累計35万部突破!!（電子含む）
原作＝しき
漫画＝蓮見ナツメ
Presented by Shiki & Natsume Hasumi
アルファポリスWebサイトにて好評連載中!!
ついにギャフンされる時が…って、どうしてプロポーズされてますの!?
大好評発売中!!
＼異色のラブ(?)ファンタジー／
待望のコミカライズ!
優秀すぎて人生イージーモードな王太子セシル。そんなある日、侯爵令嬢バーティアと婚約したところ、突然、おかしなことを言われてしまう。
「セシル殿下！ 私は悪役令嬢ですの!!」
……バーティア曰《いわ》く、彼女には前世の記憶があり、ここは『乙女ゲーム』の世界で、彼女はセシルとヒロインの仲を引き裂く『悪役令嬢』なのだという。立派な悪役になって婚約破棄されることを目標に突っ走るバーティアは、退屈なセシルの日々に次々と騒動を巻き起こし始めて――？
アルファポリス 漫画 検索
B6判 / 各定価：本体680円＋税

RC Regina COMICS
大好評発売中！
訳あり悪役令嬢は婚約破棄後の人生を自由に生きる
1~3
Mitsubi Uduki
原作◆卯月みつび
Ichino Tomizuki
漫画◆冨月一乃
アルファポリスWebサイトにて
好評連載中！
ものぐさ令嬢の奮闘ファンタジー
待望のコミカライズ！
とある理由から、王子との婚約解消を目指していた公爵令嬢レティシア。努力が実を結び、見事（?）婚約破棄を言い渡され一件落着……と思いきや、その直後、彼女に前世の記憶が蘇った！　看護師として忙しく働いていた前世の分も、今世では大好きなお酒を飲んでのんびり過ごしたい。そんな思いから田舎暮らしを始めようとしたけれど、なぜか次から次へとトラブルが舞い込んできて――!?
新天地で腹黒ライバル登場!?
悪役令嬢の幸せを壊すヒロインに容赦はいたしません！
異世界に転生した元看護師の奮闘ファンタジー！
アルファポリス 漫画
検索
B6判／各定価：本体680円＋税

この作品に対する皆様のご意見・ご感想をお待ちしております。

おハガキ・お手紙は以下の宛先にお送りください。

【宛先】

〒 150-6008 東京都渋谷区恵比寿 4-20-3 恵比寿ｶﾞｰﾃﾞﾝﾌﾟﾚｲｽﾀﾜｰ 8F
（株）アルファポリス　書籍感想係

メールフォームでのご意見・ご感想は右のＱＲコードから、
あるいは以下のワードで検索をかけてください。

アルファポリス　書籍の感想　検索

ご感想はこちらから

本書は、Web サイト「アルファポリス」（https://www.alphapolis.co.jp/）に掲載されていたものを、改稿、加筆のうえ、書籍化したものです。

虐《しいた》げられた令嬢《れいじょう》は、実《じつ》は最強《さいきょう》の聖女《せいじょ》

もう愛《あい》してくれなくて構《かま》いません、私《わたし》は隣国《りんごく》の民《たみ》を癒《いや》します

志野田みかん（しのだ みかん）

2020年 8月 5日初版発行

編集－中山楓子・宮田可南子
編集長－太田鉄平
発行者－梶本雄介
発行所－株式会社アルファポリス
〒150-6008 東京都渋谷区恵比寿4-20-3 恵比寿ｶﾞｰﾃﾞﾝﾌﾟﾚｲｽﾀﾜｰ8F
TEL 03-6277-1601（営業） 03-6277-1602（編集）
URL https://www.alphapolis.co.jp/
発売元－株式会社星雲社（共同出版社・流通責任出版社）
〒112-0005 東京都文京区水道1-3-30
TEL 03-3868-3275
装丁・本文イラスト－茲近もく
装丁デザイン－AFTERGLOW
（レーベルフォーマットデザイン―ansyyqdesign）
印刷－図書印刷株式会社

価格はカバーに表示されてあります。

落丁乱丁の場合はアルファポリスまでご連絡ください。

送料は小社負担でお取り替えします。


ISBN978-4-434-27547-0 C0093